노고단 老姑壇

❺

노고단老姑壇 ❺

발행일	2024년 4월 8일		
지은이	권혁태		
펴낸이	손형국		
펴낸곳	(주)북랩		
편집인	선일영	편집	김은수, 배진용, 김부경, 김다빈
디자인	이현수, 김민하, 임진형, 안유경	제작	박기성, 구성우, 이창영, 배상진
마케팅	김회란, 박진관		
출판등록	2004. 12. 1(제2012-000051호)		
주소	서울특별시 금천구 가산디지털 1로 168, 우림라이온스밸리 B동 B113~115호, C동 B101호		
홈페이지	www.book.co.kr		
전화번호	(02)2026-5777	팩스	(02)3159-9637

ISBN   979-11-93304-38-9 04810 (종이책)   979-11-93304-39-6 05810 (전자책)
        979-11-6539-924-5 04810 (세트)

(주)북랩 성공출판의 파트너

북랩 홈페이지와 패밀리 사이트에서 다양한 출판 솔루션을 만나 보세요!

홈페이지 book.co.kr   •   **블로그** blog.naver.com/essaybook   •   **출판문의** book@book.co.kr

---

작가 연락처 문의 ▸ ask.book.co.kr

작가 연락처는 개인정보이므로 북랩에서 알려드릴 수 없습니다.

권혁태
대하소설

5

노고단

老姑壇

북랩

차 / 례

33

인
호
의

사
랑

인호가 전주 예수병원에 누워 있다. 절골댁이 인호의 머리를 쓰다듬고 있다.

"아이고, 내 새끼. 어째 좀 괜찮냐?"

"어머이, 지는 괜찮당깨라. 다리가 부러진 게 아니고 금만 갔대요."

"내 새끼가 꼼짝도 못 하고 있는 걸 봉깨로, 이 에미 마음이 애간장이 탄다."

"어머이, 의사 선생님께서 너무 걱정 안 해도 댄다고 했당깨라."

인호는 절골댁의 걱정과 달리 태연하다. 인호가 학교에서 공을 차다가 다리끼리 부딪쳐서 움직이지도 못하였다. 통증이 심해서 다리가 부러진 줄 알고 걱정을 했다. 주변 사람들의 도움으로 급하게 전주에서 제일 큰 예수병원까지 오게 된 것이다. 진찰을 해 보니 다행히 다리가 부러진 게 아니라, 금이 크게 갔다는 것이다. 긴급하게 다리 치료를 받고, 고향 집에 연락을 한 것이다. 병원에 입원해 있다는 소식을 듣고, 절골댁과 경자가 전주로 기차를 타고 달려왔다. 절골댁은 전주로 오면서도 인호가 병원에 입원해 있다는 것만으로도 걱정을 했다. 혹시 좌익에 가담하지는 않았는지. 반란 사건을 겪으며 수많은 청년들이 죽어 나가는 걸 보고 노심초사 인호를 생각했다. 병원에 누워 있는 인호를 보자 더욱더 걱정이다.

"도련님, 제가 의사 선생님께 여쭤보니까, 그나마 많이 안 다쳐서 깁스를 하고 한 달 이상 조심하면 괜찮다 했어요."

경자는 과거 처녀 적에 보통학교를 졸업하고 전주 예수병원에서 허드렛일을 한 적이 있다. 2년 근무를 하다가 병원 사람들의 권유로 간호원이 되기 위하여 선교사들이 세운 기전중등여학교에 입학했다. 몸이 아파서 학교를 계속 다니지 못하고 그만두었던 곳이다. 그야말로 몇 년 만에 와 보는 곳이라서 반갑기도 하다. 시골 사람들이 처음 와 보면 눈이 휘둥그레질 정도의 신식 병원이다. 병원이래야 한약방 정도로만 드나들던 사람들이 서양 선교사들이 있는 신식 병원을 보고는 놀라움을 금치 못한다. 의사도 파란 눈을 가진 서양 선교사들이다. 전라도 사투리를 조금씩 써 가며 진료를 할 때, 환자의 얼굴에는 호기심과 두려움이 교차한다. 서양 선교사들이 세운 병원이야말로 한국 사람에게는 더없이 고마운 곳이기도 하다. 조선시대 때부터 선교사들은 본국에서 십시일반으로 모은 선교헌금으로 각 도시에 교회, 학교, 병원을 지었다. 하나님의 복음을 전파하면서 조선 사람들에게 한없는 사랑을 베풀었다. 특히 병에 걸리면 조선 사람들은 무속巫俗과 주술呪術에 의지하여 병을 치료하던 방식에서 벗어나 정식 병원에서 서양 의술로 병을 치료하여 의료 수준을 그야말로 획기적으로 변화시키고 있다. 아픈 환자들이 몰려들고 있다. 오직 그리스도의 사랑으로 의술을 베푸는 것이다. 가난한 자들에게도 병원 문턱을 들락거리게 무료 진료도 해 주고 있다. 경자는 그런 병원에 인호가 입원해 있다니 안심이 된다. 병원에 도착하자 경자는 바쁘게 돌아다니며 인사를 건넨다. 오래간만에 만나는 간호원과 의사에게 인호의 상태가 어떤지 상의하기도 한다.

"형수님 말이 맞당깨라. 다리가 안 부러진 것만도 다행이랑깨라."

인호는 운동하다가 크게 안 다친 것만으로도 다행이라고 안심시킨다.

"어쨌든간에 조심해야 한다. 잉!"

절골댁은 깁스를 한 인호가 걱정이다. 반란 사건으로 이대길과 인철이 감옥에 들락거렸던 관계로 절골댁과 경자는 마음이 아직도 복잡하다. 한편으로 절골댁은 반란 사건의 소용돌이를 겪으면서, 자식이 좌익에 물들지는 않을지 노심초사하는 중이다. 전주에 오면서도 인호가 혹시나 좌익에 물들지는 않았는지 걱정을 하고 있었다. 전주에는 반란 사건의 여파가 미치지 않았는지도 궁금하다. 다행히 전주에 있는 인호가 좌익에 물들지 않았다. 마음속으로는 몸을 다쳐서 병원에 있는 것이 다행이라고 여기고 있다. 반란 사건 때, 앳돼 보이는 청년들이 죽창과 총을 들고 설치는 것을 봤기 때문에, 요즘 청년들의 마음이 어떤지 알 길이 없다. 내 자식만큼은 좌익에 가담하지 않고 평범하게 살았으면 하는 바람이다. 인호의 겨울 방학은 전주에서 깁스를 한 채로 지나간다.

송정댁이 밤에 아이들을 데리고 슬금슬금 빈 집으로 들어선다. 송정댁이 친정으로 피해 있는 사이에, 남편이 혹시나 집에 다녀갔을

지 기대를 가져 본다. 친정에 있는 동안에도 혹시나 남편이 친정에 찾아올까 학수고대하고 있었다. 친정에 있는 동안에는 남편이 찾아오지 않았기 때문이다. 제발, 남편이 집에 다녀갔으면 하는 마음뿐이다. 집 안엔 아무 인기척이 없다. 집 안은 엉망이 되어 버렸다. 헛간도 허물어져 버렸다. 반란군들이 산으로 올라가고 진압군들이 들이닥치자, 마을 사람들은 빨갱이 집이라고 손가락질하면서 함부로 대했다. 그나마 큰집에서 사람을 보내 집 안을 챙기지 않았다면 좌익의 집 안을 뒤져서 물건들을 약탈해 갔을 게 뻔하다. 이대길은 명일이가 빨갱이가 되어 반란군들을 따라 산으로 올라가 버렸지만, 피붙이라고 집안을 챙기게 했던 것이다. 아직 어린아이들과 조카며느리가 살아 있는 한, 살아남은 사람은 살아가야 하기 때문이다. 겨우내 비워 두었던 집이라 썰렁한 기운이 감돈다. 송정댁이 방 안으로 들어선다. 초롱불을 조심히 켠다. 방 안이지만 발바닥으로 느껴지는 냉기가 온몸으로 확 밀려온다. 혹시나, 남편이 집을 다녀간 흔적이 있는지 곳곳을 살핀다. 방안은 흐트러지지 않고 정돈되어 있다. 집을 떠날 때와 같은 모습이다. 방을 나와서 서둘러 부엌으로 들어간다. 부엌도 아무런 흔적이 없다. 서둘러 아궁이에 불을 지핀다. 연기가 부엌을 가득 메운다. 아궁이에 불길이 활활 타오른다. 타오르는 불빛을 멍하니 바라본다. 산으로 올라간 남편은 어떻게 되었을까? 부상을 당하지는 않았는지. 혹시나, 죽었다고 기별은 오지 않았는지. 반란군들이 모두 산으로 숨었다지만, 국군들이 반란군들을 일제히 소탕했다는 소문을 들었던 터다. 수시로 구례 곳곳에서, 지리산 쪽에서 총소리가 요란하더니, 최근에는 총소리도 가끔 들릴 뿐이다. 총소리만 나도 남편을 걱정하며 한시도 잠을 이룰 수가 없었다. 친정에서 숨어 지내면서도 매일 행여나 하면서 남편의 소식을 기다렸었다. 집과 용방면 송정마을 친정은 멀지도 않고, 중방들만 건너면 단숨에 도착할 수 있는 거리다. 남편이 집으로 돌아왔다면 친정으로 기별이 왔을 텐데, 기별이 없었다. 남편은 집에 돌아오지 않은 게 분명하다. 밤이고 낮이고 행여나 하며, 친정집으로 남편이 찾아오기만을 기다렸지만 친정집에는 아무 소식이 없었다. 무심한 남편이다. 남편을 생각하면 생각할수록 한없이 밉기만 하다. 그렇지만, 산으로 올라간 남편이 살아 돌아오기만을 간절히 바랄 뿐이다. 반란군들이 들어와서 우익 사람들이 몰살당하고 합동 장례식까지 치르자, 송정댁은 좌익 가족들을 바라보는 마을 주민들의 눈살에 견딜 수가 없었다. 새뜸샘에 두레박질하러 나가는 것도 조심스러웠다. 인기척이 뜸한 야심한 밤중에 살금살금 다녀왔었다. 하루하루가 지옥과 같았다. 견디기 힘들어서, 일단 야반도주를 하였다. 남편 때문에 빨갱이 가족이라고 낙인이 찍힌 상황이다. 친정 식구들에게도 미안하여 볼 낯이 없었다. 언제까지 친정에서 숨어 지내면서 살 수 없는 일이다. 친정 동네에서 소문이 더 확산되기 전에 친정집에서 빠져나와야만 했다. 산 사람이라도 살아야 한다고 마음 단단히 먹고 집으로 돌아온 것이다. 자식들을 위해서는 '살아야 한다, 살아야 한다…'고 마음속으로 수십 번도 더 다짐을 하고 집으로 들어선 발길이다.

"이명일이 언제부터 남로당에 가입했나?"

경찰이 소리를 버럭 지른다. 송정댁은 주눅이 들어 고개를 들지 못한다. 기어들어 가는 소리로 대답을 한다.

"지는 모르는 일입니다."

"뭐라고? 모른다고?"

"지는 참말로 모르는 일이랑깨라."

"당신도 남로당에 가입했나?"

"남로당이 뭐다요? 지는 남로당이 뭔지도 모른당깨라."

경찰은 신경질적으로 송정댁을 쏘아보며 질문을 계속한다.

"당신도 산에 올라갔다 왔어?"

"아닙니다. 지는 친정에 숨어 있었습니다."

"친정이 어디야?"

"용방면 송정입니다."

"친정에서는 뭘 했나?"

"그냥 무서워서 친정집에만 숨어 있었습니다."

경찰은 송정댁을 계속 의심한다.

"거짓말하면 당신도 당장 총살이야!"

경찰이 총살시킨다고 엄포를 놓자, 송정댁은 무서워서 벌벌 떤다.

"친정집에 조사해 보면 다 압니다."

"그동안 이명일이는 친정으로도 연락이 없었나?"

"예, 없었습니다."

"친정에도 안 다녀갔냐는 말이야?"

"예."

경찰이 신경질적으로 다그치자, 송정댁은 속으로 기어들어 가는 소리로 대답한다.

"친정으로도 그동안 연락이 없었다는 게 진짜야?"

"예, 예."

경찰이 탁자를 치며 고함을 지른다. 송정댁은 깜짝 놀라 고개를 숙이며 어쩔 줄을 모른다. 경찰은 송정댁을 계속 의심한다. 이명일이 처자식이 있는 친정에 연락이 닿았으리라 여기고 있는 것이다. 어떻게 된 놈이 처자식을 놔두고 산으로 올라가서 여태까지 아무런 소식이 없다니, 이해할 수가 없는 일이라고 여긴다. 반란 때 완장까지 찼던 좌익의 중심인물인 이명일을 잡아야 하는 경찰은 답답하기만 하다. 경찰은 이명일을 잡기 위하여 송정댁을 계속 닦달한다. 좌익의 두목인 강진태 가족도 흔적도 없이 사라져 버렸다. 소문에 의하면 야반도주한 후로 마을에 나타나지 않았다고 한다. 강진태를 따라다녔던 이명일을 잡으면 강진태도 잡을 수 있을까 하는 기대를 걸고 있는 것이다. 강진태와 이명일이 이 마을의 좌익 핵심 인물이기 때문이다. 경찰은 송정댁을 닦달하여 이명일의 소식을 알아내려고 혈안이다.

"아! 이 빨갱이 새끼가 아직도 산에 살아 있다는 건가?"

경찰은 송정댁을 심문하면서도 오로지 이명일과 강진태를 잡기 위해 신경질을 부린다. 오히려 송정댁은 경찰의 심문을 받으면서, 혹시나 남편의 소식을 들었으면 하는 바람이다. 아직까지 남편의 소식을 듣지 못했던 터다. 경찰이 남편의 행방을 더 잘 알고 있으리라 기대를 하고 있다. 막상 지서에 잡혀 와 취조를 당하고 보니, 경찰도 남편의 행방을 모르는 것 같다. 남편이 어디서 뭘 하고 있는지 궁금하기만 하다.

"이명일이 집에 돌아오면 즉시 지서로 신고하기 바란다. 만약에 신고를 지체하거나, 은폐할 때는 당신도 바로 총살감이다. 알겠나?"

"예."

경찰의 옥박지르는 소리에 송정댁은 주눅이 들어 고개조차 제대로 들지 못하고 기어가는 소리로 대답을 한다.

"박 순경!"

"예!"

"이명일을 잡을 때까지 이 자를 유치장에 가둬 놔!"

"예!"

순경이 다가와 송정댁을 끌고 간다. 경찰은 좌익의 거물급인 이명일이 아직 행방이 묘연하다. 생사가 궁금하다. 남편을 잡기 위하여 경찰이나 군인들이 가족들까지 잡아다가 고문까지 한다. 반란군을 잡기 위하여 혈안이 되어 있다는 소문을 들었던 터다. 가족을 대신해서 총살까지 시킨다고 하니, 송정댁은 겁먹은 얼굴이다. 반란군들을 따라 산에 올라간 주민들이 자수를 하더라도 법으로 처벌을 할 수밖에 없다. 남아 있는 가족들에게까지 연대 책임의 굴레를 씌울 수밖에 없다. 반란 사건으로 인한 피해를 워낙 심하게 당한 지역이라서, 아직도 반란 사건의 여파가 고스란히 남아 있다. 좌익의 가족들도 빨갱이로 함께 매도당하고 있다.

강진태의 술도가도 좌익의 집이라고 수시로 도둑이 들었다. 닥치는 대로 물건을 훔쳐갔다. 집이 폐가가 되어 버렸다. 이 마을의 빨갱이 대장 집이라고 사람들이 함부로 대하고 있다. 어마어마한 양조장 시설들이 쓸모없게 되어 버렸다. 가족들도 야반도주하여 아직도 돌아오지 않고 있다. 넓은 양조장은 술을 담은 수십 개의 항아리와 마구간도 텅텅 비어 있다.

"호호호호…."

아이들이 웃으면서 큰집 마당을 뛰어다니느라 정신이 없다. 화개댁이 아이들을 살핀다. 점말이와 난동댁이 부엌살림은 잘 알아서 하지만, 아이들을 돌볼 사람이 필요해졌다. 엄마가 지서에 잡혀간지도 모르고 철없이 뛰어다니는 아이들을 챙겨서 돌본다. 때가 되면 밥을 챙기고, 씻기고, 옷을 갈아입히느라 분주하다.

송정댁이 터벅터벅 집 안으로 들어선다. 기운이 없어 기다시피 방 안으로 들어서자마자 털썩 쓰러진다. 남편이 돌아오면 지서에 즉시 신고를 해야 한다는 다짐을 받고 풀려났다. 반란군 남편을 둔 죄로 경찰서에 끌려갔다 왔지만, 고문을 크게 당하지 않고 풀려난 것만도 다행이다. 송정댁이 방에 머리를 싸매고 누워 있다. 지서에 잡혀갔다가 돌아온 후로 앓아누워 버렸다. 산으로 올라가 버린 남편의 행방은 감감무소식이다. 어디서 죽었는지 살았는지, 알 길이 없다. 송정댁은 방 안에 누워 있지만 남편 얼굴을 생각하면서 눈물을 주르르 흘린다. 좌익이 뭔지. 좌익들이 좋은 세상이 올 거라고 떠들어 대던데, 국군이 들어왔을 때 그냥 자수를 하지, 왜 산으로 올라갔는지. 반란군들을 따라 산에 올라갔더라도 내려와서 자수를 하면 살려 준다는데 남편은 어디서 무얼 하는지. 처자식이 걱정도 안 되는지. 본인과는 상의 한마디 없이 반란군들을 따라 산으로 올라가 버린 일이 야속하기만 하다. 남편을 생각하니 서럽고 분한 마음이 들어서 머릿속이 복잡하기만 하다. 남편이 나타나면 즉시 지서에 신고를 하라고 했는데, 남편이 돌아오면 남편이 총살을 당하지는 않을는지. 반란 사건으로 수많은 사람들이 죽어 나갔는데, 남편이 돌아와도 무사하지 못하리라 여긴다. 남편이 밉기도 하지만 제발 살아 돌아오기만을 간절히 바란다. 만약에 남편이 안 돌아오면 앞으로 어떻게 살아갈지 막막하기만 하다.

화개댁이 집 안으로 들어선다. 집 안에 들어서자마자 송정댁을 부른다.

"성님!"

밖에서 화개댁이 송정댁을 부르지만 일어날 수가 없다.

"성님!"

방안에서 인기척이 없자 계속 부른다.

"성님! 안에 계셔요?"

송정댁이 축 늘어져서 대답을 하려고 해도 소리가 나오지 않는다. 송정댁이 지서에서 풀려났다는 소식을 듣고 화개댁이 급하게 집 안으로 들어서면서 송정댁을 부른다. 방안에서 인기척이 없자, 화개댁이 방문을 열고 방으로 들어선다. 축 늘어져 누워 있는 송정댁을 발견하자 놀란다. 화개댁이 송정댁 옆으로 급하게 다가간다. 송정댁의 손을 잡는다.

"아이고, 세상에나!"

축 늘어져 누워 있는 송정댁이 걱정이 든다.

"성님! 몸은 괜찮으신기요?"

송정댁이 눈을 감았다가 천천히 뜨면서 고통스러운 모습을 보인다. 몸을 일으키려고 안간힘을 쓴다.

"성님! 몸도 성치 않은데… 일어나지 말고 누워 계시이소."

일어나려고 하는 송정댁을 화개댁이 말린다.

"왔능가?"

"예."

"우리 애들은 어디 있능가?"

"애들은 큰집 애들이랑 잘 지내고 있습니다. 걱정 안 해도 됩니더."

송정댁이 이제서야 아이들이 걱정이 되어 묻는다. 몸이 천근만근이지만 아이들을 생각할 겨를도 없었다. '자네가 나 대신 고상이 많네. 고맙네.'라는 말이 입에 뱅뱅 돌기만 하지, 말이 나오지 않는다. 그저 축 늘어지고 기운이 없어 꼼짝도 하기가 싫다. 화개댁이 방바닥을 더듬는다. 차가운 방바닥을 확인한다.

"아이고, 성님. 방바닥이 요로코롬 차가운데 누워 있었능기요? 내가 얼릉 아궁이에 불을 때야 쓰것소. 쬐끔만 기다리이소."

"고맙네."

송정댁이 기어들어 가는 목소리를 낸다. 차가운 방바닥을 확인한다.

"아이고, 세상에나!"

화개댁이 중얼거리며 서둘러 부엌으로 간다. 아궁이에 불을 지핀다.

"쩌그, 명일이 성님네에 형수님이 왔다는 소식이 들리던디, 자네가 한번 댕겨오소."

"그, 성님이 지서에 잡혀갔다던디, 집에 돌아왔다구요?"

"그렇다니까. 반란 사건 때, 내가 그 형님 아니었으면 죽은 목숨이나 마찬가지라고 얘기 안 하던가?"

"알아요. 반란군들에게 잡혀갔는데, 그 큰집 서방님이 당신을 아무도 모르게 살려 줬다면서요."

"그 집에 성님도 안 계시는디…. 내가 그 은혜를 보답할라면… 그 랑깨로 자네가 얼릉 댕겨오라니까. 돌아오신 게 확실하면 나라도 그 성수님을 도와줘야 하지 않겠능가?"

"그럴까요?"

"얼릉 댕겨오소."

천변댁이 나가려 하자 인영도 나갈 채비를 한다.

"나랑 항꾸네 가 보세."

천변댁이 일어서자 인영도 쌀자루를 챙겨서 어깨에 메고 따라나 선다. 천변댁과 인영이 집 안으로 들어선다.

"성님, 계셔요?"

천변댁이 방문 앞에서 송정댁을 부른다. 송정댁이 방문을 열고 나 온다.

"아이고, 성님!"

천변댁이 송정댁이 나오자 달려들어 손을 잡아 준다.

"형수님! 언제 돌아오셨다요?"

천변댁과 인영은 송정댁을 바라보자 반갑게 다가간다.

"그동안 어디서 지냈당가요?"

송정댁은 집안사람들의 얼굴조차도 보기가 미안할 따름이다. 이 씨 집안에서 빨갱이가 되어서 산으로 올라간 사람은 남편뿐이다. 마음 한구석에는 집안사람들이 어떻게 생각할지, 미안해서 얼굴 마주 하기가 꺼려진다.

"친정에서 숨어 지냈구만요."

송정댁은 기어들어가는 목소리로 대답한다.

"형수님, 어쨌든 잘 오셨구만이라. 명일이 형님은 그렇다 치더라도, 산 사람은 어떻게 해서라도 살아야 하지 않겠어요?"

"…."

송정댁은 말문이 막힌다.

"나는 반란 사건 때, 명일이 성님이 아니었으면 죽음 목숨이나 마찬가지입니다. 명일이 성님이 새복에 큰집에 올라와서 미리 기별해 주는 바람에 일찍이 도망을 했다 아입니까. 명일이 성님이 기별을 안 해 줬다면 한청단원이라고 꼼짝없이 좌익들에게 잡혀갔을 겁니다. 새복에 당몰로 숨었는디, 그 동네 좌익들에게 잡혀서 지서로 끌려와 부렀당깨요. 꼼짝 못 하고 손까정 묶여서 산으로 끌려가고 있었는디, 완장을 찬 명일이 성님이 깜깜한 밤에 지를 부르더란 말이요. 그라더니 살째기 나보고 얼릉 도망가라고 해서 죽어라 하고 도망을 쳤다 아입니까. 내가 죽어라 하고 도망을 가자 허공에다가 총을 쏘면서 나를 쏴 죽인 것처럼 해서 지가 살아났다니까요. 그때 명일이 성님 아니었으면 나도 공동묘지에서 우익들을 죽인 것처럼, 좌익들에게 갈기갈기 찢겨 죽었을 거그만요. 명일이 성님이 생명의 은인이랑깨요."

인영은 그때를 생각하면 명일이 형님이 고맙기만 한다. 그래서 형수님에게 은혜를 갚고 싶을 뿐이다.

"그래서 우리 애들 아부지가 구사일생으로 살았다네요. 큰집 서방님이 아니었다면 반란군들에게 죽었을 거그만요. 그때 반란군들에게 산으로 잡혀간 사람들을 몽땅 공동묘지에서 총으로 쏴 죽여 뿌렀당깨요. 열 명도 넘게 한꺼번에 죽여 뿌린 바람에 난리가 났다 아입니까. 핵교 운동장에서 공동으로 합동 장례식을 치렀는데. 사람들이 그렇게 많이 온 건 첨 봤당깨요."

천변댁은 그동안 몰랐던 일까지 송정댁에게 소상하게 알려 준다. 그래서 송정댁이 돌아왔다는 소식에 쌀자루를 메고 달려온 것이다. 송정댁은 그 소릴 들으니 천만다행이라는 생각이 들지만, 그저 시무룩하기만 하다. 그런 남편이 아직도 소식이 없으니 말이다. 빨갱이 가족이라고 낙인이 찍혀 버렸는데, 어떻게 얼굴을 들고 살아갈지 걱정이다.

반란군을 진압하기 위해 긴박하게 돌아갈 때, 구례 계엄사령관은 각 마을의 한청단원 임원들에게 '한청단원증'을 발급해 줬다. 한청단원증을 몸에 지니고 다니게 한다. 작전 중에 반란군을 격퇴하기 위해서 군복을 입지 않은 민간인 중에 반란군과 한청단원을 구분하기 위한 증표다. 한청단원은 진압군의 일원으로서 신분을 확인하는 증표이기도 하고, 소속감도 가지게 하기 위함이다. 진압군들이 산중에서 민간인을 만나면 신분 확인을 위해서도 신분증이 꼭 필요하다. 진압군이 산에서 민간인을 만났을 때 누가 좌익이고 누가 한청단원인지 구분이 어렵기 때문이다. 또 진압군으로서는 한청단원이 확인이 안 되면 무조건 사살하라는 명령을 받았기 때문이다. 청년단원들이 합심하여 서로 정보를 주고받고 신분을 알리기 위한 방편이다. 한청단원들의 사기를 높여 주고 반란군들을 격퇴하는 일에 자부심을 높여 주는 일이다. 반란군과 대치되어 긴박한 상황이 닥칠 때마다 군사령관의 지시로 한청단원은 수시로 소집되었다. 노고단에 진압군의 진지를 구축하는 일에는 각 면에 500명씩 할당이 되었다. 구례 전역의 한청단원 수천 명이 모두 동원되었다. 말이 한청단원이지 각 마을의 젊은 남자들은 모두 한청단원인 셈이다. 밤낮으로 진압군을 도와서 반란군들을 제압하는 데 많은 공을 세운 한청단원들이다. 반란군들에게 한청단원들이 많이 희생이 되었다. 구만리 6 동지와 방광리는 십여 명이 반란군들에게 희생이 되었다. 반란 사건이 어느덧 진압되고, 반란군들이 식량 조달을 위해 민가에 출몰하는 일도 거의 없어졌다. 구례 지역에 주둔했던 진압군들이 철수하기 전에 한청단원들에게 포상이 주어졌다. 국민회관에 각 마을의 한청단원들이 모여든다. 계엄군사령관, 읍내 경찰서장, 면장과 지서장, 각 마을 이장과 국민회 임원들…. 많은 사람들이 모였다. 연파마을 청년 단장, 부단장을 했던 송기섭, 정만식이 계엄 사령관으로부터 표창을 받는다. 인영도 각 마을의 청년단원들과 함께 표창을 받는다.

짝짝짝짝짝….

회관에 참석한 모두가 박수로 환영을 한다. 밤마다 각 마을마다 울타리를 치고 마을을 지켜 낸 공로를 인정해 준 것이다. 반란군들이 마을에 들어오는 것을 한청단원들이 막아내는 데에 많은 기여를 한 셈이다. 만식이 한청단원증을 꺼내 들여다본다. 참으로 자랑스러운 한청단원증이다. 한편으로는 가슴이 아리기도 하다. 해방이 되자, 만식은 대한청년단에 가입하였다. 연파 마을의 청년단 부단장 감투까지 쓰며 활동에 열심이었다. 한청단원 활동을 열심히 하느라 좌, 우 대립이 심한 상황에서 자연스레 좌익들과 대립각을 세웠다. 반란 사건이 일어나자 가장 피해를 본 것은 국민회 임원들과 청년단 임원들과 가족들이었다. 다행히 피난을 가는 바람에 만식이 본인은 살아남았지만, 만식이 대신 잡혀간 만삭이 된 아내와 자녀, 뱃속에 있는 아이까지 3명이 반란군들에게 처참하게 죽임을 당하였다. 그 생각을 하면, 한청단원증이야말로 한 맺힌 단원증이다.

　여수 14연대 반란 사건의 악몽이 가시기도 전에 이듬해 1949년 5월 3일이 된다. 춘천 8연대 예하 부대인 홍천의 2대대에서는 대대장이 연대 작전 명령이라면서 현리까지 출동시킨다. 38선상에 있는 북지계봉 402고지를 점령하라는 명령을 내린다. 대대장의 명령에 따라 저녁 6시에 고지를 향하여 돌진한다. 미리 대대장이 북한군과 사전에 모의를 한 것이다. 2대대 병력이 고지를 향하여 돌진하자 무장을 제대로 갖춘 북한군에게 포위를 당한다. 대대장은 북한군에게 투항을 포기하라고 명령을 내리지만, 대대장의 함정에 빠진 걸 뒤늦게 알아차린다. 병사들이 결사적으로 북한군에게 대항하여 300명 중 절반 정도만 부대로 귀환하고, 나머지는 월북을 한다. 다음날 5월 4일. 8연대 1대대장도 야간행군을 한다고 대대 병력 455명을 집합시켰다. 20킬로미터 정도 행군을 하여 38선 부근에 도착한다. 저녁 7시에 38교 모진교 다리를 건너서 38선을 넘어선다. 38선을 넘어서자 무장을 한 북한군이 매복하고 있다가 1대대 병력을 포위해 버린다. 대대장이 미리 북한군과 모의를 해 두었다. 1대대 병력 전원이 포위되어 버리자, 대대장은 "우리 대대는 이미 북한군에게 포위되어 버렸다. 북한군에게 저항해 봤자 인명 피해만 날 터이니 무기를 버리고 항복하자." 하고 부하들에게 권유한다. 대대장에게 속은 걸 뒤늦게 알아차리고 북한군과 격전을 치른다. 무기도 제대로 갖추지 못한 상태라 겨우 239명만 살아서 부대로 귀환한다. 나머지는 월북을 한다. 여순 반란 사건 여파로 전군의 대대적인 숙군작업이 진행되자 대대장이 대대 병력을 월북시키는 일이 벌어진 것이다.

남한과 북한 각각의 정부가 수립되었지만, 여수 14연대, 광주 4연대뿐만 아니라 대구의 6연대, 강원도 홍천의 8연대에서까지 좌우 이념 대립은 계속되고 있다. 총과 탄약으로 무장한 군인들의 연속적인 반란 사건은 이제 막 수립된 신생 정부를 위협하는 중대한 문제다. 위기를 느낀 군부대에서는 사상 검증을 하면서 강도 높은 숙군 작업을 진행하고 있다. 군인이지만, 좌익 성향이 강한 군인들이 계속 잡히기도 하고, 지휘관 중에는 사형 선고를 받기도 한다. 그만큼 해방 후의 이념 갈등은 무섭게 대립되고 있다. 그 후로도 수시로 38선 인근에서는 남북이 대치되어 무력분쟁이 수시로 일어나고 있다는 소식이 전해진다.

탕탕탕⋯. 따다다다 따다다다⋯.

수시로 38선을 경계로 남과 북 사이에 총격전이 종종 일어났지만, 총소리가 날 때마다 그러다 말겠지, 하며 대수롭지 않게 여기는 분위기가 계속된다. 미·소 냉전체제가 심각하게 대립되고 있는 상황에서 한반도의 남한군과 북한군은 수시로 충돌을 한다. 공산당이 점령하여 토지 개혁을 실시한 북한에서는 지주들 가족이 토지를 몽땅 빼앗겨 버렸다. 지주들은 반항을 해 보지만, 오히려 반동으로 몰려 죽음을 면치 못하고 있다. 북한에서는 살아남기 힘들어졌다. 수시로 남한으로 도망치고 있다. 종교를 인정하지 않은 기독교인들도 공산당의 폭정을 피해서 남한으로 계속 내려오고 있다.

미라가 서시천 냇가에 앉아 멍하니 앉아 있다. 냇물이 흘러가는 모습을 바라보고 있다. 수개월 동안 갑자기 구례 전역에서 총소리가 요란하게 울려 댔다.

탕탕탕.

면사무소 쪽에서 나는 총소리에 놀라 집 밖으로 나온다. 무슨 일이지? 마을 사람들에게서 반란군들이 들어왔다는 소식을 듣는다. 그러나 미라와 아케미는 무슨 일이 일어났는지 관심도 없었다. 남형석이 집을 나가서 안 돌아오고 있어서 집 안에서만 기다리고 있었다.

아버지는 반란군들을 따라 산으로 올라가 버렸는데, 전혀 모르고 있다. 갑자기 군인들이 한청단원들과 함께 총을 들고 들이닥친다.

"남형석이 어디 있나?"

군인이 총을 들이대며 미라와 아케미에게 남형석 행방을 묻는다. 미라와 아케미가 고개를 흔든다. 잘 모르겠다는 표시다. 한청단원이 군인 옆으로 다가가 귀에다 대고 일본에서 온 사람들이라고 말을 한다.

"집 안을 뒤져 봐!"

군인의 명령에 따라 한청단원들이 집 안 구석구석을 뒤진다. 남형석이 보이지 않자 미라와 아케미에게 다가온다.

"남형석이 돌아오면 지서로 신속히 신고하길 바란다."

미라와 아케미가 공손히 고개를 숙인다. 남형석을 찾지 못하자, 군인들이 뒤를 자꾸 돌아보면서 우르르 몰려 나간다. 미라와 아케미는 남형석이 좌익 활동을 하는 줄 전혀 몰랐다. 조용하기만 하던 집안이, 아버지 때문에 풍비박산이 나 버렸다.

아케미는 여러 번 지서에 호출을 당했다. 조선말이 서투른 아케미의 말을 대변해 주느라 미라도 함께 경찰서에 다녀왔다. 미라가 아케미를 붙들고 지서를 다녀오면 마을 사람들이 손가락질한다. 눈을 흘기며 입을 삐쭉거린다. 저 집안이 빨갱이 집구석이라며 수군거리는 것이다. 남형석의 행방을 알아내기 위해 경찰들은 아케미와 미라를 계속 괴롭혀 왔다. 반복되는 호출과 심문에 지쳐 있는 상황이다. 집에 돌아온 아케미는 속이 상해 이불을 둘러쓰고 누워만 있다. 아케미는 해방이 된 조선 땅에 남편 하나만 보고 들어왔었다. 남편의 친척이 있다고는 하지만, 아케미에게는 친척이나, 아는 사람조차도 없는 조선 땅이다. 조선말도 더듬거리는 아케미는 남편 친척들과도 소통이 어려웠다. 조선에 도착하여 남편만 보고 살아왔다. 남편은 좌익 활동을 하다가 반란군들을 따라 산으로 올라갔다는데, 죽었는지 살았는지. 남편이 아케미에게 산으로 간다는 말도 없었다. 아직도 감감무소식이다. 걱정이 이만저만이 아니다. 곳곳에서 총소리가 나기만 하면 무섭고, 남편 걱정으로 잠을 이룰 수가 없다. 산에서 남편이 총을 맞고 죽었을까? 산속 어디에선가 총을 맞고 살려 달라고 소리를 지르고 있는 듯하다. 내가 산으로 올라가 볼까? 무서운 밤이 계속된다.

"흑흑흑흑흑…."

아케미는 밤중에 홀로 흐느낀다. 서럽고 서러운 밤이다. 홀로 이고통을 견뎌 내고 있다. 내 곁에는 아무도 없다. 내가 의지하던 남편이 사라져 버렸다 생각하니 슬픔이 밀려와 눈물이 저절로 나온다. 울음을 멈출 수가 없다. 이유 없이 밤마다 혼자서 흐느낀다. 밤마다 이리저리 뒤척거리며 뜬눈으로 꼬박 밤을 새운다. 아케미는 말이 없어져 버렸다. 머리가 띵하여 정신을 차릴 수가 없다. 우울감이 온몸에 스며든다. 기운이 점점 없어진다. 일어나려 해도 일어날 기운이 없다. 종일 누워서 지내고 있다. 집 안에 미라와 단둘이 지낸다. 미라에게도 말을 걸어오지 않는다. 미라도 그런 아케미를 바라보자니 그저 마음이 먹먹하기만 하다. 답답한 마음을 달래기 위하여 서시천에 나와 앉아 있는 시간이 점점 늘어난다. 서시천에 앉아서 흐르는 물을 바라보는 것이 좋다. 모든 시름을 냇물과 함께 흘려보낸다. 미라가 돌을 주워서 냇가를 향해 던진다. 돌이 물속에 풍덩 빠지며 물방울을 잠깐 일으킨다. 냇물은 아무 일이 없다는 듯이 흐른다. 계속 흐르는 물결을 바라보는 것만으로도 위안이 된다. 물속을 들여다본다. 물속에는 피라미들이 활발하게 움직인다. 먹이를 찾기 위하여 몸을 계속 놀린다. 물길을 따라 계속 몸을 움직이며 상류를 향해 이동하고 있다. 피라미의 움직임을 따라 계속 바라보는 것도 시름을 잊게 한다. 서시천은 그나마 미라에게 놀이터를 제공해 주는 곳이다.

　하루아침에 반란 사건이 일어나 구례 곳곳에서 총소리가 수시로 나는 아수라장을 겪었다. 집을 나간 아버지는 아무리 기다려도 집에 들어오질 않았다. 한참 후에 알았지만, 아버지는 반란군 대열에 가담하여 산으로 올라가 버렸다. 어머니는 조선에 도착하여 향수병에 걸려서 우울하던 차다. 반란 사건으로 아버지마저 산으로 올라가 버린 후, 빨갱이 가족이라고 수시로 경찰에 붙들려 가서 조사까지 받은 상황이다. 경찰은 아버지를 잡기 위해서 계속 가족들에게까지 미행을 붙이고 있다. 동네 사람들에게까지 빨갱이 가족이라고 낙인이 찍혀 버렸다. 엄청난 소용돌이를 겪은 동네 사람들은 인정사정이 없다. 반란군들이 마을에 들이닥치자, 인민재판이 열리고, 반란군들에게 떼죽음을 당한 사람들이 학교에서 합동 장례식까지 마쳤다. 마을 사람들로부터 아케미와 미라는 미운털이 박혔다. 아케미는 앓아누워 버렸다. 그 여파가 미라에게까지 전달되어 몸 둘 바를 모르고 있다. 미라 역시도 어디에도 마음 둘 곳이 없다. 수시로 서시천 냇가에 나와 앉아 있다. 미라의 유일한 낙이다. 흐르는 시냇물을 바라보면서 멍하니 앉아 있다. 모든 시름을 잠시나마 잊을 수 있는 시간이다. 산으로 갔다는 아버지가 제발 돌아오기만을 간절히 바랄 뿐이다.

방학을 맞은 인호가 대문에 들어선다. 오랜만에 만나는 집안사람들에게 꾸뻑 인사를 한다. 인호가 왔다는 인기척을 듣고 경자와 인철도 마당으로 나온다. 다리를 다쳤다는 인호는 걸음걸이가 씩씩하다.

"안녕하셔요!"

"어서 오니라!"

"도련님! 어서 오셔요!"

"너, 다리를 다쳤다며? 괜찮아졌나 보네."

인철은 인호의 다리를 보면서 말한다. 다리에 크게 금이 가서 깁스를 1달 이상 했다는 소식을 들었다. 인호를 보자 제일 먼저 인호의 걸음걸이를 본 것이다.

"한 달 이상 깁스와 목발을 짚고 다녀서 이젠 괜찮아졌어요."

"괜찮아졌다니 다행이다."

"형수님이 병원까지 와 주시고, 병원 여기저기에 부탁을 해 줘서 수월하게 병원에서 잘 지냈습니다. 형수님 덕분입니다."

"아이, 도련님도 별말씀을…. 어쨌든 괜찮아졌다니 다행이네요."

"어쨌든, 객지에 나가서는 몸조심해야 한다."

"예."

"어서 방에 들어가 봐라."

인철은 인호에게 부모님께 인사부터 하라고 한다. 인호가 안방으로 들어간다. 아랫목에 앉아 있는 이대길과 절골댁에게 큰절을 한다. 이대길과 절골댁은 방안으로 들어서는 인호의 다리를 먼저 바라본다.

"그래, 별일 없었더냐?"

"예, 아부지."

"그래. 오니라고 애썼다."

"다리를 다쳤다더니, 괜찮냐?"

"예. 다리에 금이 간 거라, 한 달 내내 깁스 하고 목발을 짚고 다녀서 괜찮아졌습니다. 어머이와 형수님이 병원까지 와 주시고, 형수님 덕분에 병원 사람들로부터 많은 도움을 받았습니다."

"그나이나, 많이 안 다치고 그만한 게 다행이다."

"아이고, 내 새끼. 그동안 병치레하느라 홀쭉해졌네. 고상 많았다."

절골댁은 훌쩍 큰 인호를 보며 빙그레 웃는다. 키가 쑥쑥 커가는 인호를 바라보는 것만으로도 기분이 좋아진다.

"그러고 봉께로 우리 인호가 많이 컸구나?"

"언제 졸업인가?"

이대길은 인호가 언제 졸업을 하는지 궁금하다.

"올 여름 방학 마치고 나서, 한 학기만 마치면 올겨울에 졸업합니다."

"벌써 그렇게 됐나? 이제 졸업이 몇 달도 안 남았구나!"

이대길은 인호의 대답을 듣고 고개를 끄덕인다.

"우리 새끼가 벌써 고등핵교도 졸업을 하게 생겼구나. 이제 금방이겠다. 전주에서는 다리가 다친 거 말고는 별일 없었제?"

"예."

"너도 알랑가 모르것지만, 여긴 반란 사건이 일어나서 큰 소란이 있었다. 전주에 있는 우리 인호가 좌익에 휩싸이면 어떡하나, 얼매나 마음을 졸였는지 모른다. 별일 없었다니 다행이다. 너는 절대로 좌익에 물들지 말기를 바란다. 알것제."

"지도, 전주에서 반란 사건에 대해 대충 소문으로 들었습니다. 전주는 별일 없이 지나갔습니다."

"어찌 됐던 간에, 좌익에 절대로 물들면 안 된다. 그 근처에도 가면 안 된다. 알겟제. 여기도 반란 사건으로 많은 사람들이 죽었다. 사람만 죽은 게 아니고 우리 집안 식구들도 반란군들 때문에 홍역을 치렀다. 그 생각만 하면 몸써리가 난다."

인호는 반란 사건에 대해 상세하게 들은 적이 없다. 어머니의 걱정이 이해가 가질 않는다.

"우리 인호가 다리가 다쳐서 병원에 입원하는 바람에… 집에 안온 것이 오히려 천만다행이다. 집에 왔으면 못 볼 걸 많이 봤을 거야. 차라리 모르는 게 약이다. 매일 총소리가 나고 전쟁 아닌 전쟁이 따로 없을 만큼 요란했었다. 어찌 됐던 간에 너도 앞으로 조심해야 한다. 잉!"

절골댁은 인호가 좌익에 물들지 않았으면 하는 바람이다. 신신당부를 한다.

"어머이, 알겠구만이라."

인호는 절골댁에게 걱정 말라고 웃으면서 정겹게 대답을 한다. 절골댁은 반란 사건 때에 인호가 집에 없었지만, 그동안에 혹시 전주에서 별일이 없었는지 묻는 것이다. 인호도 제법 나이가 들어서 수염이 조금씩 나기 시작하는 나이다. 전주에서 학교를 다니는 동안에 키도 훌쩍 자랐고, 코 밑에 수염도 조금씩 나고 있을 만큼 컸다. 학생복이 아닌, 사복을 입으면 청년티가 제법 난다. 절골댁은 인호를 보자, 부모의 품을 떠나 있는 인호가 혹시나 좌익에 물들지는 않을까 하는 걱정을 한다. 반란 사건 때 보면 아직 앳된 청년들이, 좌익이 되어 죽창을 들고 설치는 것을 봐 왔기 때문이다. 인호가 눈앞에 없을 때는 잊어버리고 있었는데, 인호가 나타나자 문득 걱정이 생긴다.

인호가 서시천으로 향한다. 전주에서 학교를 다니면서 방학 때마다 미라와 어울렸다. 둘 사이는 친한 사이가 됐다. 그동안 미라는 어떻게 지냈을까? 미라를 만난다는 기대감에 발걸음이 경쾌하다. 미라가 서시천을 바라보며 앉아 있다. 미라를 발견한 인호 발걸음이 점점 빨라진다. 얼굴에는 점점 미소가 번진다. 고향에 돌아온 인호에게는 미라가 있다는 것만으로도 가슴이 설렌다. 빨리 미라의 얼굴을 보고 싶다.

"미라야!"

인호가 미라를 크게 부른다. 미라가 인호의 목소리를 듣고 뒤를 돌아본다. 인호가 빠르게 다가오고 있다.

"인호 오빠!"

미라가 일어나 다가오는 인호를 향한다. 인호가 미라 곁으로 점점 다가온다. 미라와 인호의 얼굴에 함박웃음이 터진다.

"잘 있었어?"

"응."

인호가 반가워 안부를 묻자, 미라도 웃으며 인호에게 대답한다.

"오늘도 여기 나와 있었구나?"

"응."

"오빠는 전주에서 언제 왔어?"

"방학이라서 어제 왔지."

"전주에서는 별일 없었어?"

"전주에서는 별일 없었는데, 여기는 반란 사건이 일어나서 난리가 아니었다매?"

"응."

미라는 인호가 반란 사건을 들먹거리자 금세 기분이 언짢아지며, 기운이 없어진다. 인호와의 시선을 피해 버린다. 인호가 미라의 목소리를 듣고 금방 미라의 기분을 알아차린다.

"그동안 무슨 일이 있었어?"

"…."

미라는 말없이 고개를 숙여 버린다. 무슨 말을 하고 싶은데. 입에서 쉽게 말이 나오지 않는다. 인호는 미라가 어떤 상황인지도 모르고 계속 미라에게 관심을 가진다.

"왜? 무슨 일이 있었어?"

"…."

미라는 인호에게 말하고 싶지가 않다. 나중에 천천히 말할 작정이다. 아직은 인호에게 소상하게 말할 기분이 아니다. 미라가 고개를 숙이고 말을 하지 않자 인호도 잠시 서시천을 바라본다. 서시천을 바라보기만 해도 속이 뻥 뚫린다. 미라의 기분을 모르는 인호는 더 이상 미라에게 말을 걸지 않는다. 미라도 인호를 보자 기분이 좋았는데, 집안일을 떠올리니 갑자기 기분이 처진다. 잠시나마 집안일을 잊어버리려고 한다.

"인호 오빠는 전주에서 어땠어?"

"나야 열심히 학교에 다녔지."

"겨울 방학 때는 왜 집에 안 왔어?"

"그때는 운동을 하다가 다리에 금이 가는 바람에 깁스를 하고, 한 달 동안 병원에 있었어. 병원에서 퇴원을 하고도 계속 목발을 짚고 다녔지. 엄마와 형수님이 전주까지 오셔서 도움을 받았어. 지금은 다리 다친 곳도 괜찮아졌어."

"다행이네, 크게 안 다쳐서."

"응. 지금은 뛰어다녀도 돼. 다 나았어."

미라는 인호를 만나자 기분이 좋아진다. 그동안 집안 분위기 때문에 우울했던 기분이 순간적으로 나아졌다. 인호를 오랜만에 만나는 것만으로도 모든 걱정을 잊어버린다. 인호도 미라를 만나자 기분이 좋아진다. 그동안 미라를 보고 싶었어도 참아왔다. 둘이 손을 잡고 서시천에 있는 징검다리를 건너간다. 서시천이 징검다리 사이로 흐르고 있다. 징검다리를 건너 서시천 둑방으로 올라온다. 손을 잡고 중방들을 바라본다. 드넓은 중방 들판은 거칠 것이 없다. 제법 자란 파란 벼가 살랑거리며 춤을 추고 있다. 둘은 손을 잡고 나란히 걷는다. 따사로운 햇살이 둘을 반긴다.

아케미는 누워서 눈을 감고 있다. 고향 하늘이 그립기만 하다. 남형석이 산으로 올라간 후로는 부쩍 우울한 날이 많아진다. 멍하니 앉아 눈물을 주르르 흘린다. 신세가 처량하기만 하다. 반란군들을 따라 사라져 버린 지가 벌써 몇 개월이 지났다. 봄이 지나고 여름이 다가오는데도 남편은 아직도 아무 소식이 없다. 죽었는지, 살았는지. 행방을 알기라도 했으면…. 산속에서 가끔 총소리가 날 때마다 아케미는 마음이 조마조마하다. 부디 죽지 않고 남편이 돌아오기만을 간절히 바랄 뿐이다. 남편이 만약에 죽었다면? 조선 땅에서 살아가야 할 일이 막막하기만 하다. 미라를 데리고 고향으로 돌아가야 할지, 아니면 남편을 더 기다려야 할지. 남편은 언제 집으로 돌아올까?

밖에서 집으로 돌아온 미라는 누워 있는 아케미를 챙겨야 한다. 둘은 대화가 없다. 집 안에서도 각자 행동하며 서로를 피한다. 아케미가 무력해지고 우울해하는 기분을 이해하면서도 미라도 괴롭기는 마찬가지다. 미라가 집안일을 챙겨야 한다. 빨래를 주섬주섬 담아서 빨래터로 나간다. 아케미 대신 미라가 빨래를 담아서 빨래터로 다가오는 모습을 본다. 마을 여자들이 힐끔힐끔 미라를 쳐다본다. 반란군의 가족이라고 미운털이 박혀 버렸다. 미라가 가까이 다가오자 서로 바라보며 입을 삐죽거린다. 미라가 가까이 다가오는 것을 기분 나쁘게 바라본다. 서로에게 고개를 끄덕이며 빨래를 주섬주섬 담아서 자리를 뜬다. 자리를 뜨면서도 미라를 바라보는 눈길이 매섭다. 반란군 가족과 같이 빨래를 한다는 것이 기분 나쁘다는 표시를 낸다. 마을 여자들끼리 서로에게 고개를 끄덕이며 자리를 뜬다. 미라도 빨래터에 왔지만, 마을 사람들이 기분 나쁜 표시를 하며 자리를 뜨고 있음을 눈치챈다. 조심스럽게 자리를 잡고 빨래를 한다.

　아케미가 서시천 물살을 가르며 걸어 나아간다.
　첨벙, 첨벙, 첨벙….
　아케미가 점점 깊은 곳으로 향한다. 아케미 눈앞에는 순간적으로 나비가 나풀거리며 날아간다. 눈앞에서 아른거리는 나비를 잡으려고 허공을 계속 휘젓는다.
　"훠이! 훠이! 훠이!"
　순간적으로 나비가 보이지 않는다. 다시 아케미의 눈앞에는 나비가 계속 훨훨 날아간다.
　"훠이! 훠이! 훠이!"
　나비가 손에 잡힐 듯, 말듯 허공 속에 아른거린다.
　첨벙, 첨벙, 첨벙….
　아케미는 물속 깊은 곳으로 첨벙거리며 계속 들어간다. 아케미의 고향 냇가에서 꽃이 피고 나비가 지천으로 날아든다. 나비무리 속에 미라도 보인다. 어린 미라가 나비와 함께 훨훨 날아간다. 어린 미라는 붙잡아야 한다. 미라가 둥둥 하늘로 그냥 날아가 버리면 어쩌지? 어린 미라가 걱정이 된다. 아케미는 불안하여 견딜 수가 없다. 몸이 천근만근이다. 마음은 미라를 잡아야 하지만, 몸이 꼼짝을 하지 않는다. 아무리 발버둥을 쳐도 손만 허공을 향해 계속 휘젓는다.
　"미라야! 미라야!"
　아케미가 잠을 자다가 큰소리를 지르며 미라를 부른다.

"미라야! 미라야!"

허공에 손까지 흔들며 미라를 정신없이 불러 댄다.

미라가 잠을 자다 말고 아케미가 지르는 소리에 깜짝 놀라며 후다닥 일어난다. 잠꼬대를 하면서 헛소리를 지르는 아케미를 흔들어 깨운다.

"엄마! 엄마!"

미라가 아케미를 흔들며 엄마를 부른다. 아케미는 계속 소리를 지른다.

"미라야!"

다급하게 미라를 계속 불러 댄다.

"엄마! 정신 차리세요!"

미라는 더 큰 소리를 내며 아케미를 흔들어 댄다. 미라가 계속 흔들어 대자, 아케미의 잠꼬대가 잦아든다. 아케미의 움직임이 순간 멈춘다. 아케미가 눈을 뜬다. 미라가 흔들어 깨운 걸 알아차린다. 눈앞에 미라가 보인다. 미라를 보자 아케미가 미라를 꼭 껴안는다.

"흑흑흑흑흑…."

미라도 아케미를 따라 눈물을 흘린다. 한참을 지나서야 둘은 몸이 떨어진다. 미라가 아케미의 눈물을 닦아 준다. 아케미는 멍하니 앉아 있다. 아케미가 미라를 위로해 줘야 하는데, 그럴 정신이 없다. 아케미는 남편이 없어진 상황이 진정되지 않는다. 평생을 함께할 남편이 사라져 버렸으니, 그 충격에서 헤어 나오지 못하고 있다. 아케미의 울음이 점점 심해진다. 시도 때도 없이 눈물을 흘린다. 그나마 조금 안정이 되고 있는 미라가 아케미를 챙긴다. 아케미는 수시로 멍하니 앉아서 창밖을 바라보고 있다.

아케미를 돌보는 미라도 점점 지쳐 간다. 아케미는 매일 밤 일본 고향으로 가는 꿈만 꾼다. 조선에서는 도저히 견디기 힘든 날의 연속이다. 남편이 이제나저제나 기다려도 돌아올 기미가 보이지 않는다. 그럴수록 아케미의 고향을 그리는 향수병은 점점 심해져만 간다. 아케미의 우울증이 심해져 누워만 지낸다. 시일이 지나자, 아케미가 기운을 차리고 일어선다. 미라가 부축하여 숟가락으로 미음을 떠먹인다. 아케미가 겨우 미음을 받아먹는다. 안방에 앉아 마당을 멍하니 내려다보고 있다. 아케미는 해방 후 남형석을 따라 조선으로 건너왔지만, 해방 후의 조선은 좌우의 풍랑 속에 휩싸여 버린다. 조선에 건너온 지 3년이 지났지만, 아케미는 남형석과 미라 말고는 일가친척과 교류도 없는 상황이다. 남형석 집안으로 연파리 마을에 일가친척이 있다고는 하지만 아케미와의 교류는 별로 없었다. 그저 먼 발치에서 묵례만 나누는 정도였다. 조선말도 서투른 아케미는, 친척들을 만나도 말도 잘 안 통하고, 남형석과 미라와만 말을 주고받았을 뿐이다. 남형석이 반란군들과 함께 산으로 올라가 버리자, 빨갱이 가족이라며 손가락질을 한다. 일가친척들도 발길을 끊은 상황이다. 아케미와 미라에게 접근조차 꺼리고 있다.

"미라야, 내가 일본엘 다녀와야겠다."
정신을 차린 아케미가 미라에게 작정을 하고 말을 건넨다.
"언제요?"
아케미의 말에 미라가 고개를 돌려 대답한다. 그동안 엄마의 우울증 병환을 지켜봤던 미라다. 차라리 이런 병환이 계속된다면, 엄마가 일본으로 건너가서 치료를 했으면 하는 바람을 가지고 있었

다. 고향을 다녀오면서 향수병이 조금 수그러들었으면 하는 바람이
다. 미라가 건성으로 듣다가 아케미 곁으로 다가온다.

"엄마 혼자서 일본을 갈 수 있겠어요?"

미라는 밤에 잠을 자면서 헛소리를 하고 정신이 혼미한 아케미가
걱정이 된다.

"어떻게 해서든, 나 혼자서 다녀와 봐야지."

아케미는 오로지 고향 생각뿐이다. 도저히 조선에서는 견딜 수가
없을 것 같다. 고향 집에 가면 우울증이 금방 나을 것만 같다. 고향
하늘 들판을 걷는 꿈을 매일 꾼다. 아케미는 우울증으로 향수병에
시달리고 있는 중이다. 꿈속에서뿐만 아니라, 잠을 자지 않는 낮에
도 오로지 고향 생각뿐이다. 고향엘 가면 모든 걱정과 시름이 없어
질 것만 같다. 일본에서 잠시 지내면서 마음을 다스려 볼 참이다.
일본도 전쟁으로 인하여 폐허가 됐다지만, 고향은 복구가 되었는
지 궁금하기만 하다. 일본 동경에 계시는 오빠는 어떻게 지내고 있
는지 궁금하기만 하다. 고향 가는 길에 일본에서 눌러살 방법은 없
는지 찾아봐야 할 일이다. 조선에서 이대로 계속 살 수는 없는 일이
다. 만약에 남편이 언젠가 집으로 돌아온다 해도 남편을 설득하여
일본으로 돌아가리라는 다짐을 해 본다. 돌아온 남편이 일본으로
돌아가지 않는다면 혼자서라도 일본으로 돌아갈 생각이다. 반란 사
건이 잠잠해졌고 산속으로 도망을 친 반란군들을 모두 섬멸했다는
소문을 듣긴 했지만, 남편은 지리산이 아닌 다른 곳으로 피해서 살
고 있을지도 모를 일이다. 제발 살아 있기만 바랄 뿐이다. 미라 혼
자에게 집을 지키게 하는 일은 미안한 일이지만, 어느 정도 성장한
미라가 혼자서도 집안일을 잘 챙기리라 믿는다. 일본에 도착하여

여건이 좋아지면 미라를 일본으로 건너오게 할 것인지는 나중에 생각할 문제다.

　미라와 아케미가 구례구역에 서 있다. 기차를 기다린다, 기차를 타고 여수항으로 가야 한다. 여수항에서 부산으로 가는 배를 타야 한다. 부산으로 가서 일본으로 가는 관부연락선을 타야 한다. 일본으로 향하는 아케미를 배웅한다. 기차에 오르는 아케미를 향해 손을 흔든다. 아케미도 미라를 향해 손을 흔든다.

　미라가 서시천 징검다리 중간에 앉아 있다. 징검다리 사이로 급하게 흐르는 물을 바라보고 있다. 미라를 발견한 인호가 징검다리를 건너온다. 징검다리에 앉아 있는 미라의 손을 잡아 일으켜 세운다. 징검다리를 건넌다. 자갈밭에 나란히 앉는다.
　"무슨 생각을 하고 있었어?"
　"엄마가 많이 아파서 일본으로 가셨어. 고향에 다녀오면 마음이 안정될까 싶어서, 나도 엄마에게 일본에 다녀오시라고 적극적으로 권했어. 엄마가 안 계시니까 마음이 뒤숭숭하고, 심란해서 흐르는 서시천을 바라보고 있었어. 그래야 시름이 조금 덜할까 싶어서."
　"엄마가 일본으로 가셨구나. 잘하셨네. 엄마도 일본으로 가셨는데, 왜 마음이 심란한 거야?"
　"산으로 올라간 아버지 소식도 여태 없고, 엄마까지 저렇게 정신을 놓고 있으니 나까지 마음이 심란해지네."
　인호는 미라가 아버지 얘기를 하자 놀란다. 아버지가 산으로 올라갔다는 말에 관심이 간다.

"아버지가 산으로 올라갔다고?"

"…"

미라는 대답 대신 고개를 끄덕인다. 차마 반란군들과 함께 산으로 올라간 아버지 얘기를 꺼내기가 난처했다. 반란 사건으로 인한 피해가 막심했기 때문에 반란군 가족이란 굴레를 쓰고 있는 것쯤은 알고 있기 때문이다. 그렇지만 아버지 소식이 궁금하기만 하다. 살아 있는지, 죽었는지. 제발 살아 있기만을 바라고 있다. 만약에 아버지는 살아 계신다고 해도 돌아올 수 없는 일이다. 아직까지 돌아오지 않았다는 것은 산속에서 진압군들의 총공격 때에 죽었으리라 볼 수 있다. 소문에 의하면 진압군들이 지리산 곳곳을 뒤져서 반란군들을 몽땅 사살했다는 것이다. 엄마가 아버지 때문에 병이 난 것도 인호에게 말하지 않았다. 사람의 관계를 계속 유지하려면 본인에게 불리함을 감추기 마련이다. 인호와 만나면서도 티를 내지 않으려고 신경을 써 왔었다. 인호가 먼저 사실을 알고 물어보면 대답을 하겠지만, 미라가 먼저 인호에게 안 좋은 얘기를 꺼내기는 쉽지 않았다. 사실 미라는 인호를 만날 때마다 어딘지 모르게 위축되어 있었다. 미라 아버지의 말을 본인도 모르게 불쑥 꺼냈지만, 인호에게도 미안할 따름이다.

인호는 미라가 그런 아픔을 겪고 있으리라고는 전혀 몰랐다. 하필이면 미라 아버지가 반란군이었다니? 인호는 반란 사건에 대해 잘 모른다. 전주에서 반란 사건을 듣긴 했지만 구례에서 전쟁 아닌 전쟁이 일어났다는 것에 대해서도 잘 모른다. 집에 오자마자 어머니가 좌익에 물들까 봐, 좌익에 가담하지 말라고 인호에게 신신당부를 했던 말을 떠올린다. 인철이 형을 통해서 우리 집도 지주라는 이유 때문에 인민재판을 당했다는 끔찍한 소리를 들었다. 만약에 반란군들에게 끌려갔다면 모두 죽임을 당했으리란 얘기를 들었다. 살아남기 위하여 반란군들을 우리집 마당에서 음식을 대접해 주고 살아났다는 것이다. 그 후로 여러 가지 일이 복잡하게 되어서 집안 꼴이 만신창이가 됐다는 얘기를 들었다. 작은집, 명일이 형도 좌익 활동을 하다가 산으로 올라가 버려 집안 꼴이 말이 아니라는 것이다. 남은 가족들이 엄청난 고통을 받고 있다는 것이다. 경찰과 국군들이 남아 있는 가족들에게까지 계속 압박을 가하였다는 소문을 들었다. 가족들에게 연좌제를 적용하는 것이다. 미라와 아케미도 엄청난 고통을 당하였으리란 짐작을 한다. 가족들은 더 큰 배신과 상실감에 빠졌으리라 본다. 그동안 마음고생을 얼마나 했을까? 아버지가 산으로 올라갔다니. 그 일 때문에 엄마까지 아프셨다고 생각하니 순간적으로 미라가 걱정이 된다.

인호가 미라의 손을 잡아 준다. 미라는 인호의 따뜻한 손길이 느껴진다. 위로의 손길이다. 미라는 순간 울컥한다. 그동안의 외롭고, 서러웠던 마음에 위안이 된다. 인호의 손길이 고맙고 또 고맙다. 눈물이 멈추지 않는다. 미라는 그동안 누구에게도 위로를 받은 적이 없었다. 오로지 혼자서 견뎌 내야만 했다. 엄마에게서 위로를 받아야 하지만, 오히려 더 큰 아픔을 견디고 있는 엄마를 위해서 미라가 헌신을 해야만 했다. 그동안 오로지 혼자서 아픔을 견디어 냈던 일이 주마등처럼 지나간다. 그 슬픔과 서러움이 한꺼번에 몰려온다. 미라는 어깨를 들썩이며 서러운 울음을 쏟아낸다.

"흑흑흑흑흑…."

미라의 갑작스러운 울음에 인호도 당황한다. 인호는 미라의 고통을 헤아린다. 얼마나 외롭고 힘들었을까? 인호가 미라를 안아 준다. 미라는 인호의 가슴에 얼굴을 파묻고 한참을 울어 댄다. 인호도 미라의 울음소리를 듣다가 순간적으로 울컥한다. 그동안 미라와 정이 든 것이다. 미라의 슬픔이 곧 내 슬픔으로 다가온다. 어쩌다 미라가 그런 상황이 되었는지 안타깝기만 하다. 미라를 따뜻하게 안아 주며 다독여 준다. 미라는 인호에게 기대어 실컷 울고 났더니 속이 후련해진다. 슬픔을 위로해 주는 인호가 고맙다. 인호에게 미안한 감정이 생긴다.

무더운 여름이다. 미라와 인호가 서시천 장정지 바위에 앉아 있다. 장정지는 여름 장마에 홍수가 밀려 내려온다. 큰물이 흘러나갈 때 장정지의 엄청난 바윗돌에 부딪혀서 깊은 물웅덩이 지池, 소沼를 만들어 낸다. 서시천을 흐르는 물길이 장정지에 차곡차곡 쌓인다. 물길은 거대한 바윗덩어리를 만나 물회오리를 일으키고, 장정지에 잠시 쉬었다가 다시 서서히 흘러간다. 장정지는 고요하다. 장정지는 집채만한 거대한 바위와 느티나무가 어우러져 천혜의 쉼터를 만들어 주고 있다. 거대한 느티나무는 바위에 그늘까지 만들어 준다. 미라와 인호는 바위에 앉아서 편안히 쉬고 있다. 장정지는 바위 위에서도 물속이 훤히 들여다보인다. 장정지 안에는 섬진강에서 올라온 은어 떼와 각종 물고기가 유유히 헤엄을 치고 있다. 장정지 물가에는 수양버들이 길게 드리워져 있다. 장정지 위로 가끔 수양버들 잎이 떨어진다. 먹이를 구하던 물고기 떼가 떨어진 수양버들 잎으로 달려든다. 수양버들 잎이 먹이인 줄 알고 쏜살같이 올라와 주둥이를 내민다. 그 광경을 보던 인호가 수양버들 가지를 꺾어 온다. 가지를 손가락 사이에 끼운다. 가지에 달려 있는 잎을 훑어 낸다. 잎이 주먹 한가득 쌓인다. 장정지 물가로 가까이 다가간다. 인호가 수양버들 잎을 장정지 위로 흩뿌린다. 수양버들 잎이 물 위에 떨어지는 순간, 물고기 떼가 수양버들 잎을 향해 쏜살같이 달려와 주둥이를 내민다. 인호가 그 순간을 놓치지 않고 수양버들 가지를 힘차게 내리친다.

찰싹, 찰싹, 찰싹…:

인호가 내리친 수양버들 가지가 장정지에 파문을 일으킨다. 갑자기 달려들던 물고기 떼가 수양버들 가지로 한 방 얻어맞는다. 수양버들 가지로 한 방 먹은 물고기가 기절을 한다. 기절을 한 물고기가 수면 위로 배를 드러낸다. 잔잔하던 장정지는 몰려든 물고기 떼에 의해, 다시 한번 더, 파문을 일으키며 물결이 출렁인다. 인호는 철썩거리는 물보라에 몸이 흠뻑 젖는다.

짝짝짝…:

미라가 그 모습에 반하여 박수를 치며 좋아한다. 인호가 다시 장정지 물가로 다가가 수양버들 가지로 꺾어다 잎을 흩뿌린다. 버들가지로 다시 내리친다.

찰싹, 찰싹, 찰싹…:

한 방 얻어맞은 장정지는 물결 파문을 일으키며 계속 출렁거리며 퍼져 나간다. 미라가 신이 나서 자리에서 일어난다. 박수를 치며 좋아한다. 인호가 박수를 치며 웃고 있는 미라를 바라본다. 인호도 함께 웃는다.

수시로 서시천에 나와서 인호와 미라는 손을 잡고 함께 걷는다.

무더운 더위를 피해 저녁에도 미라와 인호가 서시천 둑방에 앉아 있다. 온갖 풀벌레들의 합창 소리가 밤하늘과 어우러진다. 하늘은 별빛이 반짝거린다. 은하수가 길게 드리워져 있다. 빛나는 밤하늘을 쳐다보니 천상의 화원이다.

"와! 저 은하수 좀 봐!"

미라가 밤하늘을 보며 감탄을 쏟아 놓는다.

"은하수가 쏟아져 내릴 것 같아!"

"와! 참으로 멋진 하늘이네. 별이 초롱초롱 빛나고 있네!"

인호도 은하수를 바라보며 감탄한다.

"별들이 우리에게 말을 걸어오네. 저 밤하늘의 별들이 친구가 되고 싶어 하나 봐."

미라는 밤하늘과 친구가 되고 싶어진다. 별들과 계속 말을 주고받았으면 한다. 인호도 밤하늘에 넋을 잃고 바라본다. 미라가 인호 어깨에 머리를 살며시 기댄다. 늘 외로운 미라는 인호의 어깨가 편안하다. 인호도 미라의 어깨를 받아들인다.

"저 달 좀 봐!"

"저 달도 참 멋지다."

"그렇지?"

"응."

　　　"푸른 하늘 은하수 하얀 쪽배에
　　　계수나무 한 나무 토끼 한 마리
　　　돛대도 아니 달고 삿대도 없이
　　　아기도 잘도 간다 서쪽 나라로"

인호가 노래를 부르자 미라도 흥얼거리며 따라 한다. 미라도 일본
에 살면서 아빠에게 배운 노래다. 아빠랑 가끔 흥얼거리며 따라불
렀던 노래다. 가사는 정확히 모르지만, 음정은 어렴풋이 되살아난
다. 인호는 미라가 노래를 따라부르자 미라와 한층 친숙해지고 있
다. 함께 노래를 부른다는 것은, 서로 마음의 교감이 빠르게 전달된
다는 것이다. 인호는 미라가 함께 노래를 부르자 기분이 좋아진다.

"미라도 이 노래를 아는구나?"

"응. 일본에 살 때 아빠가 가끔 부르시는 걸 듣고 따라 했어."

"그랬구나."

미라와 함께 노래를 부르고 나자, 인호는 미라에게 은하수에 대한
이야기를 들려주고 싶은 생각이 난다.

"저 은하수를 보니 견우와 직녀의 이야기가 생각나네."

"견우와 직녀의 이야기가 뭔데?"

"옛날 옛적에 하늘을 다스리는 옥황상제가 베를 잘 짜는 직녀와
소를 잘 돌보는 견우라는 목동을 결혼시켜 줬대. 이들은 결혼 후
에도 더욱더 열심히 일을 해야 하는데도 불구하고, 둘이 너무 사랑
만 하느라 직녀는 베 짜는 일에 소홀하였고, 견우는 소를 돌보는 목
동 일에 소홀하였대. 이를 안 옥황상제께서 진노하여 은하수를 사
이에 두고 다른 별나라에서 각각 지내게 하였대. 그리고 한 해에 한
번. 칠월 칠석날 하루만 만나서 같이 지내는 것을 허락하였대. 그러
나 칠월 칠석이 되어 둘이 만나려고 해도 은하수를 건너서 만나야
만 하는 상황이었나 봐. 은하수 건너편에 서로 발만 동동 구르고 있
는 것을 본 까마귀와 까치들이 안타깝게 여기고 하늘로 올라가 몸
을 잇대어서 다리를 만들어 주었대. 그게 오작교烏鵲橋야. 오작교 다

리를 건넌 견우와 직녀가 만나서 기쁨을 나누었지만, 다음날 견우와 직녀는 서로 헤어져야 하는데 헤어지는 것이 너무 서러워 오작교를 건너며 눈물을 흘렸다는 전설이야. 그때 까마귀와 까치들이 서로 몸을 잇대면서 서로 머리를 맞대고 오작교를 만들어 주느라, 까마귀와 까치의 머리가 벗겨질 만큼 힘들었다는 거야. 까치와 까마귀는 그때 머리를 맞대며 털이 많이 빠져서 털갈이를 한다는 거야. 견우와 직녀가 서로 헤어지면서 눈물을 얼마나 많이 흘리냐에 따라서, 칠월 칠석에 내리는 비의 양이 결정된대. 칠월 칠석에 내리는 비는 그들의 눈물이라는 거야. 눈물을 많이 흘리면 비가 많이 내리고, 적게 흘리면 가뭄이 든다는 거지."

"와! 재미있다. 그런 전설이 있었어?"

미라가 인호의 이야기가 재미 있다는 호응을 해준다.

"응."

"그래서 그런지 여름밤의 은하수가 특별해 보이네."

미라는 견우와 직녀의 전설에 흠뻑 빠진다.

"…"

"엄마는 일본에 잘 가셨나?"

"내가 기차역까지 나가서 잘 배웅해 드렸어. 아마 일본에 잘 도착하셨을 거야."

"잘했네. 몸은 많이 좋아지셨나?"

"…"

미라가 잠시 머뭇거린다. 미라는 엄마만 생각하면 저절로 목이 멘다. 우울증에 빠져 있는 아케미를 바라볼수록 미라도 함께 마음이 심란해졌었다. 조선 땅에 터놓고 지내는 사람도 없었던 엄마가 가엾기만 했었다. 극심한 우울증에 빠져 있는 엄마를 바라볼 때마다 엄마가 일본으로 건너간 일이 잘된 일이라고 여기고 있던 참이다.

"엄마가 많이 아팠었는데, 도착했다는 연락을 할 경황도 없을 거야. 잘 도착했겠지."

"…."

"언제 돌아오신다는 약속은 없었어?"

"없었어."

"일본에 가셨으니까 빨리 좋아졌으면 좋겠다."

인호도 아케미가 걱정이 되긴 마찬가지다. 아케미가 좋아져야, 미라도 한시름 놓인다는 걸 잘 아는 인호다.

"지금까지 아무 소식이 없는 걸 보면 엄마는 일본에서 잘 계시리라 믿어. 외갓집 식구들과 어울리면서 병이 나을 때까지 계속 머물러 계셨으면 좋겠어. 엄마가 고향에 가면 기분이 좋아지리라 믿어. 조선 땅에서는 엄마가 어울릴 사람이 없었으니까…."

미라는 엄마가 일본에 가셨으니까, 외가 친척들과 어울리면서 좋아졌으면 하는 바람이다.

"그럼, 미라 너는 앞으로 어떻게 할 생각인데?"

인호는 미라도 일본으로 건너갈지 매우 궁금하다.

"나도 봐서… 일본으로 가 봐야 할지, 아직은 고민 중이야."

미라가 뜸을 들이며 천천히 말을 한다. 인호의 질문에 대답이 머뭇거려진다.

"미라 네가 일본으로 간다고?"

미라도 엄마를 따라서 일본으로 건너갔으면 하는 바람이다. 일본에서 태어난 미라도 고향이 그립기만 하다. 미라는 엄마를 생각하

니 문득 고향이 생각난다. 고향에도 서시천처럼 물이 흐르는 냇가
가 있다. 꽃이 피고 새들이 지저귀는 평화로운 곳이다. 그 냇가에서
어렸을 때부터 물장구치고, 고기잡이를 하던 곳이다. 수시로 냇가
에 나가서 놀던 기억이 난다. 미라가 고향 생각을 하면서, 저절로 얼
굴에 웃음이 살아난다.

"…"

"엄마가 계속 저러면, 나까지 일본으로 가야 하나 하는 생각이 들
기도 해. 빨리 좋아져서 돌아오셨으면 해."

미라는 머뭇거리면서 엄마를 따라서 일본으로 가야 할지 잠시 혼
돈에 빠진다.

"나는 미라가 일본으로 가는 것은 반대야."

인호는 미라의 생각이 어떤지도 모르면서 머뭇거리는 미라를 보
자, 미라가 일본으로 간다는 것에 대해 순식간에 반대를 한다는 말
이 나와 버린다.

"왜?"

미라 역시 인호가 반대 의견을 제시하자 궁금하기만 하다.

"너는 나와 한국에서 함께 살아야지. 어딜 간다고 그래."

인호는 단호하게 미라가 일본으로 간다는 것을 반대한다. 그러자
미라는 인호의 말에 더 적극적으로 다가온다.

"그럼, 오빠가 나와 결혼이라도 하겠다는 거야? 뭐야?"

미라도 인호의 마음을 확인하고 싶은 순간이다. 아직 결혼할 여건
이 안 되는 걸 알지만, 결혼 얘기가 스스럼없이 튀어나와 버린다. 인
호는 미라의 마음이 어떤지 아직 잘 모른다. 인호가 미라를 얼마나
사랑하는지. 아직 사랑한다는 말을 미라에게 말한 적도 없다. 그저

매일 미라를 만나지 않으면 미라가 보고 싶을 뿐이다. 미라를 만난 지가 2년이 흘렀지만, 그저 아무 조건 없이 미라가 그냥 좋을 뿐이다. 집에 있는 동안에는 미라를 하루라도 보지 않으면 안 되겠기에 서시천으로 나오면 미라도 약속이나 한 것처럼 영락없이 서시천으로 나온다. 미라가 결혼이라도 하겠냐고 다그치자 인호도 이 기회에 미라에게 사랑한다는 말을 꼭 해주고 싶은 충동이 생긴다. 인호는 가슴이 두근거려 온다. 사랑이라는 말, 결혼이라는 말이 가슴을 설레게 한다.

"미라야…."

"…."

"사랑해."

인호는 뜸을 들여가며 미라에게 말한다. 미라도 인호의 고백에 갑자기 몸이 뜨거워진다. 미라도 그동안 인호를 만나오면서 사랑한다는 소리가 듣고 싶었다. 엄마 때문에 미라 역시 우울하기는 마찬가지였다. 누군가에게 기대고 싶은 날이 연속이었다. 인호를 만나면, 그저 기분이 좋아져서 우울함을 잊을 수가 있었다. 그러나 차마 미라가 먼저 인호에게 사랑한다는 말을 꺼낼 수가 없었다. 마음 한구석에만 가지고 있을 뿐. 차마 미라의 입으로 인호에게 먼저 사랑한다는 고백을 할 용기가 나지 않았다.

"나도 사랑해."

인호와 미라는 서로 꼭 껴안는다. 미라가 사랑한다는 말에 인호는 몸이 확 달아오른다. 미라의 몸을 맞대자 더욱더 몸에서 열이 나며, 온몸에 땀이 나기 시작한다.

"인호 오빠! 나를 영원히 사랑해 줄 수 있어?"

"그럼. 나는 미라를 영원히 사랑해 줄 수 있지."

"정말?"

"미라야! 사랑해."

"나도 사랑해."

서로 기다렸다는 듯이 사랑한다는 말을 쏟아낸다. 인호가 먼저 사랑한다고 말하자, 미라는 기분이 날아갈 것만 같다. 인호도 미라가 사랑한다고 말하자 기분이 붕 뜬다. 인호가 용기를 낸다. 인호가 미라의 입술로 다가간다. 인호가 미라의 입술에 키스를 퍼붓는다. 미라도 인호의 갑작스러운 키스에 기분이 점점 고조된다. 미라 호흡이 점점 가빠 온다. 숨이 막힐 지경이다. 미라는 인호의 키스에 좋아서 어쩔 줄을 모른다. 인호의 입술이 달콤하다. 미라도 인호를 꼭 껴안고 인호에게 키스를 퍼붓는다. 황홀하다. 몸이 날아갈 것만 같다.

"미라야! 나는 너와 결혼하고 싶어."

미라는 인호의 말에 가뜩이나 황홀한 기분이었는데, 순식간에 흥분이 되어 버린다.

"나도 오빠와 결혼하고 싶어!"

미라는 기다렸다는 듯이 인호와 결혼하고 싶다고 말한다. 인호와 미라는 서로 사랑을 확인하고 또 확인한다. 몸을 더욱 밀착하여 키스를 퍼붓는다.

"흐흠."

미라의 입에서 저절로 신음 소리가 새어 나온다. 인호는 미라의 신음 소리에 더욱더 몸이 달아오른다. 미라의 몸이 점점 뜨거워진다. 인호의 몸도 순식간에 불덩이가 되어 간다. 인호는 아랫도리가 불쑥 솟아오름을 느낀다. 미라의 몸도 점점 불덩이가 되어 간다. 인호가 미라의 몸을 거세게 밀착하자, 미라의 젖가슴이 물컹거리며 인호의 몸에 닿는다. 인호는 기분이 묘해진다. 처음 겪어 보는 인호는 온몸이 꿈틀거린다. 흥분이 고조된다. 순간적으로 미라의 몸을 더욱더 세게 밀착시킨다. 미라는 인호가 몸을 거세게 밀착시키자 순간적으로 더 흥분된다. 본인도 모르게 신음 소리를 계속 뱉어낸다.

"흐흠."

미라는 순간적으로 인호가 더 강하게 키스를 해 주기를 바란다. 인호가 거세게 젖가슴을 밀착해 오자, 미라의 몸은 불덩이가 되어 버린다. 인호가 몸을 더듬어 주기를 바란다. 인호 오빠라면 미라의 몸을 맡겨도 좋을 듯싶다. 인호가 미라의 몸을 더듬기 시작한다. 미라는 짜릿함이 몰려온다. 인호의 손이 미라의 젖가슴을 더듬는다. 미라는 인호의 손이 젖가슴에 닿자, 온몸이 짜릿해진다. 수만 볼트의 전류가 온몸을 타고 흐르는 것 같다. 그 기분이 온몸에 퍼진다. 인호가 젖가슴을 만지면 만질수록 흥분이 점점 고조된다. 흥분을 주체할 수가 없어져 버린다. 몸이 붕붕 떠오를 것만 같다.

"하음."

미라의 가느다란 신음 소리에 인호는 점점 미라의 몸을 거세게 더듬는다. 인호의 호흡도 점점 거칠어진다. 미라의 보드라운 젖가슴을 만지작거리자, 뜨거운 욕정이 확 밀려온다. 참을 수가 없을 만큼 온몸이 후끈후끈해진다. 인호의 몸은 이미 불덩이가 되어 버린다.

"오빠, 사랑해."

"나도 사랑해."

미라가 사랑한다는 말을 하자 인호는 몸을 더욱더 미라에게 밀착시킨다. 인호가 미라의 몸을 더 강하게 계속 더듬는다. 둘은 격정적으로 몸을 움직인다. 몸을 움직이면 움직일수록 황홀한 경지에 다다른다. 미라의 호흡이 급해진다.

"흠, 흠."

미라의 신음 소리는 점점 커진다. 미라의 신음 소리를 들은 인호의 숨소리도 점점 거칠어진다. 미라가 인호의 몸을 세게 껴안는다. 그러면 그럴수록 인호의 몸은 불덩이가 되어간다. 인호가 급하게 서두른다. 이 순간을 참을 수가 없다. 달아오른 인호의 몸은 활활 타오르는 모닥불이 되어 버린다. 인호가 거추장스러운 옷을 훌훌 벗어 버린다. 인호가 순식간에 알몸이 된다. 벗은 옷을 둑방에 펼친다. 미라를 그 위에 눕힌다. 미라의 옷도 서둘러 벗겨낸다. 미라는 이 순간이 황홀하다. 몸은 붕붕 떠서 하늘을 날고 있다. 그저 이 순간을 기분 좋게 즐기면 되는 것이다. 둘의 키스는 더욱더 격정적으로 치닫는다.

"흠, 흠, 흠."

서시천은 이들의 거친 숨소리로 채워진다. 서시천을 흐르는 물소리도 이들의 소리에 묻혀 버린다. 한여름 밤에 청춘 남녀가 한 몸이 되어 뒹군다. 기분 좋은 순간이다. 밤하늘의 별과 달이 알몸이 된 두 사람을 비추며 활짝 웃는다. 풀벌레 소리도 더 고운 소리로 합창을 한다.

인호 머릿속은 온통 미라와의 결혼 생각뿐이다. 미라를 혼자 있게 놔둘 수는 없는 일이다. 어려움에 처해 있는 미라와의 결혼을 서둘러야만 할 일이다. 절골댁에게 어떻게 말을 꺼내야 할지 계속 고민 중이다. 학교도 졸업하지 않은 상황에서 결혼 얘기를 꺼낸다는 게 쉬운 일은 아니다. 학교 졸업이야 마지막 학기를 보내고, 겨울 방학이 끝나면 졸업은 하게 되어 있다. 학교 문제야 큰 문제는 안 될 일이다. 그러나, 부모님께 소개할 사람은 미라다. 아버지는 반란군으로 산으로 올라가 버렸고, 어머니마저 일본으로 건너가 버린 일본 여자의 딸이다. 미라와의 결혼 얘기를 어른들에게 꺼내야 한다. 미라 집에 부모님도 없는 상황이다. 인호도 미라를 소개하자니 머뭇거려진다. 가뜩이나 반란 사건으로 좌익들에게는 빨갱이라는 딱지가 붙어 버렸다. 빨갱이 집안의 집이라고 배척을 당할 거라는 생각을 하니, 인호는 머리가 복잡하다. 인호의 부모님이 결혼을 반대할 거라는 예상을 하지만, 어쨌든 극복해 나가야 할 일이다. 내가 사랑하는 사람이 아닌가?

"어머니, 저 결혼하겠습니다."

"거, 뭔 소리다냐?"

앳돼 보이는 철부지 인호가 결혼을 한다고 하니…. 절골댁은 인호를 바라본다.

"저, 결혼시켜 달라니까요."

"아적 핵교 졸업도 안 했는데, 뭔 소리다냐?"

"저, 결혼시켜 주십시오."

절골댁은 아직 학교도 졸업 안 한 인호가 결혼을 하겠다는 소리에 놀란다. 혼담이 오고 가지도 않았다. 다짜고짜 결혼을 하겠다니, 인호의 말을 들어나 보고 싶다. 옛날 같으면 인호 나이쯤에 결혼을 해도 되는 때다. 인호가 결혼을 하겠다는 색시 될 사람이 궁금하기도 하다.

"색시 될 사람은 정해 놨느냐?"

절골댁은 배시시 웃으면서 인호를 바라본다. 벌써 결혼 얘기를 꺼내는 인호가 대견하기도 하다.

"예."

인호의 대답이 단호하다.

"누군데? 말해 보거라."

"이 동네에 사는 사람입니다."

"이 동네 사람이라고?"

이 동네 사는 사람이라고 하니 절골댁은 더욱 궁금해진다. 이 동네 누구일까?

"예. 쩌그, 또랑가 골목에 있는, 남씨네 유기공방 손녀딸입니다."

"거시기… 유기공방 손녀딸이라면 엄마가 일본에서 왔다는… 일본 여자 딸이냐?"

절골댁은 인호의 갑작스러운 제안에 갑자기 얼굴색이 변한다. 일본 여자 딸이라니? 가당치도 않을 소리다. 아버지도 일본으로 유학을 가 거기서 살다가 해방이 되어 돌아온 걸로 알고 있다. 그 집이라면 부모들이 삼남 일대에서 유기공방으로 크게 성공한 집안이다. 부모들은 죽었지만, 일본 유학 갔다 온 아들이 반란 사건에 빨갱이가 됐다는 소문이 도는 집안 아닌가? 그놈의 빨갱이들 때문에 얼마나 많은 사람이 죽어 나갔던가? 마을 사람들이 반란군 가족이라고 이미 낙인이 찍혀서 그 집에 돌팔매질이라도 던질 태세로 손가락질을 하는 집이 아니던가? 절골댁은 얼굴색이 돌변하며 고개를 절레절레 흔든다.

"그 집 딸이라면 절대로 안 된다."

절골댁은 단호하게 말한다.

"왜 안 된다는 겁니까?"

"이놈아, 결혼은 집안을 보고 하는 것이여! 아무하고나 하는 것이 아니란 말이여!"

"왜, 안 된다는 겁니까? 지는 꼭 결혼할 겁니다."

인호도 질세라 절골댁에게 단호하게 말한다.

"이놈아, 그 집은 빨갱이 집안이여. 더군다나, 일본 여자는 우울증이 심해서 허구헌 날 미친 사람맹키로 서시천에 나와 앉아 있다던디. 요새는 안 보인다고 하면서, 일본으로 갔다는 소문이 있던데. 그런 집의 딸과 결혼하겠다는 거냐? 내 눈에 흙이 들어가기 전에는 절대로 안 된다."

절골댁은 단호하게 반대를 한다.

"어머이, 지금은 세상이 변했습니다. 집안이 뭐가 중요하다는 겁니까?"

"이놈아, 어미, 애비도 없어진 천애 고아나 다름없는 근본도 없는 집안과 결혼을 하다니 말이나 되는 소리냐?"

"어머이가 아무리 반대해도 지는 결혼할 겁니다."

인호는 작정을 한 듯이, 절골댁의 반대에도 전혀 굽힘이 없다.

"이놈아, 어미가 안 된다고 할 때는 다 이유가 있어서 그러는 거다."

"왜 안된다는 겁니까?"

"그 집안은 근본도 없는 쪽바리의 피가 섞여 있는 집안 자식이다. 어딜 감히 우리 집에다가 쪽바리 피가 섞인 종자를 들이겠다는 거냐? 안 된다!"

절골댁의 반대는 점점 더 거세진다.

"지는 결혼할랍니다."

"그 집 아부지는 빨갱이가 되어 뿌렀다는데 뭘 보고 결혼을 한다는 거냐. 이놈아. 나는 그 집과 사돈을 삼는 일을 절대로 허락할 수가 없다. 저놈이 뭔 팔자를 타고났는지, 에렷을 때부텀 쪽바리 자식을 따라다니드라니깐."

절골댁은 대홍수 때 일본인이 운영하던 점방집이 물에 떠내려가는 바람에, 그 집 식구들이 오갈 데가 없어 행랑채에 잠시 기거했던 기억을 떠올린다. 그 점방집 딸과 인호가 어울리고, 일본식 '검은집'을 새로 지은 후에도 함께 어울려 다니던 일을 떠올린다. 그때야 아무것도 모른 어린 것들이 잠시나마 어울려 지낸 친구로만 여겼다. 해방 후에도 일본 사람들이 도망간 그 '검은집' 앞, 대문에 여자아이가 돌아오기만을 기다린다고 하면서, 쪼그리고 앉아 있었던 인호를 기억해 낸다.

"쯧쯧쯧…."

절골댁은 고개를 흔든다.

"아이고, 무슨 놈의 팔자가 그렇게 사납다나?"

절골댁은 미라와 인호의 결혼을 절대로 승낙할 것 같지 않은 분위기다. 인호는 미라와의 결혼을 저렇게까지 강하게 반대하는 부모에게 더욱더 반감이 생긴다. 부모님이 원망스럽기까지 하고, 화난 마음이 점점 고약한 심보로 변해 간다. 인호는 절골댁의 반대가 이렇게 심하리라고는 예상은 하고 있었다. 부모님이야 자식을 좋은 집안 사람과 결혼시키는 게 당연지사다. 인호가 결혼을 급하게 서둘러야 할 나이도 아니잖은가? 그러나 인호의 사정은 급하기만 하다. 내가 좋아하는 사람과 결혼하면 그만이라는 생각을 가지고만 있다. 집안

끼리의 결혼이 무슨 소용이 있단 말인가? 두 사람이 좋아하고 사랑하면 그만이다. 건강한 사람이면 됐지 무슨 옛날처럼 집안의 가문을 따지고, 복잡하게 생각한단 말인가? 나와 결혼하지 않으면 오갈데 없이 외로운 미라는 어떻게 된단 말인가? 미라를 생각하면 생각할수록 운명적인 사람으로 다가온다. 내가 평생 책임져야 할 사랑하는 사람이다. 마음 한곳에는 측은한 마음뿐이다. 이 결혼을 허락받지 못하면 나는 무책임한 사람이다. 이미 둘은 서시천에서 은연중에 한 몸이 된 사이가 아닌가? 부모님이 반대한다고 결혼을 포기해서는 안 된다. 미라는 이미 내 사람이다. 내가 구제해 주지 않으면어디 기댈 곳도 없는 미라다. 집안에서 반대를 계속한다면 미라와객지로 나가 버릴까?

인호가 장정지에 앉아 있다. 장정지를 바라보며 깊은 생각에 잠긴다. 미라와 함께했던 서시천이 한눈에 들어온다. 어머께서 미라와의 결혼을 강하게 반대하리라 짐작은 했지만, 빨갱이니 쪽바리까지들먹이며 반대를 하는 소리가 귀에 쟁쟁하다. 미라를 데리고 전주로도망을 가 버릴까? 자취방에서 함께 살자고 할까? 그거야 잠깐 그렇게 할 수 있다고 치지만, 정식으로 결혼을 해야만 미라도 떳떳할 게아닌가? 결혼이란 게 둘만이 좋아한다고 되는 것이 아니라는 생각은 가지고 있다. 정식으로 부모의 허락을 받고 싶은 것이다. 아, 괴롭다.

인호는 속이 상한다. 장터 술집에서 술을 벌컥벌컥 마시고 있다. 아무리 생각해도 부모님의 반대를 이해할 수가 없다. 부모님이 반대

하는 이유를 이해는 하지만, 그렇다고 포기할 인호가 아니다. 미라
는 어떻게 하란 말인가? 입에 잘 대지도 않던 술에 금방 취해 버린
다. 인호가 비틀거리며 골목을 걸어간다. 마을 사람들이 안타까운
표정을 하며 고개를 돌린다. 한심하다는 표정이다.

"아!"

인호가 소리를 지르며 헛간에서 낫을 들고 나온다.

"아! 나 죽어 버릴 거야!"

인호가 술에 취해 얼굴이 벌겋다. 낫을 들고 씩씩거리며 숨을 거
칠게 몰아쉰다. 집안 식구들이 달려온다. 집안 식구들이 인호 곁으
로 모여든다. 김 서방이 달려와 인호 곁에 가까이 다가간다.

"인호야, 이러면 안 된다."

"아!"

인호는 다시 한번 눈을 부라리며 소리를 지른다. 치켜든 낫을 가
지고 목을 향해 움직일 기세다. 김 서방이 더 가까이 다가간다. 김
서방이 가까이 다가가서 말리려 해도 인호는 말을 듣지 않는다. 옆
에서 발을 동동 구르며 지켜보고 있던 경자가 나선다.

"도련님! 이러시면 안 됩니다."

경자의 호소에도 인호는 점점 더 표정이 험악해진다. 들고 있는
낫을 목으로 가져갈 태세다. 소란스러운 소리를 듣고 절골댁이 달
려온다. 인호 얼굴은 핏대가 올라와 벌게진 채로 낫을 들고 목으로
향하고 있다. 상황이 심각한 모습을 알아차리고 인호 곁으로 다가
간다.

"인호야! 이러면 안 된다."

절골댁의 목소리에 인호는 더 화가 치솟는다. 미라와의 결혼을 반

대하는 부모님이 원망스럽다. 화가 순간 확 올라온다.

"아!"

인호가 지르는 소리가 절골댁에게 처절하게 들려온다. 순간적으로 뿜어져 나오는 인호의 절규가 주변 사람들을 더욱더 긴박하게 만든다. 그 소리는 낫을 목에다 가져갈 기세다. 몸을 상하게 하고 고꾸라질 기세다.

"안 된다! 이놈아!"

"도련님! 안 됩니다!"

경자도 인호의 모습을 보고 강하게 말린다. 김 서방이 달려든다. 낫을 순식간에 잡아챈다. 인호의 팔을 비튼다. 인호도 술에 취해 순간적으로 힘이 빠져 버린다. 인호가 그 자리에서 무릎을 꿇고 울음을 터뜨린다.

"흑흑흑…"

인호의 울음소리는 주변 사람들까지 눈물짓게 만든다. 처량한 울음소리다. 인호는 미라와의 결혼을 반대하는 부모님이 원망스럽다. 이렇게 되기까지 부모님을 괴롭히고 있는 자신이 부끄럽기도 하다. 앞으로 어떻게 해야 할지 몰라서 울음만 터져 나온다.

"인호야! 정신 차려라!"

절골댁의 목소리에 인호의 울음소리가 잦아든다. 술기운에 본인도 모르게 반항심이 생겨 난동을 부렸다. 술에 취한 인호를 데리고 와서 행랑채에 눕힌다. 인호가 깊이 잠든다.

인호는 깊은 잠에서 깨어난다. 눈을 떠 보니 방 안이다. 무슨 일이 벌어졌는지 기억이 가물가물하다. 기억을 더듬어 본다. 집안사람들이 인호를 붙잡고 말리는 기억을 떠올린다. 난동을 부린 기억보다도, 미라가 머릿속에 계속 맴돈다. 자리에서 일어나 앉는다.

"흠흠."

밖에서 소리가 나더니, 방문이 열린다. 경자가 물을 떠서 방으로 들어온다. 인호가 앉아 있는 모습이 보인다. 경자가 물을 바닥에 내려놓는다.

"도련님! 괜찮으셔요?"

경자가 인호에게 다정스럽게 묻는다.

"예, 형수님."

"다행이네요."

인호는 경자에게 미안하여 볼 낯이 없다. 어렸을 때부터, 늘 형수님에게 신세만 져 온 인호다. 일이 있을 때마다, 부모님들보다 형수님이 늘 챙겨 주었기 때문에 무슨 문제가 생기면 형수님에게 상의를 하던 인호다.

"도련님! 그 아가씨가 그렇게 마음에 드셔요?"

인호는 경자의 질문에 쑥스러워한다. 그렇지만 형수님의 도움을 받아야 할 일이라고 여긴다.

"예."

"도련님이 그렇게 좋아하는 사람이라면 굳세게 밀고 나가 보셔요. 어른들이 싫어해도 계속 설득해 나가면 어른들도 차차 도련님 편이 될 거여요. 도련님이 좋아한다는데 누가 말리겠어요. 큰형님과 했던 우리 결혼만 해도 구식이 되어 가고 있어요. 그때만 해도 아무것도 모르고 부모님들이 짝지어 준 대로만 결혼을 하는 줄로 알았죠. 연애는 꿈도 못 꾸었었거든요. 요즘은 연애결혼도 가능한 시대로 바뀌고 있잖아요."

경자는 인호가 연애결혼을 한다는 것만으로도 인호의 편이 되어 주고 싶은 심정이다. 인호 도련님이 사귀는 아가씨 부모가 일본 여자라는 이유 때문에 집안 어른들이 반대가 심하다고 하지만, 그런 것은 흉이 될 일이 아니라고 본다. 특히나 인호 도련님은 어렸을 때부터 유난히 일본 여자들과의 인연도 있었던 터다. 일본 점방집 주인의 딸인 미요코와 친하게 놀더니, 해방이 되자 일본으로 간 미요코를 잊지 못했던 일을 떠올린다.

"그 아가씨도 인호 도련님을 좋아하나 봐요."

"예."

인호는 웃으면서 경자에게 대답한다.

"형수님! 저 좀 도와주셔요. 저희는 꼭 결혼을 해야 합니다."

인호는 경자에게 신신당부를 한다.

"걱정 마셔요. 저는 도련님 편입니다."

인호는 절골댁에게 억지를 부리기도 했지만, 경자에게는 도움을 요청한다.

인호가 미라의 집으로 들어선다. 미라가 인호를 웃으면서 맞이한다. 집 안에는 미라와 인호뿐이다. 인호의 부모님이 미라와의 결혼을 반대한다는 얘기를 차마 꺼내지 못한다. 이대로 있다가는 미라와의 결혼은 물거품이 될 것 같다. 어떻게 해서라도 미라와 결혼을 해야 한다는 생각뿐이다. 인호는 집에 돌아가지 않고 미라의 집에서 밤을 지낼 심산이다. 밤이 깊어진다. 인호와 미라는 이불 속을 파고든다. 서로의 따뜻한 체온을 수시로 느낀다.

"편지요!"

일본에서 온 편지다. 미라가 서둘러 편지를 읽는다. 아케미의 병환이 점점 심해져 간다는 편지다. 미라는 편지를 받고 걱정에 잠긴다. 일본으로 건너가 봐야 하나? 미라는 며칠 동안 고민을 계속한다. 미라가 일본으로 간다 해도 엄마가 당장 좋아지리라는 기대는 없다. 엄마가 미라를 보고 싶어 한다고 일본으로 건너오라는 소식도 아니다. 일본으로 건너오라는 기별이 있을 때까지는 기다리는 게 좋을 듯싶다.

인호 여름 방학이 끝나 간다. 마지막 학기를 마쳐야 한다. 인호가 전주로 가야 한다. 미라와 인호가 서시천에 서 있다.

"미라야, 내가 없더라도 잘 지내야 한다."

"응, 걱정하지 말고 잘 다녀와."

인호와 미라가 포옹을 한다. 미라는 인호의 따뜻한 체온을 느낀다.

미라가 창가에 앉아 있다. 가을 하늘이 유난히 푸르다. 나뭇잎이 단풍이 들어 형형색색으로 변해가고 있다.

"욱, 욱."

미라가 헛구역질을 한다. 숨을 몰아쉬며 벽을 붙잡는다. 미라가 잠시 숨을 고르며 기억을 떠올린다. 서시천에서 인호와 나누었던 뜨거운 사랑을 기억한다. 미라 집에서 한 식구처럼 수시로 사랑을 나누었던 기억을 떠올린다. 그 사랑으로 임신이 되었단 말인가? 헛구역질은 임신이 됐다는 징조다. 미라는 멍해져 버린다. 미라는 천천히 일어선다. 창밖을 내다본다. 결혼도 하지 않았는데 임신을 하였다. 좋아해야 할지 걱정해야 할지, 난감하다. 인호는 아직 학생 신분이다. 전주에 있는 상황이다. 당장 인호에게 달려갈 수도 없다.

미라의 배가 점점 불러 온다. 마지막 겨울 방학이 되자 인호가 미라 집으로 들어선다. 미라가 인호를 반긴다. 임신이 되어 배가 부른 미라를 바라보며 웃는다. 미라 집으로 들어온 인호가 집 안을 정리한다. 미라 혼자 있는 집이라 집 안 정리가 잘 되어 있지 않다. 인호가 마당을 쓴다. 낙엽이 쌓여 있는 마당이 인호의 빗질로 인해 말끔히 정리된다. 미라가 마루에 앉아 그 광경을 웃으면서 바라본다. 인호가 손을 이마로 가져가 땀을 훔친다. 인호가 웃으면서 미라 곁으로 다가와 함께 마루에 걸터앉는다. 미라와 함께 다정하게 앉아 있는 모습이 정겹다. 미라가 인호 어깨에 살며시 기댄다. 둘이서 따사로운 햇살이 비치는 곳을 바라본다. 결혼식을 올리지는 않았지만 둘은 부부처럼 다정하다. 결혼도 하기 전에 미라의 몸에 인호의 자식이 점점 커 가고 있다는 사실에 부모도 이제는 반대할 이유가 없어졌다.

서둘러 인호와 미라가 결혼을 했다. 배가 점점 불러 오고, 출산이 임박해지자 결혼식도 생략하고 미라가 인호 집으로 그냥 들어온 셈이다.
"응애, 응애, 응애…."
갓난아기의 울음소리가 우렁차다. 사랑채에서 미라가 아들을 낳았다. 경자가 산파 역할을 톡톡히 해냈다. 미라가 아이를 돌본다. 경자도 미라와 함께 아이를 돌본다. 아이가 무럭무럭 자란다. 미라가 아이를 둘러업고 부엌일을 해 나간다.

"내가 밥상 차릴 테니까 동서는 좀 쉬어."

"아닙니다. 저도 거들어야죠."

경자가 미라에게 쉬라 해도 미라는 아이를 업고 부지런히 움직인다. 집안일이 바쁘게 돌아가는 모습을 본 미라가 편하게 손을 놓고 쉴 수가 없다. 더군다나 제일 아랫사람이 아기를 핑계로 손 놓고, 주는 밥이나 얻어먹을 수는 없는 일이다. 아기를 업고서라도 손을 보태야 한다. 미라가 아기를 업고 부지런히 몸을 움직인다. 안방에 숭늉을 올리고 나자 식사를 서두른다.

"자, 자리를 잡드라고. 우리 여자들도 얼릉 한술 뜹시다."

부엌 바닥에서 여자들이 앉아서 식사를 서두른다. 미라는 아이를 무릎에 앉혀 놓고 젖을 물리며 서둘러 식사를 한다.

정규가 산을 오르기 위해 준비를 한다. 반란군들이 산에서 내려와 총을 들이대며 음식을 내놔라, 의복을 내놔라, 각종 필수품을 달라는 일도 없어졌다. 진압군들이 학교에 진을 치고 반란군을 잡는다고 사람들을 잡아다가 고문을 하고 죽이던 일도 잦아들었다. 진압군들도 계엄령으로 사람들의 왕래를 철저히 통제하였던 일도 모두 허용을 하였다. 진압군도 학교에서 철수를 하였다. 산에 들어가는 임산 금지 명령은 해제가 되지 않아 산에 맘 놓고 들어갈 수는 없는 일이지만, 정규는 주민들과 서너 명씩 짝을 이루어 땔감을 하러 산으로 올라간다. 당장 땔감이 필요하기 때문에 사람들의 눈을 피해서 살금살금 산으로 올라가 나무를 해 온다. 집을 지을 큰 기

둥이 필요하다. 혹여 산에서 반란군들을 만날까 봐 주위의 경계를
늦추지 않는다. 반란군들을 만나면 신속하게 신고를 해야 하는 교
육을 많이 받았던 터다. 예전과 같이 긴장을 늦추지 않는다. 움막이
나 토굴에서 살던 사람들도 훌훌 털고 일어나 집을 짓기 시작한다.
교회 마당 움막에서 지내던 식구들도 집을 지어 나가야 한다. 정규
가 불에 탄 집터에 급하게 집을 짓는다. 우선 급한 대로 오두막집이
완성되었다. 그야말로 초가삼간이다. 이평댁과 복자도 초가삼간으
로 들어왔다. 농사일에도 팔을 걷어붙인다. 이평댁은 이제나저제나
큰아들 정욱이 생각뿐이다. 산으로 올라간 사람들이 대부분 죽었
다지만, 정욱이 살아서 들어올 것만 같은 바람을 떨쳐 버릴 수가 없
다. 이 집안의 대를 이어야 한다. 살아남은 사람이라도 살길을 찾아
야 한다. 이평댁이 급하게 움직인다. 정규의 결혼이 서둘러졌다. 결
혼 상대는 반란 사건으로 부모도 모두 죽고 고아가 된 사포마을 처
녀와 인연이 맺어졌다. 예식도 생략한 채, 며느리를 집안에 들였다.
정규는 이평댁이 시키는 대로 움직인다. 정규는 식솔이 한 명 더 늘
었기 때문에 열심히 일을 한다.

정규가 지서에 불려왔다.
"김정규 씨, 보도연맹에 가입했나요?"
"보도연맹? 고것이 뭐다요?"
경찰은 지서에 들어선 정규에게 밑도 끝도 없이 보도연맹에 대해
말한다. 정규는 보도연맹이 뭔지 궁금하지 않을 수 없다.
"보도연맹이 뭐냐면, 전에 좌익 활동이 쬐끔이라도 있었던 사람들
을 특별관리하라는 상부 명령이 내려왔소. 그래서 당신은 반란 사

건 때 좌익 활동을 한 적이 있기 땜시로 사상적으로나, 뭐로나 봐도… 보도연맹에 가입해 둬야 쓰겄소. 김정욱 때문에 가족 모두 특별 대상입니다. 얼릉 여기 서명하시오."

다짜고짜 경찰은 사인을 하라고 재촉한다.

"가족이 누구누구지?"

"저까지 모두 4명입니다."

"그럼 4명 모두 이름을 적으시오."

정규는 기분이 나쁘지만 경찰의 비위를 거스를 생각은 없다. 좌익이란 말만 들어도 기분이 엄청 안 좋기 때문이다. 어쩔 수 없이 반란 사건 때 좌익에 가담하긴 했지만, 좌익이 좋아서 산에 올라간 것도 아니다. 어쨌든 좌익 편에 서서 산에 올라가 진압군들과 대적했기 때문에 죄인인 셈 치고 경찰이 시키는 대로 빨리 서명하고 지서를 나간다. 집에 돌아와서도 정규는 지서에서 들었던 말이 자꾸 맘에 걸린다. 김정욱이 산동에서 좌익 우두머리였기 때문에 더욱 신경이 쓰인다. 별일이야 없겠지. 반란 사건만 생각하면 치가 떨린다. 반란 사건이 마무리되어 갔던 일은 불과 몇 달 전의 일이다. 진압군이 산동에 들어오자, 잡혀가 고문을 당했던 일이 떠오른다. 고문이 무서워 살기 위해서 무작정 산으로 올라가 반란군 대열에서 진압군과 싸우다가 자수를 하였던 일이다. 남과 북이 38선을 경계로 서로 대치된 상황에서 별일이 있을까 마는…. 무슨 일이 일어나고 있는가? 소문과 무슨 낌새가 전혀 들려오지도 않던데. 나만 모르고 있는 건 아닌가? 아니야, 아니야. 별일 없이 좌익들을 관리하기 위하여 보도연맹을 만들어 놨다니까, 그런 줄로만 알고 있으면 되는 일이라고 여긴다.

인철이 지서에 불려왔다.

"이인철 씨, 여기 서명하시오."

경찰이 인철에게 서명하라고 종이를 내민다.

"이게 뭡니까?"

"상부에서 보도연맹을 만들었습니다. 좌익 활동을 했던 사람 모두 관리 대상에 포함하여 보고하라는 명령입니다. 이인철 씨 가족이 전번 반란 사건 때 감옥에 다녀온 적이 있는 사람들이라, 그 대상에 포함되었습니다. 가족 모두를 쓸 필요는 없고 감옥에 다녀온 사람만 쓰면 됩니다."

"저, 그때 저희 가족은 어쩔 수 없이 반란군들이 총을 들이대는 바람에 그런 일이 벌어졌고, 재판을 통해 모두 무혐의로 풀려났었던 일입니다. 저희 가족 중에는 좌익이 없습니다."

"예. 경찰도 잘 알고 있습니다. 상부의 명령이니 일단 서명하십시오. 별일 아닙니다."

경찰과 인철의 실랑이가 있었지만, 인철은 별일 아니라 여기고 이대길과 이인철을 쓰고 서명을 한다. 지서를 나오는 인철은 기분이 왠지 찝찝하다. 반란 사건 일로 인해 좌익으로 구분되어 있다니 기분이 나쁘기만 하다.

"여기 서명하시오."

"예."

송정댁이 지서에 불려 와 서명을 한다. 지서에 불려 오기만 하면 송정댁은 겁이 덜컥 난다. 남편 때문에 지서에 불려 왔던 기억이 있어 또 무슨 일로 부르는지 궁금하기만 할 따름이다.

"반란 사건 때 좌익 가족들 모두 관리 대상이어서 보도연맹에 가입하는 서명입니다. 별일 아니니까 집으로 가도 됩니다."

송정댁이 영문도 모르고 서류에 서명을 하고 지서를 나선다.

송정댁이 진매를 찾아간다. 송정댁과 진매가 굿당에 앉아 있다. 진매가 눈을 감고 계속 중얼거리고 있다. 송정댁이 진매를 뚫어져라 바라본다. 진매의 얼굴에서 눈을 떼지 못한다. 제발 남편이 살아 있기만을 간절히 바라고 있다. 남편의 생사 여부는 이제 진매에게 달려 있는 순간이다.

"죽었어! 구천을 떠돌고 있구먼!"

송정댁이 그 소리를 듣자 눈앞이 흐릿해진다. 온몸에 기운이 빠져 버린다. 무당의 말을 믿어야만 할지, 남편은 죽어서 구천을 떠돈다는 점괘를 믿어야 할지. 송정댁은 눈을 감는다. 정신을 차려야 한다. 독하게 마음을 먹어야 한다. 어차피 죽었을 거라고 각오는 하고 있었다.

절골댁은 명일이 소식이 궁금하다. 경자로부터 진매에게 점을 쳐 보았더니, 죽었다는 점괘가 나온다는 소식을 듣는다.

"쯧쯧."

절골댁이 안타까워한다.

"굿이라도 하게 쌀을 넉넉히 가져다줘라!"

"예, 어머니."

절골댁은 경자에게 씻김굿을 하려면 쌀이 많이 필요할 것이니 쌀을 넉넉히 가져다주라고 당부한다. 명일이가 조카지만 괘씸하고, 밉기도 하다. 빨갱이 가족이 되어 마을 사람들에게 손가락질을 받고 있지만, 살아남은 조카며느리와 애들은 큰집에서 돌봐야 한다고 여긴다. 경자가 점말에게 쌀을 머리에 이게 하고, 송정댁 집으로 들어선다. 점말이 쌀자루를 마루에 내려놓는다. 부엌에서 송정댁이 달려 나온다.

"아이고, 성님! 이렇게 왕래를 해 주시고… 지가 아심찮해서(미안해서)…."

송정댁은 집 안으로 들어서는 경자에게 미안하기만 하다. 허리를 굽혀 인사를 건넨다. 경자의 얼굴을 제대로 쳐다보지도 못한다. 경자는 미안해하는 송정댁 손을 잡아 준다.

"별소리를 다하네. 아심찮할 것도 없네. 어려불 때 성제 간끼리 돕고 사는 게 인지상정 아닝가? 동서! 그동안 맘 고상이 많았지?"

송정댁은 경자가 손을 잡아 주면서 고상했다는 소리를 하자 눈물이 왈칵 쏟아진다. 송정댁은 울먹거리며 경자의 손을 꼭 붙들고 눈물을 쏟아낸다.

"그래도 산 사람은 살아야 되니까, 마음 단단히 챙겨야 하네. 자식들을 위해서라도."

"성님! 고맙그만이라."

"시어머니께서 자네 집에서 굿을 하려면 쌀이 많이 필요할 테니, 쌀을 넉넉히 가져다주라고 해서 가져왔네. 시어머니께서 명일이 조카를 끔찍이 챙기셨거든. 조카며느리가 불쌍해 보인가 봐."

"그러싱가요? 그나이나 고맙그만이라. 지가 큰어머니를 뵐 면목이 없네요. 고맙습니다."

"기운을 내야지."

송정댁은 경자에게 고맙다는 인사를 계속 건넨다. 송정댁은 큰집 어른들을 볼 면목이 없다. 남편 때문에 이런 일이 벌어졌지만, 어떻게 고개를 들고 큰집 어른들을 계속 뵐지 걱정이다. 굿을 하라고 쌀까지 챙겨 줬으니 송구스러워 몸 둘 바를 모른다.

죽었다는 점괘가 나왔으니, 미련 없이 남편을 저세상으로 편하게 보내야 한다. 아무리 생각해도 씻김굿을 해 줘야만 죽은 자나, 산자가 편안할 듯싶다. 살림살이 형편이 어렵지만 큰집의 도움으로 송정댁이 서둘러 굿상을 차렸다. 진매는 미리 도착하여 송정댁에게 당부를 한다. 오늘 씻김굿을 하고, 음력을 기준으로 다음 해에는 오늘 전날을 제삿날로 잡으면 된다고 한다.

징징징징징….

진매가 치는 징 소리가 울려 퍼진다. 반란군들을 따라 산으로 올라간 이명일이 1년이 됐는데도 감감무소식이다. 살아 있다면 처자식이 살아 있는 집에 기별이 왔을 텐데 무심하게도 아직도 아무 소식이 없는 걸 봐서는 산속에서 죽었으리라는 짐작이다. 진매의 점괘에도 죽었다고 하니, 미련 없이 망자를 고이 보내 드려야 한다. 군인들이 반란군들을 몰살시켰다는 소식을 들을 때마다 송정댁은 남편에 대한 원망이 커져만 갔다. '웬수가 따로 없다니까. 뭐가 좋다고 산으로 올라갔는지. 알다가도 모를 일이랑께.' 속으로만 남편을 향한 원망으로 속을 부글부글 끓이고 있었다. 아무리 미워도 죽었는지 살았는지 궁금하기만 했다. 남편에 대한 원망과 미움으로 인해 일이 손에 잡히지도 않았다. 여자 혼자 농사일을 해 나간다는 것이 얼마나 힘에 부치는지, 겪어 보지 않으면 모른다. 나락 가마니를 옮기고, 쟁기질을 할 때마다 수시로 큰집 남자들을 통해서 부탁할 때 남편을 원망해 왔다.

징징징징징….

징소리가 점점 빨라진다. 독개바위 집 초가삼간에 절골댁, 경자, 화개댁, 천변댁, 난동댁, 미라와 마을 여자들이 모였다. 마을 여자들이 입을 삐죽거리며 서로의 얼굴을 쳐다본다. 빨갱이 집안의 굿판이 못마땅하다는 표시다. 반란군들과 좌익들이 이 고을을 망쳐 놔 버린 것을 생각하면 굿판을 엎어 버릴 만큼 밉기만 하다. 굿판이 벌어졌으니 구경이나 하자고 앉아 있다.

징징징징징….

징소리가 계속 울린다. 진매가 징을 치는 모습에 모두 빠져든다. 송정댁이 굿상을 향해 계속 절을 올린다. 송정댁이 흐느낀다.

"아이고, 아이고, 아이고…."

송정댁이 망자를 위해 곡을 한다. 부디 저승으로 잘 가라는 울음이다. 송정댁은 남편이 죽어서 하늘로 보낸다는 생각을 하니 설움이 몰려온다.

"가들 아부지… 나는 이제 어떻게 살라고…."

송정댁은 이 굿판에서나마 남편을 마지막으로 서럽게 불러 본다. 이제 가면 영영 이별이다. 하늘도 무심하시지…. 자식들을 데리고 어떻게 이 험한 세상을 살라고 하는지, 생각할수록 설움이 복받쳐 온다. 남편을 향한 미움도, 원망도 이제는 망자로 고이 보내 드려야만 한다. 생각하면 생각할수록 허리가 끊어지는 아픔이 몰려온다. 슬프다 못해 가슴이 터질 것만 같다. 처절한 송정댁의 울음소리에 굿판에 모여 있던 사람들도 눈물을 찍어 댄다. 입을 삐죽거리던 마을 여자들도 송정댁의 슬픈 곡소리에 눈물을 찍어 댄다. 빨갱이는 밉지만, 슬픔에 빠진 송정댁에게 순간적으로 동정이 간다. 절골댁도 경자도, 화개댁, 천변댁, 미라도 굿상을 향해 절을 올린다. 송정댁의 눈물을 보며 함께 울어 준다. 망자가 부디 저세상으로 편히 떠나기를 빈다. 그래야만 살아 있는 사람이라도 편하게 살고 싶은 심정이다.

"휘이! 휘이!"

진매가 마당에서 칼춤을 춘다. 허공을 향해 칼을 휘두른다. 진매의 몸이 사뿐거린다. 칼을 든 진매가 집 안 구석구석을 돌아다니며 칼을 휘두른다.

"휘이! 휘이!"

집 안 곳곳을 돌아다니며 칼을 휘두른다. 집 안의 숨어 있을 악귀도 함께 사라지기를 바란다. 진매의 이마에 구슬땀이 흐른다. 칼을 휘두르던 진매가 집 앞 마당을 가로질러 사립문 앞에 당도하여 칼춤을 멈춘다.

쨍그랑!

진매가 칼을 문 앞에 내동댕이친다. 칼 소리에 놀란 죽은 남편의 혼령이 사립문 문턱을 절대 넘어오지 말라는 경고이기도 하다. 진매가 숨을 몰아쉬며 이마에 땀을 훔친다.

"부디 잘 가시오."

송정댁이 흐느끼며 절을 올린다. 마당에 불을 피운다. 활활 불이 타오른다. 굿판에 사용되었던 망자의 의복을 태운다.

사랑방에서는 머슴들과 집안 남자들이 모여서 분주하게 움직인다. 겨울이라도 편안하게 쉬는 법이 없다. 집 안에 필요한 물품들을 만드느라 바쁘게 움직인다. 인석은 큼지막한 덕석을 짜느라 벽 한쪽을 길게 차지하고 손을 부지런히 움직이고 있다. 덕석을 하나 만들려면 보름 이상 볏짚과 씨름을 해야 한다. 짚으로 가늘게 새끼를 꼬아서 서로 얽히게 맞추어 나간다. 김 서방은 짚신을 삼느라 신경은 온통 짚신 만드는 데 집중하고 있다. 심탁은 새끼를 꼬느라 손을 빠르게 움직인다. 새끼를 많이 꼬아 놔야 덕석과 가마니를 만들 때도 기본으로 새끼가 많이 쓰이고, 1년 내내 집안에서 쓰임새가 다양하다. 다른 머슴들은 멍석과 각종 물건들을 만드느라 사랑방은 늘 북새통이다.

"인석이 형은 좋겠다! 이번에 제금(분가) 내어 준다며?"

심탁은 그저 기분이 좋아서 인석에게 말을 건넨다. 함께 동고동락한 인석이 일이 내일처럼 기쁘다.

"응, 그럴 건가 봐."

"인석이 형 집은 어떤 집일까?"

"그러게 말이야."

인석은 분가를 시켜 준다는 말이 나왔으니 말이지 마음 한구석에는 은근히 분가할 집에 대한 기대를 하고 있었던 참이다.

"인석이 형이야말로 이 집안의 상머슴이나 마찬가지나 다름없지. 그동안 큰 집에서 일한 걸 생각하면 대감마님도 큰 집을 새로 지어서 제금을 내 주겠지. 앙 그래?"

심탁은 머슴들보다 더 많은 일을 해내는 인석을 잘 알기 때문에 스스럼없이 나온 말이다. 그동안 일을 하면서 머슴들과 서로 다투지 않고 힘든 일을 묵묵히 해 왔다. 꾀부리거나 불평 한마디 없이 잘하고 있는 것을 보아 왔기 때문이기도 하다. 인석이 심탁을 챙겨 줬으면 더 챙겨 줬지 심탁에게 불편하게 한 적이 한 번도 없었다. 말 수도 적고, 심탁이 장난을 걸어도 그냥 웃기만 하던 인석이다. 그야 말로 인석을 생각해서 집안에 계속 붙잡아 놓지 않고 부잣집에서 아들처럼 제금을 내어 준다고 하니, 좋은 집으로 제금을 났으면 하는 바람이다. 인영이처럼 인석도 기와집을 지어서 제금을 내주기를 은근히 바라는 것이다. 인석도 마음속으로는 인영이처럼 새로 지은 기와집을 바라고 있다. 차마 말로는 표현을 못 하고 있을 뿐이다. 김 서방도 짚신을 만들다가 빙그레 웃으면서 고개를 끄덕인다.

"우리 인석이가 열세 살에 큰집에 들어와서 고상을 많이 했지. 이 집안의 상머슴 역할을 톡톡히 했지. 우리 인석이가 이 집안의 큰 일 꾼이여."

김 서방이 빙그레 웃으면서 말한다. 인석이 열세 살에 큰집에 처음 들어왔을 때는 그야말로 어리게만 봤는데, 어느새 훌쩍 자라서 집안일은 누구보다도 잘해 내고 있다. 누가 보면 인석은 아들이 아니라 머슴일 정도로 머슴들보다 몇 배 더 일을 잘해 내고 있다. 나이가 들어 장가까지 간 걸 생각하면 대견하기만 하다. 그동안 집안에 정을 붙이지 못하고 방황하면서 속 썩이는 일도 여러 번 있었지만, 그런대로 적응을 잘한 셈이다. 김 서방은 인석을 바라볼 때마다 빙그레 웃음이 먼저 나온다. 그만큼 애틋한 마음이 먼저 생기기 때문이기도 하다. 부모도 없이 큰집 식구들과 함께 살아온 일이 고맙기도 하다. 그래서 인석이만 보면 그저 편안하게 해 주려고 웃음 띤 얼굴이 저절로 나왔던 것이다. 인석은 심성이 워낙 착해서 누구보다도 김 서방을 잘 따랐다. 김 서방이 하는 말이라면 아무 불평 없이 집안일을 잘해 주었다.

"우리 인석이는 착해서 복받을 거여!"

인석은 사람들의 칭찬에 배시시 웃는다. 덕석을 만드는 손놀림이 더욱 빨라진다.

이대길은 인석의 분가를 위해서 김 서방에게 집을 알아보라고 지시를 한다. 김 서방이 연파리 곳곳을 돌아다니며 집을 둘러보다가 다행히 큰집 가까운 새뜸 골목에 빈집이 생겼다. 새뜸샘 근처에 자리 잡은 초가집이다. 큰집과 가까워야 큰집에 일이 생기면 서둘러 올라가서 집안일을 도울 수도 있어서 괜찮은 자리다. 다만 김 서방이 보기에는 초가삼간이라 부족한 부분이 많기만 하다. 이대길의 동생 집인 인영의 집과 비교해 보면 많은 차이가 난다. 종갓집이야 대궐 같은 집이지만, 동생들의 집들은 큰집에 비하면 초라하기 그지없다. 부모에게 물려받은 명일이네 집도 바윗돌 위에 얹힌, 그야말로 초가삼간 집이다. 종갓집을 중심으로 장남에게 모든 재산권이 집중되어 온 것이 유교 문화이기도 하다. 조상을 대대로 모시고 제사와 시제, 명절까지 일 년 내내 큰일을 치러 내야 하는 장남에게 부모의 재산을 몽땅 물려주는 것이 전통이다. 집안 대소사를 치르려면 장남에게 모든 게 집중될 수밖에 없는 것이 유교 문화의 오래된 관습이다. 오로지 장남에게만 모든 재산권이 집중되었다. 장남 이외의 자식들은 종갓집에서 분가를 시키면 그야말로 먹고 살아갈 수 있을 정도만, 조금씩 전답을 나누어 주고 있는 실정이다. 다른 집안들도 대부분 장남에게 모든 것이 집중되어 있는 형편이다. 이대길 집은 특히 더 심한 편이다. 이명일과 이인석이 부모의 재산을 물려받았지만, 초라하기 그지없다. 초가삼간에 논 몇 다랑이가 전부인 셈이다.

서둘러 집을 계약하고 인석의 분가를 서두른다. 허물어진 담벼락도 쌓는다. 초가지붕도 짚으로 덮는다. 부엌 아궁이도 손을 본다. 금이 가고 부식된 흙벽을 단단하게 만든다. 비싼 한지를 구해다가 도배도 새로 하고, 집수리를 마친다. 절골댁과 경자가 살림을 챙겨 화개댁과 함께 집에 도착한다. 이대길은 그동안 관리해 왔던 전답을 인석이 몫으로 내어 준다. 동생 이명길이 죽자 당몰댁은 어린 인석을 데리고 친정으로 가 버렸다. 이명길의 전답을 큰집에서 관리해 왔었다. 중방들과 평바대들에 있는 논과 질매재 산판에 있는 밭도 인석이 몫으로 내어 준다. 대부분 소작을 하면서 집도 전답도 없는 사람들에 비하면 괜찮은 편이다. 인석이 새뜸샘 아래 초가삼간으로 분가를 했다.

"큰어머님! 고맙그만이라."

인석은 기분이 좋아 절골댁에게 고맙다는 인사가 저절로 나온다. 그동안 속을 상하게 한 일을 생각하면 미안하기만 하다. 속 썩일 때마다 큰어머니와 형수가 돌봐 줬던 일을 생각하면 고맙기만 하다.

"아이고! 내 새끼! 이제 장가가서 가장이 됐으니 정신 똑바로 차리고 잘 살아야 한다. 잉!"

절골댁은 아이를 물가에 내어놓은 부모의 마음처럼 걱정이 앞선다. 절골댁의 눈에 인석은 아직 어리게만 보인다. 절골댁은 인석이 친자식이나 다름없다. 정신 차리고 잘 살라고 신신당부를 한다.

"예."

"화개떡도 그동안 시집살이하느라고 욕봤다. 잘 살아야 된다. 잉!"

"예, 큰어머님."

인석과 화개댁은 큰집 어른들이 고맙기만 하다. 입가에는 미소를 띠면서 절골댁과 경자에게 허리를 굽혀 인사를 한다. 큰집 어른들이 고마울 따름이다. 절골댁은 인석이 장가를 가서, 새살림을 차리니 그저 기특하고 고맙기만 하다. 아버지가 일찍 죽고, 외가에서 크다가 열세 살이 되어 큰집에 들어온 후로 자식처럼 키워 왔다. 그동안에 뭐가 불만인지 항상 엇나가기만 했던 일을 생각하면 그저 고마울 따름이다. 수많은 사건 사고로 죽기 직전까지 갔다가 살아난 일을 생각하면 그저 불쌍할 뿐이다. 이제 결혼까지 하여 분가까지 시키니, 이제야 한시름 놓는다. 색시까지 함께 있으니 든든하고 대견해 보인다.

"형수님, 고맙습니다."

인석은 경자에게도 고맙다는 인사를 건넨다. 그동안 일이 있을 때마다 형수가 인석을 챙겨 준 것이 고맙기도 하고 미안할 따름이다. 큰집 어른들이 불편할 때는 형수에게 모든 일을 상의해 왔던 인석이다. 그동안의 일을 생각하면 인석은 절골댁보다 경자가 더 편한 사이가 되었다.

"작은집 서방님! 새살림을 난 것을 축하합니다."

경자는 인석에게 작은집 서방님이라고 깍듯이 존중해 준다. 이제 장가를 갔고 분가까지 하는 마당에 인석을 도련님이 아닌, 작은집 서방님이라고 높이는 게 도리다. 사촌 형제지만 한 집에서 한솥밥을 먹고 지낸 형제 이상으로 여기며 작은집 서방님이라고 존칭을 바꾼다. 그동안 어렸을 때부터 철없이 속 썩이던 일을 생각하면 경자도 인석이 도련님이 어엿하게 장가를 가서 기쁘기만 하다. 분가를 한 것을 진심으로 축하를 건넨다. 화개댁도 절골댁과 경자에게 그저 고마워서 고개를 숙여 계속 인사를 한다. 마음 한구석에는 분가를 했지만, 아직은 큰집에 일손이 많이 필요하다. 수시로 큰집에 올라가 베도 짜야 하고, 집안 대소사를 도와줘야 한다고 다짐을 한다.

심탁은 논두렁에 앉아서 하늘을 쳐다본다. 인석 형이 분가까지 하는 걸 보면서 부러운 생각이 든다. 본인이 인석 형과 비교할 수 없는 일이지만, 오랫동안 인석 형과 함께 힘들여 가며 땀을 흘리며 동고동락해 왔기 때문에 본인도 모르게 인석 형의 일이 내 일처럼 여겨진다. 사랑방에서 허물없이 지내 왔다. 농담도 주고받고 장난도 치면서 밤이 늦도록 일밖에 모르고 살아왔던 추억이 새롭다. 힘든 노동을 할 때마다 막걸리를 나누어 마시며 서로에게 힘이 되어 주었던 친구나 마찬가지다. 인석 형도 그야말로 머슴처럼 심탁과 함께 최선을 다해서 일을 해 왔다. 10년 이상 인석 형이 집안일을 해 왔던 것에 비하면 분가는 초라하기만 하다. 그야말로 수백 마지기 전답을 소유한 종갓집에서, 초가삼간 집과 서너 다랑이 전답으로 분가를 시키는 일이 못마땅하기만 하다. 인영 형처럼 새로 지은 대궐집은 아니더라도 초가삼간은 영 아닌 듯싶다. 대감 어른에 대한 존경심이 무너지려고 한다. 친자식과 조카의 차이는 어쩔 수 없다고 여기지만, 그래도 심탁의 입장에서는 너무하다 싶게 보인다. 수백 마지기 전답 중에 조금 더 나누어 주면 안 되나?

나도 주인어른께 점말이와 결혼시켜 달라고 할까? 그동안 나도 인석이 형과 비슷한 기간 동안 이 집안에서 머슴살이를 해 왔는데….
내가 주인어른께 결혼시켜 달라고 하면 시켜 줄까? 인석이 형의 결
혼과 분가를 보면서 심탁은 여러 가지 생각이 든다.

　민정이 역전 한쪽에 쪼그리고 앉아 있다. 부산항과 초량동 일대
를 돌아다니다가 다시 부산역으로 돌아온 것이다. 고향으로 가려고
부산역에 도착했지만, 고향으로 향한 발길이 떨어지지 않는다. 아,
나는 어디로 가야 하나? 고향으로 다시 돌아간다는 일은 도저히 마
음이 내키지 않는다. 나는 이미 망가진 몸이다. 이 몸으로 어떻게
고향으로 돌아간단 말인가? 큰어머니와 새언니를 어떻게 본단 말인
가? 민정은 고개를 무릎에 푹 파묻고 흐느낀다. 어쩌다가 자신의 처
지가 이렇게 되어 버렸는지. 서러운 생각이 왈칵 든다. 흐느낌이 더
욱더 깊어진다. 정신을 차릴 수가 없다.
　"엄마! 흑흑흑…."
　어렸을 때 어머니와 단란했던 생각이 난다. 민정이 어렸을 적에
병환으로 일찍 돌아가셨지만, 어머니는 항상 민정을 아끼고 사랑했
다. 어머니가 항상 무릎 위에 앉혀 놓고 귀여워했던 기억을 떠올린
다. 어머니가 그립고, 서러운 생각이 자꾸 몰려온다. 아버지는 일본
에서 돌아오지 않는 바람에 큰집에서 살면서 눈칫밥을 먹느라 일찍
감치 철이 들었다. 항상 몸가짐이 조심스러웠고, 아버지, 어머니가
안 계셔서 더더욱 반듯하게 처신을 하려고 노력해 왔다. 이제 민정
의 고통을 들어 주고 이해해 줄 사람이 아무도 없다는 생각을 하자,
더더욱 서러워진 것이다. 일본에 계신 아버지는 살았는지 죽었는지,
고아 아닌 고아가 되어 버린 신세도 모자라, 일본군에 팔려 가 성적

노리개감이 되어 몸은 만신창이가 되어 버렸다. 순결을 잃어버린 여자가 되어 버렸다. 이 억울한 심정을 누구에게 얘기한단 말인가. 큰어머니를 만난다 해도 차마 말을 꺼내지 못하겠다. 만약에 한다면, 그래도 친근하게 지냈던 새언니에게 말을 해 볼까? 아니야, 아니야. 민정이 고개를 흔들어 댄다. 그동안 억울하게 당했던 일을 새언니에게라도 털어놓은들, 그 자체가 악몽이고 고문이라는 생각이 든다. 차라리 부산 앞바다에 풍덩 빠져 죽어 버릴까? 도저히 나의 과거를 누구에게도 말할 수가 없다. 필리핀에서 갈 곳이 없어 다행히 미군의 도움으로 고국으로 돌아왔지만, 나를 반기는 이는 아무도 없다. 돌아오지 못한 것보다 더 처량한 신세가 되어 버렸다. 차라리 필리핀에서 콱 죽어 버릴걸…. 미군의 폭격 당시에 동굴을 향하여 도망가지 말고 그냥 포탄을 맞고 죽어 버릴걸…. 그랬다면 이렇게 고통스럽지 않을 텐데…. 내가 왜 그러지 못했을까? 내가 그랬어야 했어. 죽었어야 한다니까. 자신을 계속 자학한다. 민정이 스스로가 선택한 일도 아닌데, 민정은 모두 본인의 잘못으로만 여기고 있다. 죽는 것도 마음대로 안 되는 일이다. 목숨이 모질고, 모질다. 이제 와서 지나간 일을 후회해 봐도 소용없는 일이다. 내 과거를 감추고 고향으로 돌아갈 수가 없는 일이다. 나를 아는 고향 사람들을 만나는 일이 죽을 만큼 싫다. 나 스스로가 떳떳하지 못할 것 같다. 어디론가 꼭꼭 숨고 싶다. 미안해서 큰어머니와 새언니를 어떻게 만난단 말인가? 새언니에게 사실대로 털어놓을까? 새언니는 나를 이해해줄까? 아니야, 차라리 아무에게도 말하지 않는 게 좋을지도 몰라. 별별 생각이 다 든다. 머릿속은 생각하면 생각할수록 복잡해지기만 한다. 민정이 복잡한 생각에 고개를 무릎에 처박고 들지를 못한다.

하늘을 바라보는 것조차도 부끄럽다. '아! 나는 순결을 잃은 몸이다.' 생각할수록 억울한 일이다. 민정은 한참을 고개를 처박고 있다가, 무기력해져 버린다. 지쳐서 스르르 잠이 들어 버린다.

먼발치서 민정을 계속 바라보는 여자가 있다. 민정이 고개를 처박고 잠이 들자, 가까이 다가와 민정을 계속 살핀다. 역전이나 항구에서 심부름이라도 시킬 만한 여자아이들을 찾고 있던 여자다. 부모도 없고, 갈 곳도 없는 아이들을 데려다가 먹을 것도 챙겨 주다가, 적당한 곳에 돈을 받고 팔아넘기는 여자다. 그 여자의 눈에 민정이 들어온다. 여자아이들은 쓸모가 많다. 뱃사람에게 인계해 줘도 돈을 받을 수 있고, 초량동 홍등가에 허드렛일을 시키는 곳에 알선해 주면 된다. 포주가 주는 돈만 챙기면 되는 일이다. 나와는 상관없는 일이라고 여겨 버리면 그만이다. 나머지는 포주가 알아서 할 일이다. 집 없는 아이들이 이 여자에겐 돈줄이나 다름없다. 한참을 지나도 민정이 움직이지 않자 여자가 민정이 곁으로 다가온다.

"보이소! 보이소!"

여자가 계속 소리를 지른다. 민정이 반응이 없자, 민정을 심하게 흔들어 깨운다. 민정이 부스스 고개를 든다. 머리는 헝클어져 있다. 머리를 쓸어올리며 여자를 바라본다.

"와 이런 곳에서 잠을 자고 있노?"

여자는 친절하게 민정에게 말을 건다.

"배고프지? 언니도 밥을 먹어야 항께로, 같이 갈까? 언니가 국밥 사 주께."

국밥을 사준다는 말에 민정은 눈이 번쩍 뜨인다. 이튿째 부산역 광장에서 돌아다녔다. 쪼그려 앉아서 신세타령을 하면서 눈물을 쏟았다. 국밥 얘기를 하니 허기가 몰려온다. 밥을 사 준다는 말에 보따리를 챙겨 일어선다. 의심도 없이 여자 뒤를 졸졸 따라간다. 국밥집에 들어가 국밥을 시킨다.

"고향이 어디고?"

"해방이 돼서 일본에서 돌아왔는데, 갈 곳이 없습니다. 부모님이 모두 일본에서 돌아가셨거든요. 부모님 고향에라도 찾아가 보려고요."

민정은 여자에게 거짓말로 둘러댄다.

"아이고, 저걸 어쩌노! 일본에서 살 수가 없어서 부모님 고향을 찾아온 거구만. 부모님 고향이 어디고?"

민정의 순진한 대답에, 여자도 민정이 순진한 걸 금방 알아차린다. 그 여자가 찾고 있던 먹잇감이라는 걸 금방 알아차린다.

"찌그, 절라도 구례입니다."

"구례? 구례를 갈라면, 여기서 한참을 가야 쓰겠네."

여자는 고개를 돌려 먼 곳을 바라본다. 구례가 여기서 멀다고 말한다. 민정은 사실 구례를 가려는 방법도 알아보지 않았다. 어디로 가면 되는지 알아볼 참이다.

"구례가 여기서 먼가요?"

"그럼. 구례를 갈라면 몇 날 며칠이 걸릴 거야. 교통편도 없고, 걸어서 갈 수도 없는 곳이야."

여자는 구례를 못 가게 할 심산으로 말한다. 민정은 고개를 끄덕인다. 여자의 말을 곧이곧대로 듣는다. 김이 모락모락 나는 국밥이 나오자 서둘러 국밥을 먹는다. 국밥을 먹고 나자 민정이 그 여자 뒤를 졸졸 따라간다.

서울역에 도착한 수환이 혜화동으로 향한다. 해방 전에 징용으로 일본 탄광까지 끌려갔던 수환이다. 해방 후에 고향으로 돌아온 수환은 건강이 회복되자 서울로 올라온 것이다. 외삼촌의 도움으로 돈암동 쌀 가게에서 쌀을 배달하는 일을 한다. 자전거에 쌀을 싣고 돈암동 일대에 쌀을 배달한다. 설렁탕집에 배달 주문이 오면 가마니째로 배달에 나선다. 성실하게 일한 덕분에 쌀 가게 주인의 신임도 얻었다. 수환은 어느새 서울 사람이 되어 간다. 수환이 서울에 도착하자 동생들도 서울로 불러들인다.

34

———

피
난
길

이게 무슨 날벼락이란 말인가? 농지개혁을 한다는 소문이 알려
지자 이대길은 골치가 아프다. 북쪽은 해방이 되자마자 전답은 물
론이고 모든 토지를 무상 몰수하여, 무상으로 분배를 해 줬다고 한
다. 남한에서 하는 농지개혁은 모든 토지가 아니라서 다행이다. 임
야는 제외되고, 농지를 기준으로 1인당 3정보 기준만 농지 소유를
허락하고 나머지는 모두 유상으로 몰수를 한다는 것이다. 유상으로
사들인다고는 하지만, 그야말로 헐값에 농지를 뺏기게 생겼다. 이대
로 가만히 있을 수는 없는 일이다. 농지개혁이 시작되기 전에 미리
농지를 처분하여 다른 재산으로 만들어 놔야 한다. 문중 산 인근에
있는 농지는 문중 답으로 제쳐 두고라도 중방들과 평바대 들판의
농지 대부분을 지켜 내야만 한다. 조상 대대로 물려받은 농지인데,
하루아침에 모두 없어져 버린다면 조상님들을 무슨 낯으로 본단 말
인가? 이대길은 고민을 한다. 1인당 3정보의 상한선을 정한다면 서

류상으로만, 자식들에게도 각각 농지를 분배해놔야 한다. 친인척 명의로 최대한 돌려놔야 할 것 같다. 그 대신 종전에 큰집에서 관리하듯 하면 큰 문제가 없으리라 본다. 그러고도 남은 농지는 서둘러 농지를 처분해야 한다. 가격을 조금 싸게 해서라도 일단 처분해야 한다. 농지가 처분되면, 그 돈으로 금괴를 사 둬야 하나? 앞으로 금괴는 시세가 어떻게 될지 알 수가 없는 일이다. 그래도 금괴가 최고지. 금을 보유하고 있으면 언제라도 내다 팔 수가 있는 아주 귀한 것이다. 이대길은 스스로 고개를 끄덕인다. 금괴만 한 것이 없다. 우선 급한 대로 농지를 일단 싸게라도 처분해야 한다. 김 서방과 인영이를 방안으로 부른다. 김 서방과 인영이 방 안으로 들어온다.

"앉거라."

이대길이 서두른다. 김 서방과 인영에게 자초지종을 털어놓는다. 김 서방과 인영이 고개를 끄덕인다. 농지 명의를 서류상으로나마 자식들에게도 나눠 놓고, 친인척 명으로 돌려놓고, 남은 농지를 처분해야 한다고 설명한다. 시간이 촉박하니까 서둘러 전, 답을 팔라는 지시다. 김 서방과 인영이 서둘러 방을 나간다. 다행히도 싸게 내어 놓은 농지가 팔렸지만, 재산상으로 따지면 많이 손해를 본 셈이다. 농지개혁 바람으로 농지값이 많이 떨어졌기 때문이다. 지주들이 한 꺼번에 농지를 팔려고 하는 바람에 팔 사람은 많고, 살 사람은 없기 때문이다. 농지를 판 돈이 이대길의 손에 들어오자 먼저 금괴를 사 들일 계획을 세운다. 인철이를 시켜 도시에 나가서 금을 구입해 오도록 시킨다. 중절모를 쓰고 양복을 입은 인철이 기차를 탄다. 금괴를 구입하러 도시로 나가는 길이다. 인철이 돌아와 금괴를 이대길에게 건넨다. 이대길이 금괴를 은밀하게 벽장에 넣어 둔다.

이대길은 다시 고민을 한다. 금괴 말고, 재산을 계속 유지할 수 있는 방법이 어디 없을까? 임야는 제외라니까 임야를 매입한다. 임야는 관리하기도 힘들다. 나무도 키워 내려면 수십 년이 걸리는 것이다. 나무를 키워 낸다 해도 관리하기가 어렵다. 산지기를 두고 지킨다 해도 한계가 있다. 질매재 까끔도 산막을 지어 놨지만, 별 쓸모가 없어서 방치하고 있지 않은가? 그렇지만 산판은 농지에 비하면 쓸모는 없지만 없는 셈 치고, 산판에 있는 나무나 키우자는 셈으로 산판을 매입한다. 난동과 당몰 산판을 사들인다. 농지를 판 돈으로 어디에 투자를 해 놓을까 계속 고민한다. 쌀에 투자를 했다가 쌀을 빌려주어 이자를 톡톡히 받아 낼 방법도 좋은 방법이다. 그렇지만, 쌀은 지금도 창고에 넘쳐 나서 쌀로 늘려 나가는 일은 한계에 봉착할 수 있다.

농사에 필요한 소를 구입하여 배냇소를 하면 어떨까? 농사를 열심히 짓는 소작인들에게 암송아지를 사 줘서 어미 소가 되도록 열심히 키우는 것이다. 그 어미 소가 새끼를 낳으면 그 새끼는 소작인에게 주고, 소작인들이 키운 어미 소는 주인에게 반납하는 형식이다. 지주는 그 어미 소를 받아 팔아 치우면 큰돈이 되는 일이다. 소작인들도 평생 소 한 마리 가지고 농사를 원 없이 가꾸어 나가는 일이 평생소원이다. 지주의 도움으로 몇 년간만 소에게 공들이면 송아지 한 마리를 얻을 수 있는 것이다. 어떻게 보면 누이 좋고 매부 좋은 일이다. 소는 농사짓는 농부들에게는 그야말로 필수적인 것이고, 재산 목록 1호인 셈이다. 농사를 지을 때 농번기에는 소를 빌려다 일을 시킨 만큼, 두세 배로 품앗이 노동을 해 주어야 한다. 그래서 소가 있는 농가들은 농번기에는 어른 몫의 서너 배는 소가 농사일을 대신해 주고 있는 셈이다. 농가에는 소가 꼭 필요한 존재임을 잘 알고 있다. 소작인들도 배냇소를 한 마리씩 분배하여 주면 고마워서 큰절이라도 할 것으로 믿고 있다. 이대길이 그 생각이 미치자 고개를 끄덕인다. 그 방법도 괜찮은 방법인 듯싶다.

이대길은 김 서방과 인영이를 시켜서 소를 사들이게 한다. 소작인까지 우시장으로 함께 동행한다. 우시장에서 송아지를 사들인다. 송아지를 구입하여 소작인에게 건넨다.

"고맙구만이라. 고맙구만이라."

소를 건네받은 소작인은 고맙다는 인사가 저절로 나온다. 송아지를 얻은 소작인들은 기분이 좋아서 어쩔 줄을 모른다. 허리를 구십 도 이상 굽히며 고맙다는 인사를 계속 반복한다. 소 한 마리 키워 보는 게 평생소원이었는데, 배냇소지만 암송아지를 직접 키운다는 기대감에 기분이 좋아 어쩔 줄을 모른다. 이 대감집의 소작을 하다 보니 이런 횡재가 생기는가 싶다. 소작인들은 소를 건네주는 김 서방과 인영에게 계속해서 넙죽 절을 한다. 2년만 암송아지를 잘 키워 어미 소를 만들고, 어미 소가 송아지를 낳으면 소작인에게도 송아지 한 마리가 생긴다는 부푼 꿈에 기분이 날아갈 것만 같다. 삼사 년만 고생하면 어미 소가 한 마리 생기는 것이다. 농사를 지은 것보다 소를 키우는 기대감이야말로, 농사꾼에게는 엄청난 꿈을 가질 수 있는 기회인 셈이다. 이런 횡재가 어디 있단 말인가? 배냇소를 키워보는 것도 마음씨 좋은 지주를 만났을 때만이 누릴 수 있는 큰 혜택인 것이다. 소작인들은 이 대감이 골목길을 지나가면 누가 시키지 않아도 머리가 땅에 닿을 정도로 허리를 굽혀 인사를 한다. 그만큼 소작인들에게는 이 대감이 고마운 분이다. 구례장에서 송아지를 사서 구입해 오는 일은 순조롭게 잘 진행된다. 구례장에서 못 구한 송아지는 남원장에까지 가서 사 온다.

"다녀오겠습니다."

김 서방과 인영이가 남원장에 가는 날이다. 이대길에게 인사를 한다.

"그래. 돈을 단단히 챙겨라. 밤재가 험하고 위험하니 조심해서 댕겨오니라."

밤재에서 짐승도 위험하고, 강도를 만날까 걱정을 하는 것이다. 산동에서 밤재를 넘어 남원장까지 갔다 오려면 꼬박 하루가 걸리는 거리다. 동이 트기도 전에 광의면 연파리에서 한밤중에 출발하여 산동면 밤재를 넘어 새벽녘에 남원 우시장에 도착한다. 남원 우시장에서 송아지를 구입하여 다시 밤재를 넘어오면 저녁쯤에 연파리에 당도하는 먼 여정이다. 이른 새벽부터 소작인들과 함께 길을 떠난다.

"까르르, 까꿍."

인호는 계속 웃으면서 아이와 눈을 맞춘다.

"철민아!"

인호가 다정스럽게 아이를 계속 부른다. 아이가 인호와 눈을 맞추더니, 방긋하면서 인호를 더욱 기쁘게 해 준다. 미라도 옆에서 아이에게 눈을 맞춘다.

"까꿍."

인호와 미라가 아이에게 온통 집중하며 웃는다. 인호와 미라는 부러울 것이 없는 신혼생활이다. 절골댁과 경자가 그 모습을 바라보며 웃는다. 저렇게 좋을까? 집안사람들도 오고 가며 힐끗힐끗 바라본다. 덩달아 웃음을 짓는다.

미라가 경자와 빨랫감을 머리에 이고 서시천으로 향한다.
탕탕탕….
빨랫방망이로 빨래를 힘차게 두들긴다.
"동서! 요즘 힘들지?"
"성님, 아닙니다. 할 만합니다."
"아이 돌보랴, 어른들 눈치 보랴, 힘들 거야."
"아입니다. 차차 배워 가야죠."
"동서, 힘들면 말하라고. 내가 많이 도와줄 테니까."
"예. 우짰든 성님이 계셔서 지가 많이 편합니다. 지는 집안 법도도 잘 모르고, 어른들께 어떻게 해야 되는지도 잘 모릅니다만, 성님이 계셔서 한결 낫습니다."
"내가 동서를 겪어 보니까, 열심히 하는 모습이 좋아 보여. 도련님도 동서에게 잘하는 것 같고. 요즘 젊은 남자들은 아이에게나, 마누라에게 잘 못하거든."
"맞아요. 우리 철민이도 잘 봐 주고, 지에게도 잘하는 것도 그렇고, 지에게는 다시 없는 사람인 것 같아요."
"맞아. 내가 도련님을 에렛을 때부텀 봐 와서 잘 알지. 도련님은 형님들과는 달라도 많이 달랐거든. 쬐끔 엉뚱한 데가 있긴 하지만 서도."
"그렁가요?"
"내가 시집을 왔을 때는 도련님이 에렛으니깬."

경자는 인호가 소학교 다니기 전에 시집을 왔으니 누구보다도 잘 알고 있다. 특히 미라와의 결혼 문제로 집안을 발칵 뒤집어 놓은 사건은 그야말로 어른들에게는 이해할 수 없는 일이었다. 지나고 보니 모두 부질없는 일이 되었다. 미라도 일본에서 살다가 왔다고 하지만, 지금은 아이도 낳고 종갓집에 들어와 일도 잘 배워 가고 있다.

인호가 사관학교를 지원하여 합격 통보를 받았다. 고등학교를 졸업하고 결혼도 했다. 봄이 되자마자 집을 떠나게 생겼다. 육군사관학교에 입학하기 위해 서울로 떠나는 길이다. 인호가 안방에서 부모님께 큰절을 한다.

"사관학교가 서울이라며…. 잘 댕겨오너라."

"예, 아버님."

이대길은 인호가 대견해 보인다.

"그래, 잘 댕겨오너라. 거시기, 핵교가 서울이다며. 서울까지 가려면 기차를 타도 하루가 꼬박 걸린다고 하니까 한참을 가야 쓰겠다. 부디 몸조심해야 한다. 니는 이제 홀몸이 아니다. 처자식이 있는 몸이니깬, 몸 간수도 잘해야 한다. 끼니도 잘 챙겨야 헌다. 집에 편지도 자주 하고."

"예, 어무이."

절골댁은 인호가 사관학교에 간다고 하지만, 아직은 어린애를 객지에 보내는 것만 같아 마음을 놓지 못한다. 결혼을 해서 처자식이 있는 몸이지만 그저 어리게만 보인다. 그저 끼니는 제때 잘 챙길지 걱정이 앞선다.

인호가 안방에서 나온다. 마당에 내려서니 집안 식구들이 줄지어 서 있다. 인철과 악수를 나눈다. 인철이 인호의 등을 쓰다듬어 준다.

"잘 다녀와라. 집안 걱정은 안 해도 된다."

"예."

경자와 마주친다.

"형수님! 저희 집사람을 잘 좀 부탁합니다."

인호는 경자에게 인사를 한다. 집을 떠나면서 제일 친근하게 지내 왔던 경자에게 미라와 철민을 부탁하는 것이다. 미라가 시집을 와서 도 집안에서 제일 많이 부대끼는 사람이 경자라는걸 잘 알고 있다.

"도련님. 잘 다녀오세요. 동서랑 철민이는 걱정하지 마셔요."

"지는 형수님만 믿겠습니다."

집안 식구들에게 인사를 건네고 집을 나선다.

기차역 개찰구에서 미라가 아이를 업고 인호와 눈을 맞춘다. 인호 는 사관학교 입학이지만, 군에 입대하는 것이나 마찬가지인 셈이다. 결혼한 지도 얼마 안 됐는데 집을 떠나는 일이 아쉽지만, 본인이 선 택한 길이다. 미라가 시댁 식구들과 함께 잘 견뎌 내리라 믿는다. 인 호가 미라를 바라보며 포옹을 한다. 미라도 잘 다녀오라는 배웅을 해준다. 인호가 아이의 얼굴을 손으로 쓰다듬으며 개찰구로 들어간 다. 인호가 손을 흔든다. 미라도 손을 흔든다.

"앞으로 갓!"

지휘관의 힘찬 구령 소리에 훈련병들이 발을 맞추어 간다. 사관학 교 연병장에는 훈련병 모두가 오와 열을 맞추느라 긴장한 눈빛이다.

늠름한 인호의 눈빛이 반짝거린다.

"하나, 둘, 셋, 넷, 하낫둘셋넷. 하낫둘셋넷."

훈련병들의 우렁찬 소리가 운동장에 울린다.

"뒤로 돌아 갓."

"하나, 둘, 셋, 넷, 하낫둘셋넷. 하낫둘셋넷."

"제자리 섯."

훈련병들은 지휘관의 구령 소리에 일사불란하게 움직인다. 지휘관의 호루라기 소리에 훈련병들이 연병장을 달린다.

"얍! 야!"

총을 들고 기합 소리와 함께 총검술을 익힌다. 인호가 훈련하는 사관학교 운동장은 신규 사관생도들의 숨소리로 열기가 가득하다. 사관학교에 갓 입학한 인호는 강도 높은 훈련에 잘 적응하고 있다. 눈만 뜨면 각종 훈련과 교육에 집중하느라 정신이 없다. 가족을 멀리 두고 서울까지 올라와 있지만, 고향에 있는 가족을 생각할 겨를이 없다. 바쁜 군사훈련에 적응하느라 매일 땀을 흘리고 있다.

6월 25일. 일요일 새벽이다.

쾅쾅쾅… 탕탕탕탕탕… 펑펑펑…

천지가 진동하는 폭발 소리와 함께 총탄이 빗발치듯 일시에 쏟아진다. 북한군이 옹진반도, 개성, 동두천, 춘천, 주문진 등 육로와 동해안 삼척의 해상으로 상륙하여 동시에 대규모로 불법 남침을 강행한다. 남한군은 북한군의 대규모 남침에 방어할 준비가 되지 않았다. 북한군의 불법 남침을 방어할 탱크와 야포도 전무하다시피 하다. 남한군은 적절하게 대응하지 못한다. 북한군은 소련제 탱크를 앞세우고 남쪽으로 진격을 계속한다. 남한군은 북한군의 공격으로 많은 사상자가 발생한다. 대규모 불법 남침에 38선은 혼란에 빠져 버린다.

"오늘 아침 남조선군이 옹진반도에서 해주로 북한을 공격하였다. 이에 대응하기 위하여 인민군은 즉시 반격한 것이다."

김일성은 오후에 평양방송을 통해 발표한다. 북한의 무력 도발이 아니라, 남한의 무력 도발에 대응하는 것이라고 거짓 선전방송을 한다. 탱크와 야포, 각종 무기도 준비가 안 되어 있는 남한군이다. 아무 준비도 안 된 남한군이 먼저 북진을 할 수가 없는 상황임에도 불구하고 김일성은 남한군이 먼저 무력 도발을 했다고 억지 주장을 하는 것이다.

국군은 일요일이라 평소처럼 많은 병력이 외박을 나갔고, 6월은 이모작인 보리를 베어내고, 모를 심는 농사철이다. 농촌에 일손을 돕기 위하여 대민 지원이나 농번기 휴가까지 나간 상황이다. 남한 정부 역시 북한군의 기습 남침이 평상시에도 38선을 경계로 수시로 남북 군인들 사이에 일어났던 국지전으로 여기고 있다. 소련제 탱크를 앞세운 북한군들은 국군의 저항을 단숨에 물리친다. 국군은 겨우 박격포로 북한군의 탱크를 향해 발사하여 저지해 보지만, 박격포 공격을 받은 북한군의 탱크는 움찔하기만 하다가 만다. 박격포 공격에도 끄덕이 없다. 박격포 공격을 받은 국군은 오히려 북한군의 탱크 공격을 받아 순식간에 박살이 나 버린다. 탱크전을 경험하지 못했던 국군은 탱크를 앞세우고 공격해 오는 북한군을 저지할 방법이 없다. 북한군은 순식간에 개성과 철원을 돌파한다. 북한군은 파죽지세로 남진을 계속한다. 북한군이 38선을 돌파하여 서울을 향하여 계속 남으로 내려오고 있다. 계속 북한군에게 밀리는 정부는 당황한 나머지 국민을 안심시키기에만 혈안이다.

"서울 시민 여러분, 안심하십시오. 우리 국군은 북진 중입니다."

"우리 국군은 적을 물리치고, 해주를 점령하였다."

아무리 국민을 안심시키고, 동요하는 것을 막기 위한 일이라고 하지만, 국군이 서울을 지켜 낼 거라는 온갖 거짓 방송을 계속 내보내고 있다. 서울 시민들은 북한군들이 서울을 점령할 거라는 걱정도 안 한다. 계속되는 방송 오류로 서울 시민들은 전쟁이 났어도 일상생활을 계속해 나간다.

해방 이후로 남한이나 북한은 38선을 두고 계속 대치되는 상황이 계속되어 왔다. 38선의 경계를 두었지만, 남·북에 각각의 정부가 세워지기 전부터 남북통일을 염원했다. 남한에서는 남한만의 총선을 반대하여 제주에서 4·3사건이 일어났고, 연이어 여수 14연대에게 제주도에서 일어난 사건을 진압하라고 명령이 떨어지자 수백 명의 군인들이 반란을 일으킨다. 반란을 일으킨 14연대를 진압하라고 파병한 광주의 4연대 일부 병력까지 순천에서 연합 세력이 되어 버린다. 여수, 순천을 장악하자 좌익의 민간인들까지 합세하여, 거대한 세력이 되어 버린다. 반란 세력들은 군인이 주력이고, 무기까지 보유하다 보니 진압군이 쉽게 진압을 하지 못한다. 진압군을 피해 지리산으로 숨어들어 한바탕 큰 전쟁을 겪게 된다. 수많은 민간인과 군인, 경찰이 죽어 나간다. 그 후로도 대구의 6연대, 춘천과 홍천의 8연대, 군산의 12연대까지 군인들이 계속 반란을 일으켰다. 그만큼 한반도에서의 남북통일은 모든 민족의 염원이었다. 남쪽, 북쪽에 각각의 정부가 세워졌지만, 모두가 기회만 되면 한반도 통일을 계속 노리고 있었다. 그러나 미국과 소련의 강대국의 이념 대립과 맞물려 분단국가가 된 한반도에서, 통일 정부를 세우는 일은 어려운 일이었다. 북한 공산당은 조선민주주의인민공화국을 세우고, 모택동의 중국 공산당이 장제스가 이끄는 중국 국민당을 타이완섬으로 몰아내고, 중화인민공화국(1949년 10월 1일)을 설립하는 데 군대까지 파견하여 도왔다. 중국 공산당에 의해 중화인민공화국(중공)이 세워지는 걸 본 김일성은 한반도에도 공산당에 의한 무력 통일만이 유일한 길이라고, 남북통일에 대한 염원에 고무된다. 틈틈이 기회를 노리고 있던 차에 한반도에서는 그야말로 해방 후 점령군으로 주둔했던 미·소 군대가 동시에 철수를 한다. 미국은 1950년 1월에 애치슨 라인을 선언한다. 미국의 극동방위선은 필리핀, 일본 오키나와와 알류샨열도를 연결하는 선을 발표한다. 남한과 대만은 애치슨라인에서 제외되어 외부로부터의 군사적 공격에 미국은 대응하지 않겠다는 것이다. 호시탐탐 한반도의 무력 통일만을 노리던 김일성은 애치슨 라인이 선언되자 소련과 중국을 직접 방문하여 전쟁 지원을 약속받는다. 소련은 탱크를 포함하여 다양한 무기까지 지원하게 된다. 박헌영의 주장은 남한에서 1950년 4월에 실시한 농지개혁이 전 국토를 대상으로 하지 않고, 농지만을 기준으로 한 유상 매수, 유상 분배가 문제가 있다고 지적한다. 북한처럼 농지뿐만 아니라 임야를 포함한 전 국토를 대상으로 한 토지개혁으로 인민들에게 무상 몰수, 무상 분배를 했던 획기적인 일이 아니었다. 그래서 남쪽의 인민들 대부분은 노골적으로 정부에 대한 반감을 가지고 있다고 주장한다. 전쟁이 나면 남한에서 활동하고 있는 남로당원과 빨치산들이 일시에 동조하여, 민중봉기로 남한은 쉽게 무너질 거라는 주장을 한다.

남한군은 탱크 하나도 제대로 갖추지 못한 상태다. 미군정은 남한에 정부 수립 전부터 한반도에서의 주한미군 철수를 준비해 왔다. 유엔 임시위원단의 감독하에 통일 정부가 수립되면 미국과 소련의 외국 군대는 한반도에서 모두 철수한다는 게 기본 골자였다. 통일 정부는 수립되지 못하고, 남북 각각의 정부가 수립되고 말았다. 소련군이 1948년 12월에 철수를 완료하였다. 1948년에 남한만의 단독정부가 수립되자 미군도 1949년 6월에는 미군고문단 일부만 남겨두고 미군이 철수를 완료했다. 미군이 철수하면서 남한군을 무장하고, 훈련을 시키라는 지시가 내려졌다. 남한군 스스로 방위력을 갖추기 위함이었다. 미국은 애치슨라인의 극동방위선을 긋고, 남한을 방위선 라인에 넣지 않으면서도 군사원조는 원활하지 않았다. 이승만이 미군 철수 시에 수시로 전투력 보강을 위해 미국으로부터 무기의 원조를 바랐지만, 미국은 남한의 전투력이 강화되면 이승만의 북침을 우려하였다. 방어용 수준의 전투력만 갖추도록 했다. 정작 북한이 남침을 강행해 왔을 때는 한국 공군은 전투기도 없이 연락기 정도만 갖추고 있었다. 정찰용 장갑차만 몇 대 보유하고 있었다. 포병은 전차나 자주포도 전무했다. 포병의 화력은 보유하고 있었지만, 북한의 화력이나 사정거리에 비해 열악하였다. 북한이 탱크를 앞세우고 남침을 강행하자, 국군은 힘없이 38선 방어선이 뚫리고 만다. 북한군은 남침에 속도를 내면서 빠르게 서울로 향한다.

"비상! 비상! 비상!"

"완전군장을 갖추고 연병장으로 집합하라!"

인호가 잠을 자고 있는 사관학교 내무반에 '비상' 명령이 떨어진다. 생도들이 비상 소리에 후다닥 일어난다. 신병인 인호도 재빠르게 일어난다. 군장을 꾸리며 부산하게 움직인다. 출동 준비를 마친 인호가 연병장으로 달려 나간다. 무장을 한 생도 전원이 운동장에 집합한다. 전쟁이 발발하자 서울 태릉에 위치한 육군사관학교에도 즉시 전선으로 출동하라는 명령이 떨어졌다.

"생도 여러분! 오늘 새벽에 북한군이 남침을 하여 서울을 향하여 점점 다가오고 있다. 우리 힘으로 북한군을 무찔러야 한다. 출동하라!"

"와, 와, 와…."

무장을 갖춘 생도들이 서둘러 전선으로 투입된다. 전선에서는 이미 국군과 북한군의 교전이 치열하다. 국군은 북한군 탱크에게 전멸당한다. 탱크를 앞세운 북한군이 점점 남쪽으로 다가오고 있다. 박격포가 탱크를 향해 불을 뿜는다. 박격포가 탱크를 명중하지만, 탱크는 움찔하더니 계속 움직인다. 북한군들이 계속 몰려온다.

인호와 생도들이 진지를 구축하고 다가오는 북한군들을 향해 조준을 한다. 생도들이 일시에 적을 향하여 총을 쏜다.

탕탕탕…. 따따따따따…. 펑펑펑….

점점 다가오는 탱크를 향해 총을 쏜다. 아무리 총을 쏴도 탱크는 끄떡도 없다. 북한군의 탱크는 계속 전진해 온다. 국군은 북한군을 격퇴하지 못하고, 오히려 위치만 노출된다.

쾅쾅쾅…. 펑펑펑….

적을 발견한 탱크가 국군을 향해 포격을 한다.

"악!"

포탄을 맞고 소리를 지르며 몸이 하늘로 솟구친다. 피를 철철 흘리며 생도들이 계속 죽어 나간다. 북한군의 포격이 점점 강도가 심해진다. 시간이 흐를수록 사관생도들의 사상자가 계속 발생한다. 소총과 경기관총, 박격포로 무장을 해서 적을 방어하려 했지만, 보유하고 있는 총탄도 금방 바닥을 드러낸다. 부족한 총탄이 계속 보급되지도 않는 상황이다. 그야말로 사력을 다해 북한군과 대적을 해본다. 기존에 방어선을 구축한 국군의 병력도 막지 못한 북한군을 사관생도로 이루어진 부대는 탱크로 중무장한 북한군에게 상대가되지 못한다. 계속 밀려드는 북한군의 공격을 막아 내지 못한다. 가지고 있는 무기와 병력으로 계속 진격해 오는 북한군의 탱크를 막을 수 없다. 탱크의 남하를 막기 위하여 지뢰를 설치한다. 선두에 선 탱크가 지뢰 위를 지나가자 지뢰가 폭발한다. 지뢰의 폭발로 탱크도 큰 타격을 입는다. 지뢰가 설치되어 있는 것을 알아차린 북한군들이 지뢰를 먼저 제거하고 남하를 계속한다. 탱크의 남하를 막아야만 한다. 조국을 공산당으로부터 막아 내려면 이 한 몸을 불살라야만 한다. 탱크를 저지시키려면 육탄으로 탱크를 저지하는 방법밖에 없다. 몸에 수류탄을 안고 탱크에 올라타야 한다. 탱크에 올라타서 탱크 안으로 수류탄을 던져 넣어야 한다. 목숨을 던져서라도 탱크 위로 뛰어올라야 하는 절박한 순간이다. 탱크가 지나가는 길에 몸을 엎드린다. 탱크가 가까이 다가오기만을 기다린다.

뜨르르르, 꽝꽝꽝…

요란한 엔진 소리와 함께 굉음 소리를 내며 탱크가 점점 다가온다. 사관생도의 육탄돌격대가 산속 곳곳에 숨어 있다. 탱크 위로 잽싸게 뛰어오른다. 탱크에 뛰어오르자마자 수류탄 안전핀을 빠르게 뽑는다. 당장 수류탄을 적의 탱크 안으로 던져야만 한다. 촌각을 다투는 시간과의 싸움이다. 탱크 안에서 북한군이 국군 육탄돌격대를 발견한다. 북한군이 순식간에 방어를 한다. 육탄전이 벌어진다. 수류탄 폭발 시간은 점점 다가온다. 수류탄을 빨리 탱크 안에 던지고 탱크에서 다시 뛰어내려야 한다. 그렇지 못하면 안전핀을 뽑은 수류탄을 탱크 안으로 던지지도 못하고, 탱크 밖에서 순식간에 폭발한다. 탱크에서 육탄돌격대와 북한군이 모두 탱크에서 뛰어내려야 하는 시간이다. 수류탄을 탱크 안으로 겨우 던진다.

펑!

수류탄이 탱크 안에서 터진다. 수류탄이 폭발하면서 북한군과 사관생도의 육탄돌격대 몸이 한꺼번에 하늘로 솟구친다. 육탄돌격대의 몸도 피하지 못하여 수류탄 폭발로 하늘로 솟구친 것이다. 몸이 산산조각이 나 버린다. 팔다리가 인근 나뭇가지에 걸쳐 대롱대롱 매달린다. 북한군의 탱크는 불이 붙어 활활 타오른다. 탱크 안에 있던 북한군도 미처 피하지 못하고 몸이 산산조각이 나 하늘로 솟구친다. 탱크는 점점 더 불길에 휩싸인다. 몸을 엎드리고 있던 육탄돌격대는 계속해서 탱크 위로 뛰어올라 수류탄을 던지고 탱크 위를 탈출한다.

펑!

북한군의 탱크가 연속해서 폭발하면서 전진을 멈춘다. 북한군의 남하가 잠시 멈추는 사이에 후퇴를 서두른다. 북한군의 남하를 막기 위하여 그야말로 맨몸으로 싸운다. 이런 방법만으로는 북한군의 남침을 저지할 수 없다는 판단이다.

"후퇴하라!"

시시각각으로 들려오는 포격 소리를 뒤로하고, 인호는 부대를 따라서 서둘러 남쪽으로 후퇴를 계속한다.

쾅쾅쾅….

대포 소리가 점점 크게 들린다. 서울 시내에서도 확연히 들릴 만큼 소리는 공포감을 준다. 전쟁이 났다는 소문은 요란하지만 서울 거리는 평온하다. 방송에서도 "안심하라"는 방송이 계속 나오니까 서울 시민들은 동요하지 않고 있다. 국군이 38선 부근에 대치를 하고 있으니까, 대포 소리를 대수롭지 않게 여긴다. 국군이 북한군을 잘 방어하리라 믿는다.

수환은 혜화동에서 자전거에 쌀을 싣고 힘차게 달린다. 쌀 배달 임무를 맡은 수환은 신속하게 쌀을 배달한다. 미아리 고개를 넘어오는 피난민들이 간혹 눈에 보이기 시작한다. 시민들은 피난민을 붙잡고 38선 부근의 상황을 묻는다. 북한군이 탱크를 몰고 연천을 지나 동두천을 넘어서고 있다고 한다. 지금쯤은 북한군들이 곧 의정부에 들어올 거라는 얘기다. 의정부 이북에 사는 주민들이 서둘러 피난을 온 것이다. 피난민들의 소리를 듣고, 서울 사람들도 피난을 떠나기 위해 분주해진다. 미아리 고개를 넘어오는 피난민들이 점점 늘어난다. 밤이 되자 국군이 미아리 고개를 향하여 우르르 몰려간다. 북한군을 미아리 고개에서 멈추게 하려는 심산이다. 제발 국군이 북한군들을 한 방에 격퇴했으면 한다. 미아리 고개 너머에서 들리는 포격 소리가 점점 커지고 있다. 포격 소리가 밤하늘의 정적을 깨운다.

쾅!

새벽에 한강에서 굉음 소리가 터진다. 한강 다리에서 섬광이 번쩍이며 대낮처럼 밝아진다. 한강 다리에 설치한 폭약이 한꺼번에 폭발하는 순간이다. 북한군들이 서울로 들어섰다는 보고가 올라가자 북한군들의 한강 이남으로의 남하를 막기 위해 한강 다리를 폭파한 것이다. 한강 이남을 향하여 피난을 가고 있던 피난민들과 차량이 한꺼번에 한강 물로 빠져 버린 것이다. 이승만은 한강 다리를 폭파하기 전에 이미 서울을 떠났다.

날이 밝아 온다. 한강 다리가 폭파됐다는 소식이 서울 전역에 전해진다. 피난을 가려면 한강 다리를 건널 수 없다. 배를 타고 한강을 건너야 한다. 미아리 고개를 넘은 인민군의 탱크가 돈암동을 지나 혜화동 길에 모습을 나타낸다. 인민군들이 남침 3일 만에 서울을 점령한 것이다. 서울 시민들은 거리로 나와서 인민군 탱크 행렬을 구경한다. 탱크가 지나가자 인민군들이 혜화동 길을 행진한다. 서울 시민들이 인민군의 행진에 박수를 치며 환영한다. 인민군들이 서울에 입성하자 시민들은 삼삼오오 모여들어 전황에 대한 얘기를 나눈다.

"방송에서는 우리 국군이 서울을 사수한다고, 동요하지 말고, 안심하라고 했다는데…."

"그러게 말이시. 그란데 인민군들이 서울에 입성을 했잖어."

"소문에 의하면 미국 공군이 즉각 들어와서 인민군들을 쫓아낸다고 했다는디…."

"미군들이 언제 들어올라나?"

"피난을 가야 쓸랑가?"

"아니, 한강 다리도 폭파를 해 버렸다는데, 피난을 어떻게 간담?"

수환은 시민들이 수군거리는 소리에 귀를 기울인다. 인민군들이 서울로 들어왔으니 전쟁이 본격적으로 시작된 것으로 본다. 국군들도 모두 서울을 빠져나가 버렸다. 가게 주인이 먼저 피난길에 나선다. 그동안 수환은 쌀가게에서 성실하게 일을 해 왔다. 주인에게 신임을 얻었다. 수환에게 가게를 맡기고 피난을 갈 만큼 신임을 얻었다. 쌀가게는 수환에게 맡아 달라고 하며, 서둘러 피난을 떠난다. 대부분의 혜화동 일대의 가게는 대부분 문을 닫았다. 수환의 가게도 문을 닫았다. 수환도 갑자기 벌어진 전쟁 상황에 고민을 한다. 나도 피난을 따라나설까? 소문대로 미군들이 들어와서 인민군들을 쫓아낼까? 수환은 잠을 이루지 못하고 뒤척거린다. 전쟁이 어떻게 될지 생각한다. 일본의 대동아전쟁으로 인하여 많은 젊은이들에게 전쟁 동원령이 내려졌었다. 전쟁이 본격적으로 진행이 되면 인민군이든 국군이든 젊은이들의 동원령이 내려질 것이라는 판단이 선다. 수환도 강제 징용이 되어 일본 탄광까지 끌려갔다가 구사일생으로 살아 돌아온 것이다. 그 일만 생각하면 전쟁은 모든 물자와 사람을 강제로 징집을 하게 되어 있다. 어떻게 해서라도 피난을 가든지, 산속으로 숨어야만 살아남는다는 것을 알고 있다. 영등포에 있는 동생 철환은 피난을 가지 않았을까? 피난을 가려면 동생과 함께 이참에 고향으로 가야 한다고 마음먹는다. 고향으로 가서 지리산 속으로 도망을 치리라는 계획을 한다. 당장 피난을 준비해야겠다고 결심하지만, 피난길에 무거운 쌀을 짊어질 수는 없는 일이다. 쌀을 가져간다 해도 밥을 지어 먹으려면 살림 도구도 챙겨야 한다. 무거운 쌀 대신에 미숫가루를 준비해야 한다는 생각을 해 낸다. 미숫가루는 밥을 지어 먹는 번거로움도 덜어 준다. 가루를 입에 털어 넣고 물만 마시면 그만이다. 비상식량으로는 미숫가루가 제격이다. 수환은 가게에 있는 쌀과 잡곡을 자루에 담는다. 마당에 솥뚜껑을 올려놓고 불을 피운다. 솥뚜껑에 올려놓은 쌀을 계속 젓는다. 밤새 쌀을 볶아서 날이 밝으면, 방앗간에서 빻아야 한다. 날이 밝아 온다. 수환이 볶은 쌀, 콩, 잡곡을 챙긴다. 자전거를 타고 방앗간으로 달려가 미숫가루를 만들어 온다. 인민군들이 서울에 들어온 첫날이라 아직은 인민군들이나 좌익들이 통제가 심하지 않다. 방송에서는 동요하지 말고 집 안에 있으라는 당부가 있었다. 그래서인지 시내를 오고 가는 사람들도 많지 않다. 낮에는 좌익들과 인민군들이 시내를 통제하고 있다. 낮에는 숨어 있다가, 밤에 움직여서 한강에 도착해야 한다. 밤이 되자 수환이 짐을 짊어지고 잽싸게 움직인다. 곳곳에 인민군들이 지키고 있지만, 인민군들을 피해서 살금살금 여러 번 길을 우회한다. 밤중에 한강에 도착한다. 한강 나루터는 인민군들이 벌써 통제를 하고 있다. 인민군의 허락 없이는 한강을 건널 수 없다. 낮에는 인민군들이 철저히 통제를 하지만 밤에는 느슨해져서 나룻배를 가진 사람들에게 돈을 주면 밤사이에 몰래 한강을 건널 수 있다는 것이다. 밤중이지만 곳곳에서 나룻배가 한강을 오고 간다. 수환은 돈을 쥐어 주고 나룻배에 올라탄다. 한강을 무사히 건넌다. 한강을 건너서 철환을 찾아간다. 동생과 함께 피난길에 나선다. 영등포 쪽에는 인민군들이 아직 한강을 건너지 않아서인지 국군들이 간간이 눈에 띈다. 수환은 짐을 나누어 짊어지고 피난길에 나선다. 피난민들 틈에 끼어서 피난길에 나선다. 무작정 남으로 걷는다.

따사로웠던 햇살이 점점 뜨거워지는 날씨가 연속된다. 들판은 보리를 베어 내고 탈곡을 하기가 바쁘게, 정신없이 모내기를 막 마쳤다. 논에는 어린 묘가 자리를 잡아 가고 있다. 일요일 아침이다. 인철이 라디오를 켠다. 라디오에서는 새벽에 북한군이 남한을 침공했다는 방송이 나온다. 인철이 귀를 의심한다. 귀를 라디오 가까이에 댄다. 라디오에서 흘러나오는 방송은 북한군이 남침을 하였지만, 우리 국군이 잘 방어하리라 믿는다는 방송이 계속 나온다. 국민들은 동요하지 말라는 방송이 계속 나온다.

"아버님! 전쟁이 났나 봅니다."

"뭐라고? 전쟁이 났다고?"

이대길은 인철의 전쟁이 났다는 소리가 믿기지 않는다.

"예. 북한 놈들이 오늘 새벽에 38선을 넘어 남침을 강행했다고 하네요."

"국군이 방어하지 못했나?"

"국군이 있으니까 방어를 잘할 겁니다. 라디오에서는 대수롭지 않게 전쟁 소식을 담담하게 전하는 걸 봉깨로, 곧 수습되겠죠."

"암! 그래야지!"

전선의 상황을 잘 모르는 이대길은 전쟁이 났다고 하지만 국군이 있으니까 곧 수습되리라는 기대를 한다.

"전쟁이 났으면, 사관학교가 서울에 있다는데, 인호는 어떻게 하고 있는지 걱정이다."

"그러게 말입니다."

전쟁이 났다고 하니까 인호가 걱정이 드는 것은 인철도 마찬가지다. 서울에 있는 사관학교 학생들은 무사할지 걱정이 된다. 후방으로 피난을 했을지, 북한군을 막기 위하여 전선으로 투입되었을지. 걱정이 앞선다. 절골댁이 방안에서 초조하게 앉아 있다. 전쟁이 났다는 소리를 듣고, 덜컥 가슴을 쓸어내린다. 일본 놈들이 벌인 전쟁터에 끌려 나간 둘째 인수가 생각난다. 해방이 되어 아무리 기다려도 돌아오지 않은 인수는 일본군이 벌인 전쟁터에서 죽었으리라 여겼다. 징용으로 끌려간 대부분의 청년들이 전쟁터에서 죽었다는 얘기를 받아들여야만 했다. 인수도 소식이 없어 죽은 것으로 여기고 썻김굿을 해서 저승으로 보낸 일을 떠올린다. 전쟁이 일어났다니 절골댁은 걱정이 앞선다. 막내 인호가 사관학교라 하지만, 군에 입대를 한 것이나 마찬가지라는 것쯤은 알고 있다. 처자식까지 놔두고 군에 갔으니, 걱정이 이만저만이 아니다. 서울 쪽에서 전쟁이 터졌다는데, 인호가 지금쯤 어디서 뭘 하고 있는지 궁금하기만 하다. 제발 인수가 무사하기만을 바라고 바랄 뿐이다.

"비나이다. 비나이다. 비나이다…."
어스름한 새벽이다. 장독대에 물 한 사발을 떠 놓았다. 절골댁이 손을 모아 빌고 있다. 인호가 부디 무사하기만을 간절히 빌고 또 빈다. 어미가 할 수 있는 건 빌고, 또 비는 것뿐이다.

"성님! 38선에서 전쟁이 났다는데, 우리 철민이 아범은 어떻게 되는 건가요?"
"그러게 말이시. 전쟁이 났다면 서울에 있는 인호 삼촌이 제일 걱정이 되네."
"요새 통 걱정이 돼서 잠이 안 옵니다."

"저를 어쩐대야. 그리고 봉깨로 잠을 못 자서 그런지 얼굴이 햴쓱해져 뿌렀네."

"성님! 우리 철민이 아범은 무사하것지요?"

"그럼. 동서가 걱정한다고 해결될 일이 아닌깨로, 너무 걱정하지 마. 무사할 거야."

미라는 전쟁이 났다는 소식에 안심이 되지 않는다. 미라가 알기로는 인호가 입대한 사관학교는 서울에 있다는 얘기는 들었던 터다. 38선에서 제일 가까운 서울은 어떻게 됐는지 걱정이 된다. 미라는 철민을 엎고 부엌으로 들어간다.

국군은 소련제 탱크를 앞세운 북한군의 적수가 되지 못한다. 남한 정부는 전쟁이 발발하자 긴급하게 대전으로 임시정부를 옮긴다. 전쟁이 터지자, 미군들이 전선으로 즉각 투입된다. 미군은 전열을 정비하여, 오산 부근에서 방어선을 설치하고 북한군과 격전을 벌인다. 미군도 북한군에게 패하여 후퇴를 한다. 소련제 탱크를 앞세운 북한군은 파죽지세로 남하를 계속한다. 인호가 속해 있는 부대도 대전에서 대구로 후퇴한다. 임시정부도 대전에서 철수하여 부산으로 옮긴다. 파죽지세로 남하하는 인민군을 남한군과 미군은 저지하지 못한다. 대전도 북한군에 의해 함락된다. 송진혁과 남형석이 인민군 복장에 완장을 두른 지휘관으로 나타난다. 인민군을 이끌고 계속 남으로 진격한다.

북한이 남침을 했다는 소식과 함께, 보도연맹원들에게 출두 명령이 떨어졌다. 읍내 경찰서 마당으로 모두 소환되었다. 이대길, 이인철 모두 경찰서 마당으로 끌려왔다. 김정규와 상관 박민국의 얼굴도 보인다. 구례 전체의 보도연맹원들을 불러들였으니, 경찰서 마당에는 수백 명이 웅성거린다. 반란 사건과 연관되어 좌익과 조금이라도 관계가 맺어진 사람들은 모두 보도연맹 명단에 올라갔다. 전쟁이 터지자 상부의 지시에 따라서 일시에 경찰서로 소환이 된 것이다. 보도연맹 명단 중에 여자들은 제외하고 남자들을 소환시킨 것이다. 경찰서에 모인 사람들 중에는 보도연맹원인지도 모르고 잡혀 온 사람도 있다. 그만큼 보도연맹원들의 명단이 반강제적으로 숫자를 채우기 위하여 만들어진 것이다. 북한이 남쪽으로 침략을 강행한 이상, 좌익들이 준동을 할 수 있다는 위기감에 상부에서는 미리 경찰서로 소환 지시를 내린 것이다. 인민군은 물밀듯이 남쪽으로 계속 남하하고 있다는 소식이다. 좌익들을 인민군에 가담할 위험분자들로 구분 지은 것이다. 경찰들은 시시각각으로 인민군의 남침 상황을 전달받고 있다. 워낙 빠르게 남침을 해 오고 있다.

주상식 경찰서장은 이들을 어떻게 해야 할지 고민에 휩싸인다. 이들은 상부의 지시에 의하여 보도연맹 명단이 작성되었지만, 구례는 특이한 지역이다. 반란 사건 때에 좌익들을 일망타진했다고 보는 게 좋다. 워낙 많은 좌익이 이미 반란군들을 따라 산으로 올라가 버렸다. 반란군들이 지리산으로 들어갔지만, 진압군들에게 공격을 당하여 거의 죽거나, 행방불명이 된 상태다. 진압군들의 피해도 많았지만, 지리산 전역에 남아 있는 반란군의 잔당들까지 소탕을 하는 바람에 좌익들은 거의 다 없어졌다고 본다. 살아남은 좌익들도 감옥에 다녀왔다. 좌익에 가담한 가족들까지 몰살을 당한 셈이다. 좌익 활동도 하지 않고, 반란군들의 총부리가 무서워서 산에 짐을 가져다 준 자들까지 좌익으로 몰아서 진압군들이 몰살을 시켰다. 구례 사람들에겐 반란 사건을 겪어서 좌익을 하면 바로 죽는다는 걸 경험하게 한 셈이다. 워낙 진압군들이 반란군 세력들을 무참하리만큼 몰살시켰기 때문이다. 현재 보도연맹 명단에 올라 있는 사람들도 좌익과 상관없는 사람들까지 명단에만 올린 사람들이 대부분이라고 여긴다. 진짜 좌익들은 지리산에서 몰살을 당한 셈이다. 구례 사람들은 반란 사건의 여파로 공산당의 허구를 이미 겪은 사람들이고, 공산당이라면 고개를 흔드는 사람들임이 분명하다. 그만큼 진압군들이 좌익에 대하여 철저히 보복을 가한 셈이다. 일반 군민들도 공산당이라면, 어떤 감언이설을 해 와도 쳐다보지도 않을 만큼 앙금이 서려 있는 경험을 한 셈이다.

"보도연맹원들을 즉시 사살하라!"

주상식은 계속 고민을 한다. 상부의 지시지만 계속 마음에 걸린다. 보도연맹원들을 어떻게 처치해야 하나? 들려오는 소문에 의하면 북한군들이 점점 남쪽으로 가까이 다가올수록 보도연맹원들을 한곳에 모이게 하여 쥐도 새도 모르게 죽여 버린다는 것이다. 후환을 없애 버리고 있다는 소식이 들려온다. 그럴 수밖에 없는 게, 좌익 성향이 있는 보도연맹원들이 일시에 폭동을 일으킬 때는 엄청난 파장을 몰고 올 수도 있다는 판단이다. 공산당인 인민군이 남침을 해왔기 때문에, 좌익들이 선수를 쳐서 준동을 할 여지는 충분하다고 판단을 하는 것으로 보인다. 주상식은 고개를 흔들어 댄다. 고민을 더 계속한다. 구례의 보도연맹원들은 좌익이 아니라는 것이다. 선량한 사람들이 더 많다고 판단을 한다. 좌익 성향을 가진 사람들은 이

미 몰살시켰고, 상부의 지시에 의하여 명단을 부풀려 인원을 채우기에 바빴다. 인원수를 채워 상부에 보고하기 위하여 애매한 군민들까지 모두 명단에 올렸던 걸 기억한다. 현재 보도연맹 명단은 허구라는 것이다.

'아니야, 아니야, 아니야…'

주상식은 고개를 계속 흔든다. 그렇지만 빨리 결정을 내려야 한다. 보도연맹원들을 살려 두느냐, 죽이느냐. 중대한 결정을 내려야 한다. 보도연맹원들을 처리하라는 압박은 모두 죽이라는 명령이나 마찬가지다. 아무리 상부의 지시라지만 선량한 군민들을 몰살시킬 수는 없는 일이다. 사람을 죽이는 일이다. 수백 명을 몰살시켜야 한다. 반란 사건 때 노고단 인근에서 반란군, 진압군, 경찰, 좌익들, 선량한 구례군민들이 얼마나 많은 죽어 나갔던가? 수백 명도 아니고, 수천 명이 죽어 나간 일이 불과 몇 년 전에 벌어졌었다. 제주도에서 총선 전부터 남한만의 정부가 수립되는 걸 반대하면서 폭동이 일어나 많은 사람이 죽고, 산간마을이 100여 개가 불태워지고, 주민들이 살아갈 터전을 잃어버렸다. 구례는 제주도에 비하면 몇 배나 적은 땅덩어리인데도 불구하고 단지 산간마을이라는 것 때문에 47개 산간마을과 학교 하나가 몽땅 불타 버렸다. 반란군을 소탕하고, 식량 조달이나 근거지를 없애기 위한 견벽청야堅壁淸野작전으로 국군에 의해 저질러진 일이다. 산간마을 주민들은 총을 들고 무장을 하거나 저항하지도 않았다. 그야말로 하루아침에 날벼락을 맞은 꼴이다. 주민들이 살아갈 터전을 잃어버리고 고아나 과부들이 넘쳐 난 곳이다. 아직도 땅굴을 파거나, 움막에서 지내는 산간마을 주민들이 있다. 전쟁 아닌, 전쟁을 혹독하게 치른 셈이다. 그런 주민들을 생각하면 생각할수록 안쓰럽고, 오히려 무슨 대책이라도 세워서 살 방도를 찾아 줘야 할 일이다. 상부에서는 보도연맹원들을 몰살시키라는 지시가 계속 떨어지고 있다. 주상식은 입술을 앙다문다.

경찰서 뒷마당에는 보도연맹원으로 끌려온 주민들이 웅성거리고 있다.

"거시기, 저 북한 공산당 놈들이 남침을 해 왔다며?"

"그렇다네. 그나저나 나는 보도연맹이 뭔지도 모르는데, 무답시 서명하라고 해서 했더니만, 이럴 줄 알았으면 서명을 안 했어야 하는디."

"누가 아니래? 나도 좌익이라면 이가 득득 갈린다니까."

"누가 좌익 하고 싶어서 했간디. 그놈들이 총을 들이대니까 죽지 않고 살려고 짐을 지어다 준 것밖에 없당깨로."

사람들은 경찰서에 잡혀 온 이상 전쟁 상황에서 좌익도 아니고, 보도연맹원 가입 서명을 후회하는 눈치다. 웅성거리면서도 어떻게 될지 몰라서, 모두가 긴장을 한 모습이다. 경찰들이 총을 들고 보도연맹원들을 감시하고 있다.

저벅저벅저벅….

경찰복을 입은 주상식이 경찰서 뒷마당 구령대 위로 올라간다. 사람들이 웅성거리다가 조용해진다. 일시에 주상식에게 시선이 모아진다. 긴장감이 흐른다.

"여러분! 지금 북한공산당이 기습 남침을 감행하였습니다. 서울에 이어 대전도 북한군에 점령되었다는 소식이 전해지고 있습니다. 북한군이 지금 남쪽으로 계속 내려오고 있습니다. 여러분들은 반란 사건을 겪으면서 공산당이 얼마나 악랄하고, 허구인지를 뼈저리게 깨달았을 것입니다. 반공 국가를 만들어야 한다는 일념으로 국가 주도로 보도연맹을 만들었습니다. 좌익 활동이 있었던 사람들을 대상으로 하여, 차후에는 좌익들이 준동을 하지 못하도록 미리 대비를 한 것입니다. 보도연맹원들을 경찰의 사찰 대상자로 선정하여 관리를 하라고 했지만, 아직까지 구례는 큰 탈이 없었습니다. 본인들의 의사 여부와는 상관없이 좌익 경력이 조금이라도 의심되거나, 반란군들을 조금이라도 도와줬던 전적이 있는 모든 사람들을 대상으로 급하게 명단을 만들어서 별도로 관리해 왔습니다. 여러분들 중에는 아무 영문도 모르고, 억울하게 보도연맹 명단에 가입되어 있는 사람들도 부지기수라는 거 잘 알고 있습니다. 보도연맹 명단이 만들어졌지만 내가 생각하기로는 구례군의 상황은 특별하리라고 생각해 왔습니다. 반란 사건을 겪으면서 공산당이라면 진절머리가 나도록, 허구라는 걸 직접 경험하였으리라 믿습니다. 산으로 숨어든 반란군들을 소탕하기 위하여 국군들이 산간마을을 몽땅 불태워 버렸습니다. 아직도 불탄 마을을 복구하지 못하고, 아직도 움막이나 땅굴에서 지내는 사람들도 있는 줄로 압니다. 집안에 남자들이 다 죽고, 살아남은 과부와 어린 자식들이 집을 다시 짓기는 어려울 줄로 압니다. 큰 피해를 입었고, 정부 차원의 도움도 제대로 받지 못하고 있는 현실이 그야말로 가슴 아픈 일입니다. 그래서 여러분들은 보도연맹에 가입된 사람들이지만, 좌익 성향이 강해서가 아니라 과거에 억울하게 반란군들이 총을 들이대는 바람에 산에 짐을 가져다준 죄로 벌을 받은 사람, 반란군이 총을 들이대는 바람에 식량을 뺏긴 사람, 음식을 제공한 사람, 산에 올라갔다가 왔지만 자수를 한 사람, 가족 중에 좌익이 한 명이라도 있던 사람 등등 여러 가지 원인으로 보도연맹에 가입한 사람들이 대부분일 거라고 알고 있습니다. 작금에 북쪽 공산당들이 전쟁을 일으켜 남침하고 있는 관계로 상부에서는 보도연맹 가입자들을 즉시 처단하라는 명령이 떨어졌습니다. 나는 구례 경찰서장으로서 여러분들을 즉시 처단할 수 있으나, 하늘을 우러러 양심적으로 그렇게 할 수는 없는 일입니다. 선량한 구례군민들을 살려 주어서 대한민국 국민으로서 더욱 각성하여, 북한군들을 격퇴하기 위하여 함께 싸우는 것이 옳다고 판단을 내렸습니다. 이 시간 이후로 경찰서 밖으로 나가서 좌익 활동을 한다거나, 공산당들의 첩자 노릇을 한다고 하면은 즉시 총살을 당할 수 있다는 것을 명심하시기 바랍니다. 반란 사건 때 좌익 활동을 하였을 시는 어떠한 벌을 받았는지를 여러분들이 더 잘 아실 것입니다. 선량한 구례군민들은 절대로 그렇게 행동을 하지 않으리라 믿습니다. 그렇게 할 수 있다고 약속할 수 있습니까?"

"와! 와! 와…"

경찰서 뒷마당에 모인 사람들이 함성을 지른다. 그 함성은 천지를 진동할 듯 우렁차다.

"여러분, 상부에서는 보도연맹원들을 몽땅 사살하라는 명령이 하달되었습니다! 나는 지금 목숨과 맞바꿔야 할 중대한 결의의 순간에 있습니다."

주상식은 말을 잠시 멈춘다. 긴장감이 경찰서 마당에 감돈다. 군중들도 숨죽이고 주상식을 바라본다. 그야말로 보도연맹원들의 목숨은 주상식에게 달려 있다.

"나는 상부의 명령을 따르지 않을 것입니다. 지금부터 여러분을 모두 방면합니다. 상부의 명령을 따르지 않은 조치로 내가 반역으로 몰려서 죽을지도 모릅니다. 혹시, 내가 죽으면 나의 혼이 여러분 각자의 가슴에 들어가 지킬 것입니다. 여러분! 부디, 새 사람이 되어 주십시오. 선량한 대한민국 국민으로 말입니다."

"와! 와! 와…"

이게 웬 말인가? 보도연맹원들을 죽이지 않고 살려 준다는 얘기 아닌가? 경찰서 뒷마당에 모인 사람들을 전부 죽이려고 했단 말인가? 목숨이 촌각을 다투는 전쟁 상황이다. 이렇게 고마울 데가 어디 있단 말인가? 감격에 겨운 사람들은 경찰서장을 향해 환호를 계속 지른다.

"와! 와! 와…"

이대길과 이인철이 손을 잡고 활짝 웃는다. 김정규도 박민국과 손을 잡고 뛸 듯이 기뻐한다. 이인철과 김정규가 손을 맞잡고 웃는다. 하마터면 전쟁통에 개죽음당할 뻔한 일이다. 인철은 가슴을 쓸어내린다. 경찰서 뒷마당으로 집합을 했을 때는 무슨 영문인지도 몰랐다. 경찰서장의 말을 들어 보니, 보도연맹원들을 몽땅 사살하라는 상부의 지시가 있었다니? 그야말로 가슴이 진정되지 않는다. 그런 사실이 있었는지도 모르고 불려 왔던 경찰서 아닌가?

"돌아가시오!"

돌아가라는 경찰의 명령과 함께 경찰서 마당 뒷문이 열린다. 사람들이 환호하며 우르르 경찰서를 빠져나간다.

정규가 오두막집 마당에서 서성거린다.

쾅쾅쾅!

포격 소리가 북쪽에서 점점 크게 들려온다. 전쟁으로 공산당들이 구례에 곧 들이닥칠 거라는 소문이 무성하다. 포격 소리만 들어도 괜히 마음이 불안하다. 집으로 돌아온 정규는 경찰의 감시 대상이 되었다. 보도연맹원들의 행동을 계속 감시하고 있다. 보도연맹원으로 경찰서에 잡혀갔지만, 목숨은 구한 셈이다. 들려오는 소문에 의하면 북한군들이 남침을 해 오자 보도연맹원들이 북한군에게 동조 세력이 되는 걸 우려하여 몰살시키는 게 다반사라고 한다. 그러나 구례경찰서장은 다행히 보도연맹원들을 죽이지 않고 풀어 준 것이다. 천만다행이라고 여긴다. 정규는 경찰의 눈 밖에 나는 일을 할 수가 없는 상황이다. 정규 역시 공산당의 앞잡이가 되는 일은 싫다. 공산당들이 들이닥친다면 나는 어떻게 해야 되는지. 도망을 가야 하는지. 간다면 어디로 갈까? 주변 사람들은 대부분 도망을 가지 않고 있다. 지주들이나 경찰 가족이 아니면 피난을 갈 필요를 못 느끼고 있다. 정규는 반란 사건 때가 생각난다. 그때 일을 생각하면 생사의 갈림길에서 무던히도 고통을 받았던 기억뿐이다. 정욱이 형이 남로당 우두머리로 산으로 올라갔다는 이유로 전주에서 잠시 집에 돌아온 정규는 영문도 모르고 진압군에게 잡혀갔다. 진압군에게 아버지와 함께 끌려갔다. 고문 후유증으로 아버지마저 죽었다. 정욱 형을 대신해서 고문을 받았던 기억과 오로지 살기 위해서 산으로 도망을 쳤던 일이다. 형이 자수를 하지 않으면 다시 잡혀가 고문으로 죽을 것만 같았다. 산에서도 오래 견디지를 못했다. 진압군의 총공격으로 또 살기 위해서 지리산 곳곳으로 도망 다녔던 일이다. 산 속에서 날씨는 추워지고, 결국에는 오갈 데도 없어지고, 우선은 배가 고파서 견디기 힘들었다. 자수하면 좌익들이 사살시킨다는 명령이 하달되었기 때문에, 산에서 내려와 자수를 하는 일도 쉽지가 않았다. 매일 연속되는 진압군의 공격을 피해 산속에서 홀로 떨어졌지만, 이러지도 저러지도 못하는 신세가 되었다. 산속에 뿌려진 귀순 삐라를 보고 마음의 동요가 계속 일어났다. 자수를 한다면 반란군들이 찾아와 보복을 하지 않을까? 반란군들의 보복도 두려웠지만 당장은 배가 고파 견딜 수가 없었다. 오로지 목숨을 부지하기 위해 자수를 하였다. 자수를 한 후에도 불안하여 견딜 수가 없었다. 또 총살을 당하지 않기 위해 진압군이 시키는 대로 해야만 했다. 살아남기 위해 다시 산으로 올라가 반란 세력을 회유시키기 위해 선무공작을 벌였던 일이 생생하다. 정규는 공산당에 협조할 마음도 없었지만, 어쩔 수 없이 공산당에 의해서 연루된 일이었다. 정규 본인이 선택해서 이루어진 일도 아니려니와 목숨을 부지하기 위해서 순식간에 얽히고설킨 운명이 되어 버린 것이다. 산에 올라갔다 왔다고 해서 공산당을 추종하는 골수분자도 아닌 것이다. 그렇지만 주변 상황은 본인의 속마음과는 달리 빨갱이 가족이라고 낙인이 찍혀 버렸다. '세상 사람들! 나는 빨갱이가 아니란 말이오!'라고 외치고 싶지만 아무도 귀 기울여 주지 않는다. 빨갱이가 아님을 부인하고 속마음을 내보이려 해도 할 방법이 없다. 정욱이 형이 좌익을 한 공산당 우두머리 집안이라는 거대한 굴레는 벗어날 수도 없는 일이 되어 버렸다. 빨갱이 가족이라고 집도 불타 없어져 버렸다. 겨우 초가삼간 오두막집을 새로 지어서 살아가고 있다. 산동교회 마당 한쪽 움막 땅바닥에서 살 때보다는 형편이 조금 나아졌다. 공산당들이 전쟁을 일으켜 남으로 계속 내려오고 있다니 마음이 편치가 않다. 앞으로 무슨 일이 벌어질지 걱정이 되기도 한다. 전쟁으로 남한이 공산당에

34. 피난길　117

게 점령을 당하고 있다. 곧 공산당들이 들어온다면 남로당에 가입하여 충성을 해야 하는지, 산에 올라가 선무공작을 했던 일을 트집 잡아 인민재판을 받지는 않을지. 어디에도 속하지 않고 가만히 있으면 제일 좋은 일인데, 그런다고 아무런 일이 없을지. 미리 피난을 가버리는 게 좋을지. 피난을 간다면 식구들을 두고 어디로 간단 말인가? 몸을 피하면 남은 가족들은 무사할지. 정규는 생각이 깊어질수록 복잡하기만 하다. 아직 닥친 일이 아니지만 아무래도 걱정이 먼저 앞선다.

정규가 집을 나선다. 아직 북한군이 산동까지 밀고 내려오지 않아서 산동 경찰들은 사태를 관망하고 있는 중이다. 산동지서에서는 한청단원을 연일 소집하고 있다. 북쪽에서 남으로 피난을 온 피난민들에게 마을별로 인원을 할당하여 먹을 것을 주라는 지시다. 정규도 가만히 있을 수는 없다. 목숨을 부지하기 위해 빨갱이 딱지를 떼려고 귀순공작대 활동을 했던 터다. 산에서 내려온 빨갱이 신분이었지만, 은연중에 한청단원이 된 셈이다. 그 후로는 한청단원이 되어 활동을 계속해 왔다. 그렇게 하는 게 마음이 편했고, 살아남기 위한 하나의 길이었다. 설령 빨갱이로 남아 있으려 해도 반란 사건 이후로는 빨갱이들이나 좌익들은 발붙일 곳이 없었다. 정규가 한청단원들과 함께 피난민들에게 도움을 주기 위하여 움직인다. 어쩔 수 없이 시늉이라도 내는 것이다. 상황을 봐서 좌익들에게도 친분을 놓치지 않는다.

산동 좌익들도 눈치를 보면서 슬금슬금 움직이고 있다. 좌익 성향을 가진 사람들이 인민군이 곧 내려온다니까 본색을 드러낸다. 경찰과 한청단과는 거리를 두고 바라만 본다. 정면으로 부딪치는 일은 서로 피하지만, 대놓고 싸울 정도는 아니다. 정규는 좌익에 가담할 생각은 없다. 공산당이 들어오면 일단 몸을 피하고 싶다. 반란 사건 때 숨어 있었던 달궁계곡 아지트를 기억한다. 만약에 무슨 일이 생기면, 달궁계곡 동굴 속에 혼자 숨어 있을 작정을 해 본다.

쾅쾅!

대포 소리가 희미하게 간간이 들려온다. 사람들이 지서 앞 광장에 모여서 웅성거린다.

"대포 소리가 희미하게 들리더니 이제는 점점 소리가 커지고 있구망!"

"그러게 말이시. 북한군들이 임실까지 왔다던데, 여기까지도 내려올랑가?"

"글씨 말이시. 설마 여기까징 내려오겠어? 방송에서는 안심하라고 계속 나온다더구먼."

"피난민들이 계속 몰려오고 있잖아. 우리도 피난 가야 하는 거 아닌감?"

"우리 같은 사람들이야 공산당이 온다 해도, 갸들이 시키는 대로 하면 무슨 해꼬지를 하겠어?"

"반란 사건 때 안 겪어 봤어? 무답시 총을 들이대고 짐을 지고 가라. 인민재판 하는 광장에 나와 달라고 달달 볶아 대니까 그렇지. 남자들은 가만히 있다가도 무답시 빨갱이로 몰릴까 봐 그렇지. 그놈의 공산당들 때문에 무답시 억울하게 죽은 사람이 얼마나 많은지 알잖어."

쾅쾅!

대포 소리는 점점 더 크게 들려온다. 연일 면사무소에서는 대책 회의가 열린다. 마을 이장은 면사무소에서 하달되는 일을 주민들에게 전달하느라 바쁘게 움직인다. 피난민들이 밀려 내려오면 거부하지 말고 같은 민족끼리 어려울 때일수록 도움을 줘야 한다고 알린다. 금성재를 넘어온 피난민들이 점점 많아진다. 면사무소에 이장들이 집합된다. 면장과 지서장이 이장들에게 지시를 내린다. 광의면은 피난민 100여 명이 할당됐다고 전달한다. 군에서 피난민들에게 먼저 먹을 것을 준비하라는 지시를 내린다. 나머지 피난민들은 각 면에서 적절히 분배하여 피난민들에게 먹을 것을 대접할 것이라고 한다. 이장은 마을로 돌아와 주민들에게 음식을 준비하게 한다. 부인회 사람들이 장터 국민회관에 모여든다. 팔을 걷어붙이고 음식을 준비한다. 해가 넘어가도 피난민들은 계속 몰려든다. 장터는 한산하다. 줄지어 늘어선 장옥長屋은 장날이 아니라 텅텅 비어 있다. 기둥과 지붕만 있는 장옥은 밤에 밤이슬을 피하고, 잠을 잘 수 있는 공간으로는 안성맞춤이다. 피난민들이 장터에 도착하자 장터 샘으로 몰려든다. 두레박으로 물을 떠서 갈증을 해소하고, 물을 담느라 북새통을 이룬다. 준비한 주먹밥을 피난민들에게 나누어 준다. 피난민들은 감사 인사를 하며 주먹밥을 받아든다.

"감사합니다. 감사합니다."

얼마나 고마운 일인가? 같은 민족끼리 어려울 때 베푸는 인심에 그저 감사할 따름이다. 피난민들은 주먹밥을 받아들고 고맙다는 인사를 연신 해 댄다. 주먹밥을 받아든 피난민들이 주먹밥을 먹는다. 날이 어두워지자 장터 장옥 바닥에 가마니를 깔아 준다. 장옥 바닥은 장마당보다 콘크리트로 높게 되어 있어서 비가 와도 물이 고이지 않고, 땅에서 올라오는 찬 기운을 피할 수 있는 곳이다. 그곳에서 피난민들이 옹기종기 모여서 밤을 지낼 준비를 한다. 밤이 되자 장마당 곳곳에 생풀을 베어다가 모깃불을 피워 연기가 피어오른다. 그 연기로 인해 모기를 쫓아내는 역할을 해 내고 있다.

인철은 수시로 단파방송을 듣는다. 전황이 어떻게 돌아가는지 듣고 있다. 인철과 만식이 장정지에서 만난다.

"너 보도연맹 명단에 올라간 이유로 경찰서에 잡혀갔지만, 무사히 풀려났다매?"

"그래. 읍내 경찰서에 끌려갔을 때는 무슨 일이 벌어질까 봐 조마조마했는데, 천만다행이다. 너도 알다시피 우리 집안 식구들이 반란군들에게 협조를 하고 싶어서 한 게 아니잖아. 지주 집안이라고 인민재판을 받았다. 반란군들이 총을 들이대는 바람에, 음식도 해 주고 쌀도 뺏기는 바람에 재판까지 받고 풀려났는데, 좌익 성향이 있다고 보도연맹 명단에 즈그들 마음대로 올려놓은 거야. 경찰서장 말대로라면 가족들까지 몽땅 보도연맹원으로 명단에 올려놨다는 거야. 남자들만 경찰서에서 불려 나갔지만, 어찌나 화가 나던지. 경찰서장이 말하기를 보도연맹원들을 죽이라는 상부의 지시가 떨어졌다는 거야. 그 소리를 들었을 때는 얼마나 가슴이 뛰던지… 화도 나더라고… 경찰서장이 상부의 명령에도 불구하고 죽이지 않고 풀어 준다는 소리를 들었을 때, 얼마나 다행이라고 가슴을 쓸어내렸는지. 생각할수록 아직도 가슴이 진정되지 않네."

인철은 생각할수록 억울하다. 좌익도 아닌데, 경찰서에 불려갔다는 것만으로 화가 나는 일이었다.

"그래도 어찌 됐든, 경찰서장이 판단을 잘해서 풀어 줬다니 천만다행이다. 만약에 상부의 지시대로 모두 죽이기라도 했으면 어쩔 뻔했냐?"

"그래, 나도 경찰서장의 판단이 고마운 일이라고 여기고 있어. 그양반이 상부의 지시까지 어기면서 풀어 주면서, 본인이 반역으로 몰릴지도 모른다면서… 새사람이 되어 달라고 하더라고… 가슴을 쓸어내리면서도 뭉클했어. 고마운 사람이지. 모두가 감격하여 환호를 하고 난리가 났었지."

인철은 아직도 그때의 긴장과 감동의 여운이 남아 있다.

"인철아, 전쟁이 났다는데 피난을 가야 하지 않을까?"

만식이 먼저 피난을 가야 한다고 인철에게 묻는다. 인철도 만식의 말에 고개를 끄덕인다.

"반란 사건 때도 내가 도망을 치지 않았다면 반란군들에게 인민재판을 받고 개죽음을 당했을 거야. 나는 공산당들이 어떤 사람들이란 걸 알기 때문에 최대한 빨리 피난을 가야 한다고 봐. 인철이 너는 어떻게 할 건데?"

"나도 피난을 가야지. 반란 사건 때 좌익들을 겪어 봤잖아. 공산당이 쳐들어온다면, 우리 집은 지주 집안이라고 또 인민재판을 받아야 할 거야. 전쟁에서 살아남기 위해서는 우리 집안도 빨리 피난을 가야지."

인철은 반란 사건 때 단지 지주 집안이라는 이유만으로 인민재판을 받았던 걸 생각하면 몸서리쳐진다. 공산당들이 어떤 존재인지 겪어 봤기 때문에 이번에는 인철도 피난을 가야 한다고 마음을 굳게 먹는다.

"그래, 잘 생각했다. 피난을 갈 거면 함께 가는 게 좋겠다."

"나도 그렇게 생각해. 인영이도 청년단 활동을 계속해 왔기 때문에 피난을 가야 할 거야. 기훈이도 한청단을 함께 해 왔으니 이참에 피난을 함께 갔으면 싶다."

만식과 인철은 북한군이 내려오기 전에 피난을 가야 한다고 입을 모은다. 시간이 촉박하다. 서둘러야 한다.

"어디, 갈 곳은 생각해 봤나?"

"지리산 속 깊은 곳으로 숨든지. 일단은 부산으로 피신했다가 상황을 봐 가면서 제주도로 피난을 가야 하지 않을지."

만식이 반란 사건 때에는 여수, 순천에서 반란군들이 들어왔기 때문에 무조건 북쪽으로 피난을 갔다. 이번에는 북쪽에서 공산당이 내려오고 있는 관계로 반란 사건 때와는 반대쪽으로, 무조건 남쪽으로 피난을 가야 한다고 생각하고 있다.

"지리산보다는 남쪽으로 가야 할 거야. 부산으로 가든 여수로 가든, 상황을 봐 가면서 결정하자고. 여차하면 제주도로 피신을 해야 한다니까."

"이렇게 국군이 힘없이 무너진다면, 여수나 부산도 위험하지 않을까?"

"그렇긴 해. 지금 상황을 보면 국군은 있으나 마나 한 존재가 되어 버렸어. 북한군을 막을 무기도 없다고 봐야 해. 북한 공산당이 소련의 지원을 받아서 남침할 거라는 준비를 전혀 못 했다고 봐야 할 거야. 가난한 신생 정부에서 무기를 비축하고 있지 않았다는 증거야. 해방 후 미군이 주둔해 있었다고 하지만, 국군은 그냥 허수아비일 뿐이야. 무기를 갖추지 않은 군대는 허수아비나 마찬가지인 것이지.

군인에게 무기가 없다는 것은 공산당이 쳐들어오는데도, 전쟁을 막으려고 해도 막을 수가 없다는 증거지. 미국이 애치슨 라인을 선포해 버렸는데, 공산당들은 얼싸 좋다 하고 쏘련과 중국 공산당 지원을 받아서 남침을 했을 거야. 공산당들이 이때다 하고 밀어붙이니까 이렇게 힘없이 무너져 버리는 거지. 중국 공산당이 중국 국민당 정부를 대만으로 밀어내고 중화인민공화국(중공)을 세울 때 북한 공산당들도 남침을 할 수 있을 거라는 예측을 못 한 미국의 오판도 있어. 애치슨라인의 선포야말로 공산당에 의한 동남아시아에서의 남하 억제 정책 실패라고 봐야 해. 유럽 공산화 억제 정책에 신경 쓰느라 한반도를 놓쳤다고 봐야 해. 미군이 일본 오키나와에 주둔하고 있으니까, 그 정도면 유사시에 충분히 대응할 수 있다고 판단했을 거야. 현재는 본토 미군들이 전쟁에 아직 본격적으로 도착을 하지 않았기 때문에 그때까지 국군과 미군이 버티지 못하면 부산과 여수도 위험하다고 봐. 다행히 이승만이 서울에서 대전으로 피난을 하자마자 라디오에서 연설을 하는데 들어 보니까, 오키나와에 주둔하고 있는 맥아더 장군이 즉각 대한민국을 구하려 미군을 전쟁에 투입시킨다는 방송 연설을 하더라고. 내가 단파방송도 수시로 듣고 있어. 전쟁이 터지자 즉각 유엔안전보장이사회가 열려서 유엔군이 즉각 구성되었다는 소식은 들었어. 소련은 북한을 조종하여 전쟁을 일으켰기 때문에 유엔안전보장이사회 상임 이사국이면서도 회의에 양심상 불참한 거라고 봐야 해. 지금은 일본 오키나와에 있는 미국 군인들이 달려와 전쟁에 참가하고 있지만, 아직은 인원이나 무기가 제대로 지원되지 않고 있다고 봐. 북한군의 남침 당일에 미국 주도로 유엔안전보장이사회가 소집된 것도 이례적인 일이지. 아마도, 이승만이 미국에서 오랫동안 독립운동을 하면서 쌓아 왔던 미국 정치인들과 친분이 있어서 한반도의 급박한 상황에 대해서 긴급 지원을 요청했을 걸로 봐. 한반도가 중국처럼 공산화가 되어 버리면 안 된다는 절박감이 통했으리라 봐. 유엔 결의로 유엔군을 한국에 파견하여 전쟁에 참가한다는 선포를 했다고 치지만, 미국 군인들이 본토에서 배로 한국에 도착하려면 최소한 한 달이 걸릴 거야. 각 나라에서 파견된 유엔군도 마찬가지일 거고. 우리가 부산까지 피난을 갔는데도 북한군에게 밀리면 제주도나 일본으로 피해야 할 거야. 그렇지 않고 부산에 있다가 공산당들이 부산까지 장악해 버린다면, 우리 모두 꼼짝없이 공산당들에게 붙잡혀서 살아남지 못할 거야."

만식은 인철의 예측이 맞을 거라고 생각한다. 전쟁 한 달 만에 전주까지 북한군에게 점령당했다면 여수나 부산도 시간문제일 거라는 판단을 한다.

"그래, 얼른 서두르자."

"그래."

이대길도 광장으로 나온다. 날만 새면 광장에 사람들이 모여든다. 전쟁 상황에 대한 의견을 나누고 면사무소에서 전달되는 내용을 전달받는다. 북한군이 파죽지세로 남쪽으로 계속 밀고 오고 있다는 소식이다. 국군은 무얼 하는지, 궁금하기만 하다. 북한군을 막아 낼 수 없는 일인가? 이대길은 이런 상황이 믿기지 않는다.

쾅쾅쾅쾅쾅….

포격 소리가 멀리서 계속 들려온다. 포격 소리가 점점 가까워져 오고 있음을 느낀다. 장터로 향한다. 피난민들이 장터에 운집해 있다. 피난민들의 숫자가 점점 많아지고 있다.

"어디서 오는 길이오?"

"전주에서 피난 내려오는 길입니다."

"전주가 벌써 함락됐다는 거요?"

"소문에 의하면, 그렇습니다."

"북한군이 어디쯤 내려오고 있소?"

"잘 모르것소. 소문에 의하면 북한군이 임실까지 내려왔다는 소리 들었소."

피난민들이 점점 더 늘어난다. 그 광경을 본 이대길이 빨리 결단을 내려야겠다고 여긴다. 서둘러 집으로 향한다.

광장에서 돌아온 이대길이 방안을 두리번거리며 서성거린다. 전쟁이 났다는데, 수그러들 기미가 보이지 않는다. 반란 사건 때 지주들을 반동이라고 광장에 세워 놓고 인민재판을 벌이지 않았던가? 살아남기 위해서 어쩔 수 없이 음식을 해 준 관계로 감옥까지 갔다 온 일이 선하다. 그 여파로 좌익들에게 도움을 준 죄로 보도연맹원 명단에 올라가, 읍내 경찰서까지 다녀온 뒤다. 이대길은 공산당과는 절대로 가까이해서는 안 되는 일임을 안다. 지주들에게 무슨 해코지를 할 줄 모른다. 이대로 있다가는 공산당들에게 잡혀가서 인민재판을 또 받아야 한다. 빨리 피난을 가야만 할 일이다. 인철이 방으로 들어온다.

"아부지, 어떻게 하실 생각입니까?"

인철도 전쟁 소식이 심상찮음을 느낀다. 반란 사건을 떠올리면 공산당이라면 지주들에게는 진절머리가 난다. 공산당이 이곳까지 들이닥친다면 지주라는 이유만으로 또 인민재판장에 세울 것이 아닌가? 아버지와 상의하여 빨리 결단을 내려야 한다.

"상황을 보니, 남자들은 얼릉 피난을 가야 쓰겄다."

"저도 지금 상황을 들어 보니까 국군이 인민군에게 힘을 못 쓰는가 봅니다. 유엔군이 참전을 결의했다고는 하지만 유엔군들이 미군과 힘을 합해서 인민군들을 몰아내는 건 어려운 것 같습니다. 전번에 반란 사건 때 공산당을 겪어 봤지만, 그때와는 또 상황이 다른 것 같습니다. 반란 사건 때야 삼일천하로 반란군들이 산으로 올라가 버렸지만, 지금은 전쟁 중입니다. 이대로 있다가는 또 공산당들에게 무슨 일을 당할지 모를 일입니다. 피난을 서둘러야겠습니다."

"그래, 알았다."

"피난은 어디로 갔으면 좋겠습니까?"

"나도 생각해 봤는데, 우선은 인석이 처가가 있는 화개골로 피하는 게 좋을 성싶다."

"화개골 좋습니다. 저도 고민해 봤는데, 이왕에 피난을 가려면 이 근처에서 숨어 있다가 발각이라도 되면, 안전하지 못합니다. 화개골이 사람 왕래가 뜸한 지리산이라 괜찮을 것 같습니다. 깊은 계곡으로 일단 피하고, 상황을 봐 가며 결정해야 할 것 같습니다."

이대길이 고개를 끄덕거린다. 인민군이 들이닥치기 전에 미리 움직여야 한다. 인철이 방을 나가자마자 절골댁이 방으로 들어온다. 이대길은 절골댁에게 자초지종을 말하고 짐을 챙기게 한다. 이대길이 벽장에 있는 금괴를 꺼낸다. 만일을 대비해서 금괴 일부를 가지고 나서야 한다. 남은 금괴는 대밭에 굴을 파서 안전하게 감추어 두라고 시킨다. 절골댁이 서둘러 금괴를 챙긴다. 인철도 방으로 들어와 절골댁 옆에서 금괴를 챙겨 넣는다. 안방을 나와 아랫방으로 인철이 들어선다. 인철이도 경자에게 피난을 간다는 말을 건넨다. 서둘러 피난 짐을 준비하게 한다. 경자가 인철이 짐을 챙기는 데 함께 한다.

"우선은 아버님과 집안 남자들이 먼저 피신하기로 했으니 집안 여자들은 집에 있든지, 질매재 산속으로 피신하든지 해야 할 걸세."

"남자들은 어디로 피신을 간다요?"

"남자들은 우선 인석이 처가가 있는 화개골로 가기로 했네. 산속에 피신해 있다가 상황을 봐 가며 부산으로 피난을 가야 할 것 같소. 이렇게 북한군들이 밀어닥친다면 부산도 안전하지 못할 성싶소. 만약에 부산까지 밀리면, 제주도나 일본으로 건너가야 할지도 모르것소."

경자는 인철의 걱정에 고개를 끄덕인다.

집안의 남자들이 모두 모였다. 집안 식구들도 모두 마당으로 나온다. 이인철, 이인영, 이인석, 심탁이 짐을 지고 있다. 이대길이 김 서방에게 다가간다.

"남자들은 우선 급한 대로 피난을 가 있을 터이니, 자네가 집안 여자들을 데리고 잘 챙겨야 하네."

김 서방이 고개를 숙인다. 피난을 떠나는 분위기에 모두 긴장한 얼굴이다.

"어서 서둘러라."

이인철이 서둘러 앞장을 선다. 남자들이 그 뒤를 따른다.

절골댁은 김 서방을 부른다. 김 서방에게 대밭에 땅굴을 파도록 한다. 김 서방은 머슴들과 함께 땅굴을 판다.

팍팍팍….

머슴들이 땀을 흘리며 땅굴을 판다. 집안의 머슴들이 모두 동원된다. 김 서방도 옆에서 일을 거든다.

"뭐 할라고 땅굴을 판다요?"

머슴이 김 서방에게 묻는다.

"전쟁이 나서 총질을 하다 보면, 대밭이 총알을 피하기 좋을 것 같아서 방공호용으로 파 두라고 마님이 분부하셨네. 대밭은 총을 쏴도 대나무에 미끄러져서 총알이 오히려 피해 가 버리는 곳이라 방공호용으로 아주 좋을 것 같기는 해. 안 그런가?"

김 서방의 질문에 머슴이 고개를 끄덕인다. 땅굴을 파기 위한 곡괭이 질을 계속한다. 대밭을 파는 일이 수월하지가 않다. 대나무 뿌리가 뒤엉켜 있어서 매일 조금씩 대밭에 땅굴을 파서 방공호를 만든다. 매일 조금씩 땅굴을 팠더니 어른 몇 사람이 들어갈 만큼의 큰 땅굴이 만들어졌다. 땅굴이 무너지지 않도록 안쪽 벽에 기둥도 세운다. 짚단도 깔고 유사시에는 피해 있으면 어떠한 폭격에도 끄떡없을 만큼 견고한 땅굴이 만들어졌다. 땅굴 바닥을 평평하게 고른다. 바닥에 가마니를 깐다. 벽 쪽에는 볏짚단을 세워 습기도 막아 둔다. 땅굴 안을 꾸미자 아늑한 땅굴이 되었다. 김 서방이 안방에 있던 서랍장이며, 중요 물품을 옮긴다. 각종 물품을 굴 안쪽에 쌓아 둔다. 입구는 어른이 허리를 숙이고 들어갈 수 있도록 한다. 땅굴 안으로 갈수록 자리가 넓어지고, 여러 사람이 들어갈 공간이 만들어졌다. 땅굴 입구는 위장을 하여 땅굴이 아닌 것처럼 볏단으로 막아 둔다.

필요시에만 방공호용으로 쓰겠다고 집안 일꾼들에게는 김 서방이 알려 준다. 다른 사람들은 땅굴에 들어가지 말라고 신신당부한다. 아이들도 땅굴에 들어가지 못하도록 땅굴을 견고하게 막는다. 이중 삼중으로 대나무를 꺾어다가 입구를 막아 둔다. 그냥 대밭 입구처럼 대나무 울타리로 위장을 해 둔다. 땅굴 용도에 대해 의심하지 않도록 미리 일꾼들에게 알린다. 유사시에는 금괴와 땅문서를 동굴 안쪽에 있는 서랍장에 넣어 둘 계획이다. 반란 사건 때처럼 공산당들이 지주 집안이라고 쳐들어오기 전에 밤중에 귀중품을 옮길 심산이다. 공산당들이 집 안을 뒤지더라도 땅문서와 금괴만큼은 지키려는 것이다. 지주 집안이라고 집안의 남자들이 모두 피난을 갔기 때문에 절골댁과 김 서방이 집안 살림과 귀중품을 지켜 내야만 한다.

정규가 오두막집 마당에 서 있다. 보도연맹원으로 읍내 경찰서에서 돌아온 김정규는 아직도 계속 혼란하기만 하다. 어떻게 처신을 해야 할지 고민이다. 인민군이 쳐들어와서 전쟁이 난 판국에 이대로 있다가는 어느 쪽에서 밀고를 당할지 계산을 해 봐야 한다. 인민군들이 산동에 당도하면 그동안 숨어 있던 좌익들이 준동할 게 뻔하다. 타관에서 온 좌익들이 산동을 장악할 수도 있는 일이다. 김정규가 산에 올라간 반란군들과 좌익들을 설득하기 위해 확성기를 들고 지리산 곳곳을 돌아다녔던 걸 알아채기라도 하는 날에는 좌익들에게 총살당하는 것은 순식간이다. 그렇다고 전쟁이 나서 북한군들이 남한 전체를 장악해 오고 있는 마당에 가만히 있다가는 쥐도 새도 모르게 죽게 생겼다. 전번 반란 사건 때도 좌익들이 총을 들고 있다가 산으로 후퇴를 해서 나중에 진압군들이 장악을 했지만, 이번에는 북한군이 탱크를 몰고 남한을 완전히 장악을 해 오고 있다. 좌익들도 총을 들고 나타날 것이 뻔하다. 어느 편에 서야 살아남을 수 있는지 잘 판단해야 할 일이다. 이대로 북한이 남한을 점령해 버리면 좌익 세상이 될 수 있지 않은가? 반란 사건 때처럼 국군이 다시 북한군을 몰아내고 다시 종전대로 다시 장악을 하는 세상이 돌아올 수 있을까? '아니야. 아니야.' 정규가 고개를 흔든다. 지금 상황을 보면 그렇게 될 수가 없는 일이다. 38선을 쳐부수고 지리산까지 밀고 내려왔다면, 이건 끝나는 게임이다. 남한 전체가 인민군의 수중에 들어가는 일은 시간문제로 봐야 한다. 반란 사건 후로 잊고 지냈던 일들이 주마등처럼 스쳐 지나간다. 지리산 곳곳을 누비며 진압군들과 격전을 벌이는 모습이 눈에 선하다. 적을 죽여야만 내가 살아남을 수 있었던 지리산에서의 전투가 생생하게 떠오른다. 처음에는 무서워서 도망치기 바빴지만, 정규도 살아남기 위해서 죽을 각오를 하고 싸웠던 기억을 떠올린다.

원촌댁과 박민국이 정규 집에 들어선다. 정규 식구들이 반갑게 맞이한다. 서로 인사를 나눈다. 전쟁이 났다는데, 자식들을 피난시키기 위해 모인 것이다. 산동 남자들은 무조건 피난을 시켜야 한다. 반란 사건을 겪은 기억을 한다. 공산당이 들어오면 남자들을 동원하여 부역을 시킬 것이 뻔하다. 어려울 때 사촌지간에 피난을 함께 가게 하려는 것이다. 혼자보다는 서로가 의지가 되기 때문이다. 정규와 민국은 등에 짐을 짊어졌다. 식량을 준비하여 산속에 숨어 있을 계획이다. 밤길을 나선다. 계척마을 뒷산으로 향한다. 당분간은 밤골에 숨어 지내기로 한다. 여차하면 지리산 달궁계곡 깊숙한 곳으로 더 들어갈 계획이다.

인철과 인영도 짐을 둘러멘다. 화개골에서 지내려면 쌀도 많이 필요하다. 심탁이 제일 무거운 짐을 지었다. 인석이 무겁게 짐을 지고 앞장서서 길을 안내한다. 처가가 있는 화개골을 향한다. 길에는 피난민들이 드문드문 보인다. 장만수가 살고 있다는 계곡을 찾아간다. 화개골에 들어선다. 인석이 땀을 뻘뻘 흘리며 앞장서서 산을 오른다. 그야말로 첩첩산중이다. 초가삼간 오두막집이 보인다. 인석이 먼저 장만수 집에 도착한다.

"장인어른!"

"이 서방!"

"장모님!"

"이 서방 어서 오게!"

갑자기 인석이 나타나자, 장만수와 외곡댁, 처남 2명이 반갑게 맞이한다. 인석이 장인, 장모에게 인사를 하고, 처남들과도 반갑게 악수를 한다. 이대길 일행이 뒤따라 도착한다. 장만수가 이대길 일행을 보자 반갑게 맞이한다.

"사돈어른!"

"사돈!"

이대길과 장만수가 반갑게 인사를 한다. 인철과 일행들도 장만수 가족에게 인사를 한다. 이대길이 땀을 훔치며 한숨 돌린다. 주변의 경관을 한번 둘러본다. 지리산 깊은 산골이라 첩첩산중이다. 화전으로 일군 비탈밭에는 감자가 자라고 있다.

"갑자기 무슨 일인교?"

장만수는 사위를 비롯하여 이대길 일행이 갑자기 산중으로 들이닥치니 어안이 벙벙할 따름이다. 사람 인기척이 없는 산중에 사람들이 갑자기 나타나니, 반갑기도 하고, 무슨 일인지 궁금하기만 하다. 장만수가 있는 화개골에는 전쟁의 소식을 아직 모르고 있다.

"사돈, 그동안 별고 없었죠?"

"아, 그럼요."

"며늘아이도 잘 있네."

"그렁기요."

"이번에 집을 장만하여 제금(분가)을 내주었네."

"아, 그러싱기요. 고맙구만이라."

장만수는 딸아이를 분가시켜줬다고 하니, 고맙기도 하고 마음이 놓인다. 장만수는 이대길 일행이 산중에 들어온 일이, 무슨 일로 왔는지 궁금할 뿐이다. 일행들이 여기까지 땀을 뻘뻘 흘리면서까지 온 이유는 보통 일이 아니라는 짐작을 한다.

"전쟁 소식을 아직 못 들었는가?"

"전쟁이 났습니꺼?"

장만수는 전쟁이 났다는 말에 놀란다.

"아직 모르고 있었구만."

"북한 공산당 놈들이 남한을 쳐들어와서 남쪽으로 내려오고 있다네. 그래서 사돈집으로 급히 피난을 온 것일세."

장만수가 고개를 끄덕인다. 멀리서 아련히 들리던 포격 소리를 기억해 낸다. 인적이 뜸한 깊은 산중이라 전쟁 소식을 모르고 있었다. 이대길도 인적이 없는 이런 산중에 잠시 피해 있으면 안전하겠다는 생각을 한다. 이런 산중에까지 공산당들이 쳐들어오지 않았으면 한다. 일행들이 짐을 푼다. 심탁도 짐을 내려놓고 땀을 닦는다. 인석이 장모님, 처남들과 담소를 나눈다. 날이 어두워지자 모닥불을 피운다. 모닥불 앞으로 일행들이 모여든다. 지리산 산중은 전쟁과는 상관없는 평화로운 세상이다. 밤하늘의 별이 유난히 반짝거린다.

날이 밝아 온다. 인석과 심탁이 인사를 하고 돌아선다. 장만수와 외곡댁이 인석이 멀어질 때까지 손을 흔들며 배웅을 한다.

심탁과 인석은 서둘러 집으로 돌아온다. 김 서방이 반갑게 맞이한다. 김 서방이 어디까지 다녀왔는지 묻는다. 인석과 심탁이 화개골 어디쯤인지 손짓을 해 가며 설명을 한다.

펑펑펑!

간간이 들리는 포격 소리는 점점 크게 들려온다. 국민회관에 각 마을의 대한청년단원들이 모였다. 지서장과 면장이 전달 사항을 내린다. 각 마을 청년단원들이 국민회관에서 우르르 몰려나온다. 장터에는 피난민들이 모여 앉아 쉬고 있다. 피난민들을 돕기 위하여 서둘러 각 마을로 향한다. 국민회관에 정만식과 송기섭, 정기훈이 남았다.

"상부에서 피난민들에게 계속해서 식사 대접을 베풀라고 하니, 부인회의 도움을 받아서 얼릉 식사 준비를 해야 쓰겄네."

"그래야것지라. 피난민들이 점점 늘어난 것 봉깨로 북한군들이 점점 가까이 오고 있다는 건데, 우리는 이대로 매일 피난민들 식사나 준비하고 있어야 할까요?"

정만식은 걱정이 된다. 상부의 지시만 이행하다가 공산당들이 갑자기 들이닥칠까 봐 걱정이다.

"글쎄 말이시…"

아직은 북한군이 들이닥치지 않아, 마을 이장인 송기섭도 결정을 내리기가 쉽지 않다.

"공산당 놈들이 어떤 놈들인지, 우리가 반란 사건 때 겪어 봤잖아요. 우리도 이러고 있을 때가 아닌 것 같은데요."

"그러긴 해. 북한군들이 여기까지 들이닥치면, 우리 한청단원들은 무사하지 못하겠지?"

"그럼요. 북한군이 들어오기 전에 우리도 빨리 피난을 서둘러야 한당깨요."

정만식이 재촉을 한다.

"급한 사람들은 벌써 피난을 갔을 거구만요."

"누구 말인가?"

"쩌그, 오퐂대 이 대감 집은 벌써 피난을 갔을 거구만요."

"지주들은 공산당들에게는 표적이 되니까 피난을 빨리 가야 할 거야. 나이 많으신 이 대감까지 모시고 가려면, 더욱 그럴 거야."

"형님은 어떻게 하실 건가요?"

"나도 여기 이대로 있을 수는 없는 일이지. 그란데 나는 마누라가 많이 불편해서 데리고 가야 하는데…."

송기섭은 반란 사건 때 도망을 쳤지만, 부인은 부인회 회장을 했었고, 본인이 청년단장에 마을 이장까지 했던 관계로 부인이 공동묘지에서 우익인사들이 반란군들에게 몰살당할 때 죽지는 않았지만, 큰 부상을 당했다. 다행히 목숨은 살아났으나 몸이 성치 않아 피난을 간다고 해도 걱정이다.

"어쨌든, 피난민들에게 식사를 준비해 주면서 쬐끔만 더 상황을 지켜보더라고."

"그랍시다."

금성재를 넘어온 피난민들은 계속 몰려온다. 청년단원들이 광의 장터에 잠시 쉬고 있는 피난민들에게 물을 가져다준다. 물을 받아 든 피난민들이 인사를 하며 물을 받아 마신다. 산동과 광의면 사이의 최단 거리인 금성재를 넘어오느라 지친 기색이 역력하다. 피난민들에게 음식을 준비하여 장터 마당에서 하루에 한 번씩 음식을 대접한다. 피난민들이 고맙다고 넙죽 절을 하면서 음식을 먹느라 정신이 없다. 장터 장옥은 매일 밀려드는 피난민들의 잠자리가 되고 있다.

"형님! 피난 갈 때 항꾸네 갑시다."

기훈이 만식에게 다가와 피난을 같이 가자고 한다.

"자네도 피난을 가려고?"

"그래야지다. 혼자 가는 것보다는 항꾸네 가는 게 좋을 성싶구만요."

"그럼, 그렇게 하세."

만식이 피난을 가기 전에 교회에 들어선다. 한 목사에게 인사를 건넨다.

"목사님! 북한군들이 구례에도 곧 들이닥칠 것 같습니다. 피난을 가려고 교회에 들렀습니다."

"그래! 언제 떠나려는가?"

"피난민들이 계속 내려오고 있습니다. 북한군들이 오기 전에 미리 떠나려고 합니다. 반란 사건에 공산당을 겪어 봤기 때문에 몸을 피해야 할 것 같습니다. 상황을 보면서 움직이려고 했는데, 오늘 밤에 떠나야 할 것 같습니다."

"그래야지. 어디로 갈 건가?"

"일단은 하동을 거쳐서 진주로 가야 할 것 같습니다. 거기서 상황을 봐 가면서 부산까지 가는 것을 결정해야 할 것 같습니다."

한 목사는 고개를 끄덕인다.

"목사님도 피난을 가셔야죠."

한 목사는 만식에게 대답을 망설인다. 나 혼자 살려고, 교인들을 버리고 피난을 가기가 쉽지 않다. 기독교를 인정하지 않은 공산당이 장악을 한다면 어려움에 처하리라 예상은 한다. 아직 닥친 일이 아니라서 지켜보려고 한다.

"교인들이 모두 피난을 간 게 아니라서, 목자가 교회를 지켜야 할 것 같네. 자네 먼저 떠나게."

만식은 한 목사에게 인사를 하러 들렀기 때문에 한 목사가 알아서 피난을 하리라 본다. 만식은 한 목사에게 인사를 하고 돌아선다.

쾅쾅쾅….

북쪽에서는 포격 소리가 계속 들려온다. 정만식과 정기훈이 등짐을 짊어졌다. 피난민 대열에 끼어든다. 화개를 지나 하동읍에 다다른다. 하동읍을 지나서 진주로 가는 길로 들어선다. 피난민 수가 많아졌다. 광양과 순천, 여수, 광주 쪽에서 넘어온 피난민들이 합해져서 피난길은 발 디딜 틈이 없을 정도다. 진주에 도착한다. 진주는 아직 전쟁의 여파가 심하지 않다. 진주에서 하룻밤을 지낸다. 날이 밝아 온다. 서둘러 피난길을 재촉한다. 진주를 지나 군북 땅에 들어선다. 피난민의 대열이 잠시 멈춘다. 피난민들이 무슨 영문인지도 모른 채 웅성거린다. 국군들이 검문검색을 하고 있다. 국군은 북한 군이 넘어올 경우에 방어선으로 삼고 있는 곳이다. 피난민 중에 무기를 가진 공산당들이 있는지 철저히 검문을 하느라 피난길이 지체된다. 검문검색을 통과하여 군북에서 하룻밤 지내기로 하고 잠시 짐을 내려놓는다. 아침이 밝아 오자 서둘러 피난길을 나선다. 마산 땅에 발을 들여놓는다. 마산에 도착하자 그야말로 사람들로 인산인해를 이룬다. 피난민들이 계속 몰려드는 바람에 마산 땅도 사람들로 북새통이다. 만식이와 기훈은 서둘러 부산 가는 길로 들어선다. 이왕에 피난을 왔으니 멈추지 말고 부산에 도착하여야 한다.

서울을 출발한 수환과 철환이 피난길에 나선다. 다행히 수원에서 열차에 올라탄다. 이리까지 열차를 타고 와서 구례까지 걸어서 도착한다. 배가 고프면 미숫가루를 입에 털어 넣고 오물거린다. 구례에 도착한 수환과 철환은 지리산 속으로 숨어든다.

장만수가 전쟁 상황이 어떻게 됐는지 염탐하려고 화개장에 도착한다. 화개장은 전쟁 중인데도 평상시처럼 사람들로 넘쳐난다. 화개장은 북적거리지만 피난민의 대열은 계속 이어진다. 장만수가 피난민 대열 쪽으로 다가간다.
쾅쾅쾅….
포격 소리가 북쪽에서 계속 들려온다.
"북한군들이 어디쯤 왔을까요?"
"말도 마시오. 북한군들이 구례를 점령해 부럿당깨요. 그래 가지고 부리나케 도망쳐 나왔그만이라."

북한군들이 구례에 도착했다는 소리는, 곧 화개장터에 도착하리라 본다. 장만수가 고개를 끄덕이며 급하게 화개골로 들어선다. 이대길 일행이 장만수 옆으로 모여든다.

"내가 화개장에서 피난민들에게 물어봤더니 북한군들이 구례를 점령했다고 하더라고요."

장만수를 바라보던 사람들이 고개를 끄덕이며 서로의 얼굴을 쳐다본다.

"구례가 북한군들에게 정령됐다면 여그 화개골로 북한군이 내려오는 것은 촌각을 다툴 것 같구먼요. 여기 화개골도 안전하지 못할 성싶구만요."

"사돈 말을 들어 보니, 여기도 안전하지 못할 성싶네."

이대길이 고민한다. 화개골 깊은 산중이라고는 하지만 북한군들이 화개골을 점령하면 산중에도 여파가 미치라 본다. 여기도 안심할 곳은 못 된다고 판단을 한다.

"인철이와 인영이는 여길 빨리 떴으면 좋겠다. 이왕에 피난을 왔으니 서둘러 부산으로 출발했으면 싶다."

이대길은 인철과 인영이 한시라도 지체하지 말고 당장 부산을 향하여 피난을 갔으면 한다. 인철과 인영이 서로 얼굴을 쳐다본다. 고개를 끄덕인다.

"얼릉 서둘러라. 지체할 시간이 없다."

인철과 인영도 이대길의 재촉에 피난을 서둘러야 한다고 판단한다.

"부산으로 피난을 가려면 화개골로 가지 말고, 지리산 쪽으로 더 올라가서 천왕봉을 지나서 산청, 진주로 빠져서 부산으로 가는 게 좋을성 싶구만요. 힘은 들지만 부산까지는 최단 거리라고 보면 될 것이여. 하동 읍내로 내려갔다가 북한군들이 들이닥치기라도 하는 날에는 위험할 것 같구먼."

장만수가 지리산 지리를 잘 아는 터라서, 부산으로 가는 피난길을 알려 준다. 하동을 지나서 진주를 거쳐서 부산으로 가려면 시간이 많이 소요되고, 그 와중에 북한군들이 들이닥치면 피난길이 쉽지 않을 거라는 판단이다.

"그렇게 하도록 해라."

이대길이 인철을 바라보며 말한다.

"그럼 아버님은 어떻게 하시려고요?"

"나는 힘들어서 부산까정 피난은 못 가겠고. 여기 사돈네와 함께 조금 더 상황을 지켜봐야 할 것 같다. 북한군들이 깊은 산속까지 들어오지 않겠지?"

"…"

"나는 걱정하지 말고 젊은 느그들이나 빨리 부산까정 피난을 갔으면 싶다."

이대길은 자식들만이라도 부산으로 빨리 피난을 갔으면 한다.

"그럼 그렇게 하시죠. 지는 인영이와 함께 부산으로 가 보겠습니다."

이대길이 인철을 데리고 방으로 들어간다. 이대길이 금괴를 챙겨서 인철에게 건넨다. 인철은 금괴를 받아 짐을 챙긴다. 인철과 인영이 짐을 지고 산으로 향한다. 인석의 처남 둘이 장터목을 지나 진주까지 일행들을 안내하려고 앞장선다. 일행들이 산길로 들어선다. 지리산 종주길로 들어선다. 세석산장에서 쉬어 간다. 천왕봉까지는 해가 지기 전에 도착할 수 있을 거라 한다. 일행들은 장터목에 도착한다. 장터목을 지나 천왕봉으로 향한다. 천왕봉에 도착한다.

"야호!"

인철과 인영이 천왕봉에 도착하여 소리를 지른다. 인철이 처음 와본 지리산 천왕봉이다. 천왕봉에 올라서니 끝없는 산봉우리의 향연이 멋지게 펼쳐진다. 사방팔방으로 펼쳐진 수많은 영봉들이 신비감을 자아낸다. 맑은 날씨지만 수많은 봉우리들이 아련히 펼쳐져 있다. 천왕봉에서 먼 곳일수록 희미하게 보이지만, 저곳 모두가 소중한 대한민국의 영토가 아닌가. 이 산하가 공산당에 의해 정복당하고 있다고 생각하니 서글픈 생각이 밀려온다.

'한국인의 기상 여기서 발원되다'

지리산 천왕봉의 높이가 1,915미터라고 하니 그야말로 남한의 모든 산이 지리산 천왕봉 표지석의 발아래에 있는 셈이다. 일행들도 잠시 땀을 식히며 쉬어 간다. 지리산 정상에 올랐다는 기쁨도 잠시뿐이다. 속히 산을 내려가야 한다. 천왕봉에서 중산리 방향으로 내려간다. 중산리에 도착한다. 산청 중산리에서 진주로 가는 길을 안내받는다.

"고맙습니다. 수고 많으셨습니다."

"그럼, 조심히 살펴 가이소."

일행들이 악수를 나누고 헤어진다.

인철과 인영은 일행이 알려 준 대로 걷는다. 진주로 들어선다. 피난민의 대열에 합류한다. 마산과 김해를 지나 구포다리 근처에 다다른다. 피난민들이 웅성거리며 움직임이 더디다. 피난민들이 계속해서 다리를 향하여 몰려가고 있다. 사람들이 더 이상 움직이지 않고 서 있다. 군인들이 총을 들고 구포다리에서 부산으로 들어가는 피난민들을 통제한다고 한다. 부산까지 가야 한다. 인철은 어떻게 해서라도 구포 다리를 건널 묘안을 생각한다. 인철이 사람들 사이를 비집고 앞으로 나간다.

호루루루, 호루루루.

군인들이 호루라기를 불어 대며 피난민들을 물금 피난민 수용소로 안내를 한다. 인철은 피난민수용소로 향하지 않고 다리 쪽으로 계속 접근을 한다. 군인은 다리 근처로 접근하지 못하도록 겹겹이 통제를 하고 있다. 인철과 인영은 다리 앞에서 피난민들을 통제하는 군인들에게 가까이 다가간다. 어떤 수단을 동원해서라도 구포다리를 건너야만 한다. 군인에게 인철이 계속 대화를 시도한다. 군인이 다리 앞에서 통제를 하고 있지만, 군인은 간혹 피난민들을 통과시키고 있다. 피난민 모두를 통제할 수는 없는 일이라고 여긴다. 군인이 인철을 계속 밀어내지만 끈질기게 군인과 대화를 시도한다. 인철은 묘안을 생각한다. 주머니에 손을 넣고 지폐를 만지작거린다. 군인에게 다시 다가간다. 지폐를 군인에게 살짝 보여 주며 잽싸게 주머니 속에 넣어 준다. 군인은 인철의 행동에 못 이기는 척 지폐를 받아 준다. 지폐를 받은 군인이 인철과 인영을 통과시켜 준다. 구포 다리를 건너 부산에 도착한다.

뒤늦게 도착한 만식이와 기훈이 구포다리 근처에 서성거린다. 점점 늘어나는 피난민들로 인하여 피난민들이 구름떼처럼 몰려 있다. 너무나 많이 몰려든 피난민들로 인해, 구포다리를 건너는 것은 쉽지가 않아 보인다. 구포다리는 더욱더 철저히 통제된다. 부산으로 피난민들이 건너가는 것은 아주 어려운 상황이다. 피난민들은 물금 피난민 수용소로 가야 한다는 것이다.

호루루루, 호루루루….

군인이 호루라기를 불며 피난민을 통제한다. 피난민들이 웅성거리며 군인들의 지시를 들으려 하지 않는다. 오로지 구포다리를 건너서 부산으로 가려고만 한다.

호루루루, 호루루루.

군인들이 피난민들을 물금에 마련된 피난민 수용소로 가라고 안내를 한다. 만식과 기훈이 피난민 대열을 따라서 피난민 수용소에 도착한다. 임시 피난민 수용소라고 하지만, 아무런 시설도 없다. 그저 천막만 군데군데 덩그러니 쳐 놓은 상황이다. 하루에 한 번씩 소금물에 절인 주먹밥을 배급한다. 주먹밥을 받기 위하여 피난민들이 길게 줄을 서서 주먹밥 한 덩어리씩 받아 든다. 만식이와 기훈이 피난민들과 함께 주먹밥을 받아먹는다. 만식은 주먹밥을 먹으면서 인철이 해 줬던 말을 기억해 낸다. '만약에 부산까지 북한 공산당에게 점령당한다면, 제주도나 일본으로 가야 한다'는 말을 기억한다. 이렇게 피난민들이 몰려들고 있다면, 북한군들이 곧 물금 피난소와 부산까지도 점령할 거라는 걱정이 든다. 만식은 계속 초조하고 불안하다. 오로지 부산으로 가야 한다는 마음뿐이다.

"우리는 부산으로 가야 해!"

만식은 불안하다. 피난민 수용소에 계속 머물러 있다가는 아무것도 할 수 없을 것 같다. 피난민들이 계속 몰려들 텐데, 더군다나 북한군들이 계속 밀고 들어온다면 어떻게 될지 고민한다. 만식이 고개를 흔든다. 빨리 부산으로 가야 한다고 계속 본인에게 독려한다. 검문을 하는 군인들을 어떻게 설득하지? 무슨 묘안이 없을까?

"기훈아! 우리는 여기서 지체하지 말고 부산으로 다시 가야 해!"

"경찰이나 군인이 구포다리를 건너지 못하게 하는데, 어떻게 하려고요?"

기훈도 부산으로 들어가야 하는 걸 알지만, 군인들이 막고 있는 부산을 어떻게 들어가려는지 궁금하기만 하다.

"방법을 찾아봐야지."

"부산으로 피난을 가야 안심이 될 것인디. 무슨 방법이 없을까요?"

기훈도 피난민수용소에 계속 있다가는 무슨 일이 벌어질지 걱정이다. 하루에 한 번씩 주는 주먹밥으로 어떻게 버틸 것인지 막막하다. 피난민들이 더 몰려오면 주먹밥 주는 것도 한계에 다다를 것이라 예상한다. 부산으로 피난을 가야만 안심이 된다고 여긴다.

"우리, 피난민수용소에만 있지 말고 다시 구포다리 쪽으로 가 보자."

만식이 앞장선다. 기훈이도 만식이 뒤를 따른다. 부산으로 향하는 길은 피난을 가는 사람. 피난길을 되돌아 피난민 수용소로 향하는 사람들로 북새통이다. 부산으로 향하는 유일한 통로는 구포다리다. 구포다리 근처로 다시 다가간다.

호루루루루, 호루루루루.

군인들이 호루라기를 불면서 피난민들을 통제하는 소리가 요란하다.

쾅쾅쾅….

마산 쪽에서 포격 소리가 간간이 들려오기 때문에 불안하기만 하다. 북한군이 곧 들이닥칠 것 같은 불안이 밀려온다. 만식과 기훈이 피난민 대열에서 서성거린다. 점점 다가오는 북한군들에게 잡히지 않으려면 어떻게 해서라도 구포다리를 건너야 한다. 만식에게 묘수가 갑자기 떠오른다. 반란 사건 때 소지했던 대한청년단원 증명서를 몸속에서 꺼낸다.

"나한테 여순사건 때 계엄사령관이 청년단원들에게 발행해 줬던 증명서가 있는데, 이걸 한번 군인들에게 보여 줘 볼까?"

"…"

기훈은 만식이 얼굴만 쳐다본다. 만식이 군인에게 가까이 다가간다. 대한청년단원증을 군인에게 내밀어 보여 준다. 군인이 만식이 내민 증을 유심히 들여다본다.

"이게 뭐야?"

"예, 저는 구례에서 온 피난민입니다. 반란 사건 때 좌익들과 반란군들을 진압한 공로로 구례 지역 계엄사령관이 만들어 준 대한청년단증입니다. 그 당시에는 반란군들을 격퇴하기 위해서 국군들과 소통할 수 있는 유일한 증명서였습니다."

군인이 다시 증을 자세히 들여다본다.

"저는 공산당 소탕에 온몸을 받친 사람입니다. 제가 청년회 부단장꺼정 했습니더. 부산으로 갈 수 있게 통과시켜 주십시오. 지는 부산으로 꼭 가야 헙니다."

만식은 어떻게 해서라도 구포다리를 건너려고 군인에게 간청을 한다. 그야말로 다리를 건너야 하는 절박한 심정을 군인에게 말한다. 군인이 증명서를 찬찬히 들여다본다. 고개를 끄덕인다. 호남지구전투사령부 계엄사령관이 발행한 청년단원증임을 확인한 것이다. 만식과 기훈을 훑어보더니 통과시켜 준다. 만식과 기훈이 군인에게 고맙다는 표시로 꾸벅 절을 하고 구포다리를 건넌다.

  미군 군함이 부산항에 속속 도착한다. 군함에서 미군들이 군장을 짊어지고 배에서 계속 내린다. 수천 명의 군인들이 부산항에 도착한 것이다. 헨프리도 군장을 짊어지고, 머리에는 철모를 썼다. 미군들과 함께 배에서 내린다. 헨프리는 한국에서 전쟁이 났다는 소식을 듣고 미군 군종병에 지원을 하였다. 청년 시절에 젊음을 바쳐 하나님의 복음을 전하기 위해 조선 땅에 발을 들여놨었다. 조선은 일본에 주권을 빼앗기고 강탈을 당했다. 그런 상황에서도 열심히 전도 사업에 헌신하였다. 을사늑약이 체결되기 이전부터 조선 땅에 선교의 깃발을 꽂은 선교사들은 기독교를 전파하면서 신식 병원을 지었다. 아픈 조선 사람들을 치료해 주고 서양 의료 기술을 유감없이 발휘하였고, 의료인과 간호사들을 양성하였다. 서당에서 한학을 공부하던 아이들에게 도시에는 신식 학교를 세우고, 중등학교와 대학교까지 세워서 아이들을 가르치면서 세계관을 알리고, 은연중에 민주주의와 민족자결주의 의식을 심어 주었다. 농촌에는 각 교회에 야학을 세워 아이들에게 한글을 가르쳤다. 한글 교육이 금지되었지만 교회 야학에서는 은연중에 한글을 가르쳤다. 조선 청년들이 목숨을 걸고 독립운동을 일으키게 하는 근본이 모두 선교사들이 세운 중등학교 교육에서부터 비롯되었다. 그야말로 나라에서도 하지 못한 교육사업은 조선의 근대화 물결에 인재를 양성하는 큰 축을 담당하는 업적을 묵묵히 행하여 왔다. 중등학교와 대학 교육은 조선인들에게는 단비와 같은 존재였다. 선교사들은 학생들에게 장학금도 지원해 주고, 미국 유학까지 시켜 주는 선행을 베풀고 또 베풀었다. 그리스도의 무한한 사랑을 실천하는 데 몸을 아끼지 않았다. 본국에서 교인들이 1달러, 10달러 십시일반으로 모금한 헌금을 가지고 들어와 베풀었던 선행이었다. 그리스도의 무한한 사랑이 아니었으면 할 수 없는 사랑의 온정이었다. 국가에서 시키지도 않았고 도움도 받지 않았으며, 교인들과 선교사들 스스로 행한 조건 없는 사랑의 헌신이었다. 일본의 신사참배 강요로 학교도 문을 닫는 불행할 일이 벌어졌다. 본국으로 추방되는 일을 겪었다. 헨프리도 순천 지역과 호남 동남부 지역 각 교회를 돌아다니며 눈물로 작별을 하고 미국으로 돌아갔다. 제2차 세계대전의 발발로 미국과 일본은 적대국이 되었다. 전쟁을 벌인 일본은 참패를 당했다. 일본의 항복으로 조선은 해방이 되었지만, 남과 북으로 갈라서는 분단국가가 되어 버렸다. 민주주의와 공산주의의 이념 대립과 강대국들의 다툼에 희생된 한국 소식을 들으면서 안타깝기만 했다. 헨프리는 특히 북한에 공산정권이 들어선 평양이 어떻게 되었는지 궁금하기만 했다. 평양은 '동방의 예루살렘'이라고 여길 만큼 일찌감치 하디 선교사를 주축으로 원산대부흥회의 시발로 평양대부흥운동이 일어났던 곳이다. 회개운동의 시작은 성령의 역사로 이어져 교회 부흥으로 이어졌다. 조선과 중국, 일본에 파견된 선교사 자녀들까지 몰려들었던 평양외국인학교가 세워진 곳도 평양이었다. 조선에서도 기독교의 교세가 강하기로 유명한 평양의 기독교 시설과 교인들은 공산 치하에서 어떻게 믿음을 지켜 내고 있는지 궁금했다. 헨프리는 호남 지역 선교를 담당하면서 지리산 서북 방향에 위치한 노고단의 엄청난 수양관 시

설이 떠올랐다. 특히 노고단에 열리는 선교사들 모임 그레이엄 캠프
(Camp Graham)에 참석하는 일이야말로 1년 중에서 가장 기다리고
기다렸던 일이었다. 매년 여름 휴양차 노고단을 오르기 전에 구례
를 방문하면서 들른 대전교회. 아이들을 위해서 매년 여름성경학교
를 열어 주고, 의사 가운을 걸치고, 아픈 사람들을 직접 무료로 치
료해 주었던 일이 생생하게 기억난다. 특히 여름성경학교 때 만났던
아이들을 기억해 내고 있다. 그 아이들을 생각만 해도 헨프리의 얼
굴에 저절로 웃음이 번지게 하는 아이들이다.

　부산역 앞은 사람들로 인산인해를 이룬다. 전국 각지에서 피난 온
사람들로 북새통이다. 만식과 기훈도 부산역 앞에서 서성거린다. 갈
곳도 없는 신세다. 배고파서 견디기가 힘들다. 부산역 인근 교회에
서 피난민들에게 음식을 준다는 소문에 교회를 찾아 나선다. 부산
역에서 길을 건넌다. 골목길을 따라 언덕을 올라간다. 초량교회가
보인다. 교회 옆에는 초량국민학교가 있다. 국민학교에는 미군 부대
가 주둔해 있다. 만식과 기훈이 교회 입구에 들어선다. 주먹밥을 얻
어먹기 위한 긴 줄이 늘어서 있다. 만식과 기훈도 그 줄에 서 있다.
교회에서 주먹밥을 나누어 준다. 만식과 기훈도 계속 굶어서 배가
고프다. 주먹밥을 받는다. 허겁지겁 먹는다. 꿀맛 같은 주먹밥이다.
주먹밥을 먹고 나서 초량교회 안으로 들어선다. 많은 사람들이 울
면서 통성으로 기도를 하고 있다. 만식과 기훈도 교회를 다닌 교인
이라 무릎을 꿇고 간절히 기도를 한다.
　"주여! 주여!"
　이 전쟁 상황에 부산까지 피난을 왔는데, 돌이켜 보면 참으로 기

가 막힐 일이다. 해방이 된 후로 강대국들에 의해서 남과 북으로 갈라져 버렸다. 남과 북의 대치 상황은 좌우의 대립이 되어 버렸다. 그여파로 반란 사건을 겪은 후 전쟁까지 겪고 있으니 이 나라와 이 민족이 앞으로 어떻게 될지 참으로 걱정이 될 수밖에 없다. 교회에 들어선 만식과 기훈이 간절히 기도를 올린다. 한참을 교회 주변을 배회하다가 어두워지자 교회 뒷산으로 향한다. 발 디딜 틈만 있으면 피난민들이 기거할 공간에 움막을 지어 놨다. 피난민들의 움막과 판잣집이 산꼭대기까지 이어진다. 만식과 기훈도 쉴 자리를 잡아야 한다. 자리를 잡기 위해 산꼭대기까지 올라왔다. 여름이라 땅바닥에 몸만 누우면 그만이다. 만식과 기훈이 바닥에 드러눕는다. 밤하늘의 별이 유난히 반짝거린다.

만식과 기훈이 미군 부대 앞에 긴 줄을 서서 기다린다. 초량교회를 통해서 미군 부대에서 일자리를 알선해 준다고 한다. 아침 일찍부터 초량교회에 모였다가 미군을 따라 부두로 향한다. 항구에 들어서자 입구에는 미군들이 총을 들고 통제를 한다. 민간인들은 얼씬거리지도 못한다. 항구에는 집채만한 큰 배가 정박되어 있다. 배안으로 일꾼들이 안내된다. 배에 실려 있는 화물을 어깨에 짊어지고 내린다. 짐을 부두 인근 창고 안으로 나른다. 많은 사람들이 미군과 통역을 하는 사람들의 지시에 따라 일사불란하게 움직인다. 미군이 총을 메고 감시를 한다. 상자를 어깨에 둘러메고 배에서 육지로 옮기는 일을 계속한다. 만식과 기훈이 끙끙거리며 땀을 비 오듯 흘린다. 수건으로 땀을 수시로 닦는다.

해가 진다. 함께 일하던 사람들이 총을 들고 서성거리고 있는 미군의 경계를 살핀다. 미군이 없는 틈을 노려 재빠르게 상자를 들고 후미진 곳으로 들어간다. 상자를 재빠르게 뜯는다. 상자 안에 있던 물건들을 가방에 담는다. 가방을 둘러멘다. 시치미를 떼고 창고를 나가는 대열에 합류한다. 미군들의 지시에 따라 부두에서 밖으로 나간다. 감시를 하고 있는 미군들을 감쪽같이 따돌리고 물건을 가지고 나오는 데 성공한다. 항구 밖으로 나오자, 일꾼들이 모여서 수군거린다. 빼돌린 물건을 항구 밖에서 대기하고 있던 사람들과 함께 골목으로 들어가 흥정을 한다. 돈을 주고받으며 잽싸게 물건을 팔아치운다. 만식은 매일 부두 창고에 나와 일을 하면서 물건을 빼돌리는 사람들을 바라본다. 만식과 기훈도 일꾼들과 함께 상자를 빼돌려서 상자 안에 있는 물건을 훔칠까 하는 유혹이 들지만, 먼발치에서만 바라보고 참는다. 저 물건을 밖으로 빼돌리기만 하면 바로 돈과 바꿀 수 있다는 생각이 들어 욕심이 자꾸 발동한다. 그러나 참아 낸다. 이래서는 안 된다. 저 일꾼들과 똑같이 도둑질을 해서는 안 된다고 몇 번이고 다짐하지만, 유혹을 참기가 힘들다. 일꾼들끼리 모여서 수군거리다, 웃기도 한다. 다행히 항구에서 짐을 옮기는 일로 돈벌이는 괜찮다. 만식과 기훈은 가끔씩 미군 부대 배가 정박해 있는 항구에서 짐을 나르는 일을 계속한다. 해가 지자, 일하는 사람들은 순식간에 상자를 뜯어 물건을 도시락 가방 속에 신속하게 감춘다. 아무 일도 없었던 것처럼 시치미를 떼고 줄을 맞추어 부두를 빠져나간다. 그 광경을 수시로 바라본 기훈은 부러워한다.

"만식이 형, 우리도 물건을 좀 빼돌려 볼까?"

기훈이 물건을 빼돌리자고 한다. 남들이 하니까 바라만 보기에는 아쉽다. 부산에 피난을 왔지만, 산꼭대기 땅바닥에서 지내고 있지 않은가? 남들처럼 움막이라도 지으려면 돈이 필요하다.

"물건을 빼돌리다가 잡히면 어떡하려고? 잡히기라도 하면, 이 일마저 못 하는 거 아니야?"

"부두에서 일하는 사람들이 물건을 빼돌리는 거 봤잖아. 우리도 잘하면 들키지 않겠지."

"야, 정직하게 일을 해야지. 품삯으로 먹는 것은 해결되고 있잖아."

만식은 기훈에게 하지 말라는 의사를 분명히 전달한다. 만식은 초량교회에서 알선해 준 일인데, 신뢰를 저버릴 수는 없는 일이다. 혹시 잘못되면 일을 알선해 준 초량교회 집사님에게도 미안하기만 하다. 만약에 들키기라도 하는 날에는 이 일마저 할 수가 없다. 양심상, 물건을 훔치는 일은 허락할 수가 없다.

"우리가 이 일을 계속한다는 보장도 없고, 기회를 봐서 물건을 빼돌려 한몫 챙겨야지. 저 사람들 보니까 물건 빼돌리는 데는 이골이 났던데. 밖으로 가지고 나가기만 하면 파는 데는 문제가 없을 것 같애. 전쟁통이라 물건이 없어서 못 팔 거야. 국제시장으로 가져가면 더 비싸게 팔 수 있다고 하더라고. 물건을 빼돌리는 일이 문제지. 우리도 이참에 한몫 챙겨서 움막도 짓고, 살길을 찾아봐야 하지 않겠어?"

만식은 기훈의 말이 맞기도 하지만, 만약에 들키기라도 하는 날에는 이 일마저 할 수 없다는 걱정이 먼저 앞선다. 그러나, 기훈은 만식이와는 달리 부두에서 일을 하면서 물건을 빼돌리려는 다짐을 한다. 전쟁통인데 얼마나 좋은 기회인가? 물건을 계속 빼돌려서 돈을 크게 벌 욕심에 사로잡혀 있다. 초량교회에서 미군 부대로 알선해 준 일이지만, 비가 오는 날에는 공치는 날도 있다. 워낙 많은 피난민들이 몰려들기 때문에 계속 일을 한다는 보장도 없다. 기훈은 부두로 일하러 가는 날만 기다리고 있다.

만식과 기훈이 땀을 뻘뻘 흘리며 짐을 어깨에 메고 움직인다. 많은 일꾼들과 함께 상자를 계속 나른다. 기훈이 총을 들고 어슬렁거리는 미군의 눈치를 계속 주시한다. 여차하면 상자를 감추어야 한다. 오늘은 꼭 상자를 훔쳐서 물건을 빼돌려야 한다는 생각뿐이다. 만식이 하지 말라고 말리고 있지만, 기훈은 혼자서라도 물건을 훔칠 기회만 엿본다. 미군이 어슬렁거리다가 뒤로 돌아가는 순간 기훈이 어깨에 메고 있던 상자를 재빨리 들고 후미진 곳으로 달려간다. 미군에게 들킬까 봐 가슴이 쿵쾅거려 온다. 미군에게 들키면 끝장이다. 빨리 물건을 감추고 제자리로 돌아가야 한다. 상자를 열어 잽싸게 물건을 가방에 담는다. 후다닥 물건을 감추고 다시 자리로 돌아온다. 해가 지고 있다. 일과를 마치고 부두를 빠져나가야 할 시간이다. 만식은 기훈이 물건을 빼돌린 것을 아직 모르고 있다. 기훈이 가방을 어깨에 메고 있다. 일을 마친 사람들이 줄을 서서 부두를 빠져나온다. 미군들이 멀리서 부두를 빠져나가는 사람들을 바라보고 있다. 기훈이 부두를 빠져나오자, 골목으로 들어선다. 기훈이 가방을 열어 만식에게 보여 준다. 기훈은 기분이 좋아 함빡 웃는다.

"너, 내가 하지 말랬잖아!"

"형! 이번 한 번만 딱 눈감아 줘라."

만식이 기분도 나쁘고, 걱정도 되지만 물건을 보자 욕심이 난다.

"물건을 어쩌려고?"

"국제시장에 내다 팔아야지."

"야! 기훈이 너, 대단하다. 겁도 없이 어떻게 물건을 가지고 나왔냐? 나 같으면 미군에게 들킬까 봐 마음이 조마조마해서 못 했을 거야.”

“말도 마. 해가 넘어갈 무렵에 물건을 빼돌리는 순간, 얼마나 가슴이 콩닥거리던지…. 고개를 숙이고 정문을 통과할 때는 가슴이 쿵쾅쿵쾅 뛰어서 심장이 터지는 줄 알았다니까.”

기훈은 아직도 가슴이 쿵쾅거리는 것 같다. 다행히 부두를 빠져나올 때 미군들이 가방이나 몸수색을 안 하는 것을 다행이라고 여긴다. 미군이 불시에 가방을 뒤지는 날에는 망하는 것이다. 미군에게 잡혀가 조사를 받고 감옥에라도 보내는 날이면 끝장인 것이다.

만식과 기훈이 국제시장에 들어선다. 시장은 활기로 넘친다. 국제시장은 사람들로 인산인해를 이룬다. 전쟁 중이라 남한 사람들이 부산의 국제시장으로 모두 몰리고 있다. 만식과 기훈이 가방을 메고 시장을 기웃거린다. 시장은 사람들과 물건들로 넘쳐난다. 사람들이 모여 있는 곳으로 다가가 기웃거린다. 미군 부대에서 나온 물품들을 거간하는 꾼들이 모여 있다. 물건을 팔아야 한다. 기훈이 사람들에게 가방을 열어 보여 준다. 물건을 놓고 흥정을 한다. 물건을 팔아 치우고 기훈이 돈을 건네받는다. 만식과 기훈이 시장에 있는 국밥집에 들어선다. 자리를 잡고, 국밥을 시키자 김이 모락모락 나는 국밥이 나온다. 국밥을 허겁지겁 먹는다. 시장에서 움막을 지을 물건을 구입하여 산으로 향한다. 땀을 흘리며 산에 도착한다. 비바람을 피할 수 있는 움막을 만든다. 초라한 움막이지만, 만식과 기훈이 지낼 거처가 생겼다.

만식과 기훈은 초량교회 집사님을 따라 미군과 함께 부두로 안내된다. 어깨에 짐을 메고 움직인다. 많은 사람들이 일사불란하게 창고로 짐을 나른다. 미군이 총을 들고 어슬렁거린다. 보초를 서는 미군은 수시로 바뀐다. 기훈이 미군의 눈치를 계속 살핀다. 미군이 기훈이 옆을 지나가자 기훈이 재빨리 어깨에 메고 있던 상자를 들고 후미진 곳으로 달린다. 상자를 열어 물건을 가방 안에 담는다. 기훈이 다시 제자리로 돌아와 짐을 계속 나른다. 미군이 순찰을 하다가 구석에 처박혀 있는 빈 상자를 발견한다. 미군이 빈 상자를 집어 올린다. 미군이 고개를 갸우뚱거린다. 이 안에 있는 일꾼들의 짓으로 의심한다. 빈 상자를 들고 사무실로 향한다. 며칠 전부터 곳곳에서 물건이 없어진 빈 상자가 발견되었다. 지휘관에 보고하여 범인을 잡아야 한다.

해가 지고, 일꾼들이 부두를 빠져나오는 시간이다. 창고 안에서 일꾼들이 줄지어 서서 밖으로 나오려는 순간 창고 입구로 미군들이 우르르 몰려온다. 서너 명이 정문을 지키던 미군들이 순식간에 많아졌다. 평상시에는 가방을 수색하지 않았던 미군들이 수색을 한다. 부두를 빠져나가려는 일꾼들의 가방과 몸을 갑자기 수색하기 시작한다. 기훈은 갑자기 불어난 미군들이 문 입구에서 일꾼들 모두의 몸을 수색한 줄도 모르고 있다. 기훈이 태연하게 출입구 쪽으로 나간다. 미군이 기훈의 몸과 가방을 수색한다. 미제 물품을 감추었던 사람들이 미군의 갑작스러운 수색에 당황한다. 가방을 들고 도망갈 수도 없다. 미군이 가방을 뒤진다. 가방 안에 물건이 발견된다. 미군이 총을 들이댄다. 기훈이 깜짝 놀라서 손을 든다. 가지고 있던 물건을 압수당한다. 기훈의 뒤를 이어서, 곳곳에서 물건을 훔쳐 오던 사람들이 계속 발각된다. 미군들이 총을 들이대고 연행해 간다. 기훈도 미군들에게 끌려간다. 만식은 옆에서 기훈이 손을 들고 미군에게 끌려가는 모습을 바라만 본다. 차례가 다가온 만식도 출입구에서 미군들에게 몸수색을 당한다. 만식은 태연한 척하지만, 자기도 모르게 물건을 숨겨 둔 사람처럼 심장이 두근두근거린다. 미제 물건을 몸에 감추지도 않았는데 미군들의 몸수색에 온몸이 떨린다. 만식이 부두를 나오자 입구에서 초조하게 기훈을 기다린다. 기훈이 미군들에게 연행되어 가서 어떻게 되었는지 걱정이 된다. 제발, 아무 일 없이 풀려났으면 하는 바람뿐이다. 기훈이 물건 훔치는 일을 못 막은 걸 후회를 하고 있다. 날이 점점 어두워진다. 밤새 미군 부대 앞에서 만식이 뜬눈으로 기훈을 초조하게 기다린다. 기훈이 미군 부대 어디로 연행되어 갔을까? 기훈을 영영 만날 수 없는 일인가? 물건을 훔치다 걸린 사람들이 밤새 창고 안에서 조사를 받는다. 다행히도 미군들은 훔친 물건을 빼앗는다. 조사를 받고 훈방시켜 준다. 연행되었던 사람들이 밖으로 풀려 나온다. 만식은 이제야 안심이 된다. 멀리서 기훈이 터벅터벅 걸어 나온다. 만식이 다행이라고 여기고, 기훈을 반갑게 맞이한다. 풀이 죽은 기훈은 만식을 볼 낯이 없다. 물건 훔치는 걸 반대했던 만식 형에게 미안할 따름이다. 어깨가 축 처진 기훈이 터벅터벅 걷는다. 만식은 기훈에게 다가와 어깨동무를 해 준다. 함께 계속 부둣가를 걷는다. 초량교회 집사님이 기훈에게 있었던 일을 알게 되어 기훈은 더 이상 일을 할 수가 없게 된다. 내일부터 당장, 부두에서 짐을 나르는 일은 할 수가 없게 된 것도 아쉬운 일이다.

만식은 미군 부대에서 짐을 나르는 일을 계속한다. 기훈은 다시 일자리를 찾아야 한다. 시간이 날 때마다 기훈은 혼자서 시청 앞을 서성거린다. 영도다리 부근으로 배들이 모여든다. 영도다리가 하늘로 올라간다. 다리가 하늘로 올려지자 배들이 지나간다. 영도다리 난간에 서서 바쁘게 움직이는 배를 바라본다.

빠앙!

뱃고동 소리가 요란하게 울리며 배가 움직인다.

통통통통통….

작은 통통배가 검은 연기를 내뿜으며 영도다리를 통과한다. 부산 항은 전쟁 중이지만 활기차게 움직인다. 기훈이 시청 앞을 지나간다. 시청 인근에는 많은 군인들이 서성거리고 있다. 무슨 일이 있나? 기훈은 군인들이 많이 모여 있음에 빨리 지나가려고 발길을 재촉한다.

호루루루, 호루루루.

군인이 호루라기를 불며 기훈에게 다가온다. 군인은 기훈을 시청 안으로 데리고 간다. 군인들은 호루라기를 계속 불어 대며, 시청 주변을 걸어가는 남자들을 모두 시청 안으로 강제로 안내한다. 시청 안은 군인들에 의해 강제로 안내된 남자들이 많이 있다. 곳곳에서 군인들과 마주 앉아 면담을 받고 있다. 무슨 면담인지 궁금하다. 기훈의 차례가 되어 군인과 면담을 시작한다. 기훈은 군인들의 지시를 따라 인적 사항을 말한다. 조사를 받은 기훈은 그 자리에서 군인으로 강제로 징집된다. 싸움이 치열하게 전개되고 있는 전선은 젊은 남자들이 필요하다. 국가에서 젊은 청년들을 군인으로 소집시키려 하지만, 행정력이 미치지 못한다. 많은 사람들이 집을 떠나서 피난길에 올라 있다. 특히 부산으로 피난민들이 모여들고 있기 때문에 길거리에서 젊은 남자들을 강제로 징집을 한다. 부산은 피난민들이 모여들고 있어서 행정적으로 각 가구별로 세대원들이 파악이 안 되고 있는 실정이다. 움막에서 피난살이를 하고 있는 사람이 더 많을 정도로 전국에서 많은 피난민들이 모여들고 있다. 기훈은 갑자기 군인으로 징집된다고 생각하니 도망을 치고 싶은 심정이다. 군대에 끌려가고 싶지 않지만, 어쩔 수 없다. 가족에게는 연락을 못해도, 만식이 형에게는 갑자기 군인으로 징집되었음을 연락을 하고 싶은데, 빠져나갈 기회를 주지 않는다. 곧바로 트럭에 태워 출발한다. 트럭 위에는 젊은 남자들로 가득 차 있다.

저녁이 된다. 만식이 피곤한 몸을 이끌고 초량동 뒷산을 터벅터벅 걸어 올라간다. 움막에 도착한다. 움막 안에는 인기척이 없다. 기훈이 먼저 와서 기다리고 있었는데, 오늘은 기훈이 보이지 않는다. 피곤한 만식이 움막 안에 누운다. 밤하늘에 별이 초롱초롱 빛나고 있다. 기훈은 움막으로 돌아오지 않는다. 만식은 기훈이 어디를 갔는지 궁금하기만 하다.

35

배신

지서에 인공기가 펄럭인다. 총을 든 인민군들이 광장에 서성거린다. 광장에는 면민들이 점점 모여들고 있다. 경찰 가족, 지주들이나 우익 활동을 하던 사람들을 제외하고는 대부분 피난을 가지 않았다. 면민들은 펄럭이는 인공기를 바라보며 웅성거리기 시작한다. 심탁도 광장에 서 있다.

탕탕탕.

총소리에 웅성거리던 면민들이 깜짝 놀라며 일시에 숨을 멈춘다. 인민군 대장이 된 송진혁이 날카로운 눈빛으로 나선다. 면민들은 긴장하며 송진혁을 바라본다. 불과 2년 전에 반란 사건을 겪으며 광장에서 인민재판을 겪었던 주민들이다. 좌익들의 준동을 겪어 본 면민들로서는 긴장하지 않을 수 없다. 지금 경찰과 국군들은 모두 후퇴해 버렸다. 전쟁으로 인민군이 38선을 넘어서 남한 대부분을 점령해 버렸다. 면민들은 어떻게 되는 세상인지 도무지 알 수가 없는 일이다. 2년 전의 일을 떠올린다. 반란 사건이 일어나자 구례는 반란군들에 의해 장악되어 버렸다. 지서에 태극기가 내려지고 인공기가 펄럭이고 있었다. 반란군들과 좌익들이 득세하는 광장에서는 인민재판이 열렸다. "죽여라!" 하는 함성이 광장을 뒤덮었다. 인민재판을 당한 지주와 우익인사 가족들과 엄마를 따라 나선 아이들까지 공동묘지에서 갈기갈기 짓이겨 처절하게 죽임을 당하였다. 반란군들이 산으로 도망치고, 진압군이 주둔하고서는 학교 운동장에 면민들이 소집되었다. 끌려온 좌익인사들이 인민재판을 당하여 "죽여라!" 하는 소리가 난무했다. 주민들로 하여금 좌익인사들을 죽창으로 찔러 죽이게 하고, 그것도 모자라 진압군이 일본도로 목을 베어 버렸다. 공산당이라면 그야말로 처절하게 응징을 가하였다. 그랬던 세상이 얼마 지나지도 않았는데, 공산당과 좌익들이 다시 득세를 하는 세상이 되어 버렸다. 무슨 놈의 세상이 이토록 요란한지 모를 일이다. 인민군을 등에 업은 좌익들이 무슨 해코지를 할지 모를 일이다. 앞으로 무슨 일이 일어날지 걱정하며 웅성거리고 있다. 인민군의 눈치를 슬금슬금 바라본다. 자칫 잘못하면 인민군들이 보복할지 모른다는 긴장감에 쌓여 있다. 어찌 됐든간에 총을 든 인민군과 좌익에게 무조건 굽신거려야 할 판이다. 심탁도 광장에서 인민군의 환영 대열에 함께 서 있다.

"인민 여러분! 인민군들은 여러분들을 해방시키기 위해 왔습니다."

"와! 와! 와…"

"인민공화국 만세!"

"이제 공산당이 최고인 세상이 됐습니다. 그동안 여러분들은 이승만 일당에게 속고 살아온 것입니다. 지주들에게 착취만 당하고 살아온 인민들에게 땅을 공평하게 분배할 겁니다."

"와! 와! 와…"

환호하는 함성이 하늘을 찌른다. 광장은 순식간에 축제 분위기가 된다. 지주들의 땅을 몽땅 몰수하여 인민들에게 공평하게 분배해 준다니, 주민들은 목이 터져라 함성을 지른다. 반란 사건 때도 혁명 군들이 땅을 무상으로 분배해 준다고 했다가 삼일천하로 끝나 버리고 지리산 속으로 도망을 갔던 기억을 떠올린다. 이번에는 그때와 상황이 달라졌다. 인민군이 전쟁을 일으켜 승승장구하고 있지 않은가? 심탁도 군중 속에서 만세를 부른다. 군중들의 함성에 휩싸여 만세를 부르지만, 땅을 분배해 준다는 말이 귀에 쏙 들어온다. 반란 사건 때도 그런 소릴 들었지만, 반란군들이 산으로 도망친 바람에 없던 일이 되어 버렸다. 지금은 인민군이 장악을 했고, 공산당들이 판을 치는 세상이 되었다. 심탁은 속으로 기뻐서 어쩔 줄을 모른다. 새로운 세상이 도래한 것이다. 기쁘기도 하면서 이 대감 어른의 얼굴이 문득 떠오른다. 그동안에 이 대감 집에서 머슴을 살면서 신세를 진 걸 생각하면 고맙기도 하지만, 지금은 세상이 바뀌어 버렸다. 반란 사건 때는 반란군들이 들어와서 북한에서는 해방이 되자마자 지주들의 땅을 몽땅 몰수하여 인민들에게 무상으로 나누어 줬다는 소문을 들었을 때, 설마 그랬을까? 하며 의심을 했었다. 그러나 지금은 인민군들이 남한을 몽땅 점령해 버렸다. 그때와는 완전히 다른 세상이 되어 버렸다. 북한에서처럼 지주들의 땅을 몽땅 몰수하여 나누어 준다고 하니 솔깃해진다. 그러면서도 마음 한구석에는 수긍이 가질 않는다. 설마 그렇게 될 수 있을까? 공산당이 남한을 몽땅 장악해 버린다면, 당장에라도 이루어질 수 있는 일이잖은가? 심탁은 마음이 혼란해진다. 인민군들이 지주들의 땅을 몽땅 몰수한다면, 이 대감은 이제 어떻게 되는 건가? 순간적으로 반란 사건 때를 떠올린다. 그때도 이대길이 지주라는 이유로 광장으로 끌려와 인민재판을 받았다. 손이 묶인 채로 고개를 푹 숙이고 인민재판을 받고 있던 이대길의 몰골을 기억한다. 성난 군중들이 "죽여라! 죽여라!"를 외치며 소리를 지르던 기억을 떠올린다. 이대길이 성난 군중들에게 어떻게 될까 봐 마음이 조마조마했었다. 반란군들에게 끌려간 줄로만 알았던 이대길이 저녁이 되자 풀려나고, 이대길 집 마당으로 반란군들을 몽땅 불러들여서 음식을 해 주고 살아나지 않았던가? 심탁은 마음이 심란하다. 어떻게 하는 게 좋을지 곰곰이 생각하고 또 생각한다. 좋은 세상이 온다는데, 눈 딱 감고 인민군에 입대해 버릴까? 어설프게 좌익 활동을 하느니, 차라리 인민군에 입대하는 게 좋을 듯하다. 인민군 복장을 하고 이대길 앞에 나타나면, 이대길은 어떻게 나올까? 그래도 주인집 대감마님인데? 양심상 마음의 결단이 서지 않는다. 심탁이 자기도 모르게 고개를 흔든다. 쉽게 결정을 내리지 못한다.

"와! 와! 와…"

"거시기, 시방 뭐라고 한 거여?"

"토지를 무상으로 나눠 준다고 하잖어."

"반란 사건 때도 토지를 무상으로 나눠 준다고 했다가, 없던 일이 돼 버렸잖아. 이번엔 진짜로 나눠 줄랑가 모르것네."

"소문에 의하면 북한에서는 해방이 되자마자 지주들의 땅을 몽땅 몰수시켜서, 인민들에게 땅을 골고루 나눠 줬다고 하더망."

"그래, 그랬다고 하더라고. 그렁깨로 이번에는 세상이 완전히 공산

당 세상이 되어 부렸응깨로, 땅을 골고루 나눠 줄랑갑그만. 기다려
보자고."

마을 사람의 얼굴에 화색이 돈다.

"그러면야 좋지. 우리 겉이 평생 남의 땅만 지어 먹어 지주들만 좋
은 일 시켰응깨로, 대환영이지. 암 환영이고 말고."

심탁도 마을 사람들의 대화를 들으며 고개를 끄덕인다. 심탁은
내심 그렇게 되기만을 바란다. 고개를 숙이며 슬며시 뒤돌아서서
간다.

개골개골개골….

오포대 언덕 아래에 있는 논에서는 개구리 소리가 요란하게 울어
댄다. 한여름의 찌는 무더위가 계속된다. 오포대에서 지서가 있는
광장까지는 모두가 이대길의 전답이다. 전쟁 전에 심어 놓은 모가
잘 자라고 있다. 심탁은 오포대 밑에서 서성거린다. 어떻게 해야 할
지 고민을 한다. 오포대 집에는 전쟁으로 남자들이 이미 피난을 가
버렸다. 반란 사건 때, 지주들이 인민재판을 호되게 당한 경험이 있
어서 공산당을 피해서 미리 숨은 것이다. 지금 상황은 인민군들이
남한을 거의 장악해 버렸잖은가? 새로운 세상이 온 것이다. 이대로
간다면, 피난을 간 이 대감 식구들은 영영 돌아올 수도 없다는 생
각을 한다. 지주들이 돌아와도 인민재판을 받아 감옥에 가든지 즉
시 처형을 당한다고 하면, 망설일 것도 없이 눈 딱 감고 인민군이 되
어 버리는 것이다. 딴 세상이 되어 버렸는데, 이 대감 집을 생각할
필요가 없게 생겼다. 공산당들이 땅을 무상으로 분배해 준다면, 어
차피 이 집에서 머슴살이를 할 필요가 없잖은가? 땅을 몽땅 빼앗겨

버린 이 대감집은 머슴도 필요 없게 되는 건가? 이 집에서 나갈 것 같으면 미리 나가는 것도 좋은 일이다. 그렇게 된다면 미리 선수를 쳐서 인민군 편에 서서 공을 세우는 일을 해 볼까? 지주 집에서 일해 온 머슴이라고 의심을 안 할란가? 심탁은 고개를 푹 숙이고 생각을 더 한다.

"후우."

긴 한숨이 나온다. 그렇다고 이 고민을 김 서방과 상의할 수는 없는 일이다. 내 마음을 제일 잘 알아줄 사람은 인석이라고 여긴다. 인석이와는 십여 년 동안 이 대감 집에서 생사고락을 함께해 온 관계다. 심탁의 신분이 머슴이고 인석이 형은 이 집의 조카자식이라고 하지만, 인석이 형도 머슴이나 마찬가지로 땀을 흘리며 함께 지내 왔다. 무슨 일이 있을 때나 노동이 힘에 부칠 때면 함께 어려움을 나누었던 사이다. 무슨 일이 생길 때마다 그나마 서로 의지하고, 서로 간의 허물이 없을 만큼 많은 세월을 보낸 사이다. 들판에서나 사랑방에서 장난을 치거나, 농담을 주고받았던 일이 스쳐 지나간다. 뻘뻘 땀을 흘릴 때 막걸리 잔을 주고받으며 서로에게 힘이 되어 주었던 일이 생각난다. 인석이 형은 나를 어떻게 생각할까? 내가 이 대감을 배반하고, 이 대감이 있는 곳을 가르쳐 주고, 잡아들인다면… 제일 미안한 사람이 인석이란 걸 느끼는 순간이다. 인석이가 결혼을 하고 분가를 했을 때, 그 많은 이대길의 수백 마지기 전답 중에서 겨우 두 다랭이논만 준 걸 보고 심탁이 혼자서 이 대감에게 반감을 가졌던 게 다시 생각난다. 십 년 넘게 일했던 품삯만 따져도, 그 정도만으로는 아니라고 생각했던 것이다. 그 생각만 하면 이 대감에 대해 좋지 않은 감정이 밀려온다. 그렇지만 내가 당장에 인민군이 되어 이 대감에게 총칼을 들이댄다면, 인석이 형에게도 영향이 미치지 않을까? 인석은 나에게 뭐라고 할까?

"아니야."

심탁은 고개를 흔든다. 인석이 형도 나와 같은 생각은 아닐 거라고 여긴다. 인석은 나와는 또 다른 생각을 가질 수가 있다고 여긴다. 이 대감의 조카고, 이 집 피붙이 아닌가? 내가 생각한 만큼 인석도 나와 같은 생각을 가질 거라는 기대는 말아야 한다. 내가 인석을 너무 의식하면서 결정할 문제가 아니라고 여긴다. 이 대감 집의 남자들이 피난을 가 버린 상황이다. 이대길이 인석이 형 처가댁에 숨어 있다는 것을 불어 버리면 인석이에게 피해가 되지 않을까? 내가 고자질했다는 것을 순진한 인석이 형이 알았을 때, 나를 어떻게 생각할까? 나는 그야말로 남남이지 않은가? 당장 이 집을 나가는 날이 이 집과 바로 적이 되는 일이다. 그렇게 생각하면 인석이 형에게 미안할 것도 없는 일이다. 나는 나대로 살아가면 그만인 것이다. 인석은 화개댁과 함께 당몰 외가 까끔에 외가집 식구들과 숨어 버렸다.

이대길 집에 총을 든 인민군들이 우르르 들이닥친다. 좌익들도 완장을 차고 총을 들었다. 총을 들지 않은 좌익들은 죽창을 들고 있다.

"악질 반동 새끼! 이대길 나와라!"

다짜고짜 이대길을 부른다. 지주인 이대길과 이인철을 잡기 위해서 들이닥친 것이다. 이대길이 나오지 않자, 인민군들과 좌익들이 넓은 집 안 곳곳을 돌아다닌다. 김 서방과 집안사람들이 마당으로 끌려 나온다. 심탁은 보이지 않는다.

"이대길은 어디 있나?"

인민군이 인상을 쓰며 두리번거린다. 인민군이 절골댁에게 총을 들이민다. 절골댁이 무서워서 뒤로 주춤하며 겁을 먹는다. 다짜고짜 악질 반동이라니? 반란 사건 때가 떠오른다. 지주 집안이라고 무조건 반동이라고 몰아붙인다.

"우리 집 양반이 피난을 갔는데, 어디로 갔는지 잘 모르것그만이라."

"진짜 모른단 말이야? 당신 거짓말하면 바로 총살이다. 알겠나?"

인민군이 겁에 질린 절골댁을 향해 험악한 인상을 쓴다.

"이 자를 데리고 가!"

"예!"

군인들이 절골댁을 연행한다. 경자는 아이들을 감싸 안으며 아이들 쪽으로 고개를 돌린다. 좌익들이 집 안에 남자들이 있는지 다시 둘러본다.

"당신은 알고 있지?"

좌익이 다가와 김 서방에게 묻는다. 고개를 숙이고 벌벌 떨고 있는 김 서방에게 총을 들이민다.

"지는 잘 모릅니다."

김 서방은 무서워 벌벌 떨면서 모른다고 대답한다.

"진짜로 모른다고? 거짓말하면 바로 총살이야! 알겠나?"

인민군이 총을 들이대며 재차 김 서방에게 다그친다. 김 서방은 총구를 들이밀자 무서워서 더 벌벌 떤다.

"진짜로 지는 모른당께라!"

"당신도 따라와!"

인민군이 휙 돌아선다.

"우리 집 양반은 진짜로 대감마님이 어디로 갔는지 잘 모른당께라."

난동댁이 겁먹은 얼굴로 인민군 앞에 나선다. 난동댁이 김 서방이 잡혀가는 찰나에 잘 모른다고 하소연을 하지만 소용이 없다.

"저리 비켜!"

인민군이 난동댁을 밀친다. 난동댁이 마당에 쓰러진다. 김 서방을 끌고 간다.

"진짜로 우리 집 양반은 잘 모른당께라."

난동댁이 일어서면서 애원을 한다.

심탁이 붉은 완장을 찼다. 이대길을 잡으러 새뜸 골목을 인민군들이 올라갈 때 심탁은 일부러 가지 않았다. 뒷짐을 지고 바라만 보고 있었다. 집안 사정에 대해서는 미리 상세하게 알려 주었다. 오랫동안 보살펴 준 집안사람들과 마주치고 싶지 않다. 점말에게 붉은 완장을 찬 모습을 보여 주고 싶지 않다. 심탁은 이대길이 있는 곳을 알고 있지만, 이대길을 당장 잡아 오고 싶은 마음이 아직은 선뜻 내키지 않는다. 인민군들이 공언했던 대로 지주들의 재산을 몽땅 몰수하는 일이 진행되고 있다. 심탁이 붉은 완장을 찬 후로는 앞장서서 다른 마을의 우익 인사들을 잡아 오는 데 공을 세우고 있다. 심탁이 인민군들과 함께 의논을 한다. 도망을 친 지주들과 우익들을 계속 잡아들이기 위해서다. 광의면에서 대지주인 이대길이 아직 안 잡히고 있다. 어디로 도망을 갔는지. 빨리 잡아들여야 한다고 다그친다. 김 서방이 잡혀 왔지만, 김 서방은 이대길이 어디로 피해 있는지 상세하게 모르는 일이다. 인석이 처가댁 화개골이라는 소리만 들었지 화개골이 어디인지도 잘 모른다. 그렇다고 인민군들에게 알려 줘서는 안 되는 일이다. 무조건 모른다고 시치미를 뗀다. 지서에서 김 서방을 취조한 후에 돌려보낸다. 절골댁도 집으로 돌려보낸다. 좌익들이 이대길의 행방을 알 수 있는 방법을 찾기 위해 다시 모였다. 도망간 곳이 어디인지 짐작을 해 보라고 다그친다. 심탁은 계속 고민을 한다. 이대길이 숨어 있는 곳을 내가 알고 있다고 나서면 그만이다. 심탁은 선뜻 나설 용기가 아직은 나지 않는다. 이대길에 대한 미련이 마음속에 계속 남아 있다.

인민군들이 교회에 들이닥친다. 인민군들은 넓은 교회 마당과 교회 건물을 돌아본다. 교회 안은 강당처럼 되어 있어서 아픈 부상병들을 눕혀 놓기에 좋은 곳이다. 인민군들이 교회 곳곳을 돌아보고 난 후에 돌아간다. 교회를 야전병원으로 쓰겠다는 통보를 해 왔다. 부상당한 인민군들을 치료하는 곳으로 지정을 한 셈이다. 교회로 인민군들이 총을 들고 우르르 몰려든다. 한 목사가 교회 마당으로 나온다. 한 목사가 야전병원으로 쓰라는 허락도 하지 않았는데, 인민군들이 들이닥친 것이다. 한 목사는 절대로 교회를 야전병원으로 허락하지 않으려 한다. 아무리 종교를 아편이라 여기고 기독교를 인정하지 않은 공산당이라 하지만, 일방적으로 교회를 야전병원으로 쓰겠다는 것은 목숨을 걸고서라도 반대를 해야 할 일이다. 종교를 탄압하는 세력에는 절대 굴하지 않겠다는 것이다. 일제에 의해서 우상 숭배나 마찬가지인 신사 참배를 강요했을 때도 목숨을 버릴 각오로 반대를 했었다. 일제가 목사들에게 불경죄를 뒤집어씌워 감옥에까지 갇혔다. 고문으로 죽어 나가는 신세가 되었어도 끝까지 굴복하지 않았었다. 교회 예배 장소를 무작정 야전병원으로 쓰겠다고 몰려드니 기가 막힐 노릇이다. 인민군 지휘관이 한 목사 앞으로 나선다.

"이봐, 목사 동무! 우리 인민군 부대가 오늘부터 당장 예배당을 야전병원으로 써야 쓰겠소. 알갔소!"

강한 북한 사투리를 쓰면서 한 목사에게 강압적으로 교회를 사용하겠다고 말한다. 한 목사는 눈을 감고 대답을 하지 않는다. 마음속으로 이 순간을 참아 내려고 애쓴다. '주여! 어떻게 하오리까?' 눈을 감고 순간적으로 기도를 한다. '주여!' 하면서 숨을 고른다. 한 목사가 눈을 감고 대답을 하지 않자, 인민군이 인상을 쓰면서 한 목사를 노려본다.

"대답을 안 하면, 예배당을 우리 부대가 쓰는 걸로 알갔소."

교회를 인민군 부대로 쓰겠다고 하니까, 한 목사가 눈을 부릅뜨고 나선다.

"이놈들! 하나님이 두렵지도 않느냐?"

천지가 진동하듯이 한 목사가 소리를 지른다. 한 목사의 반항에 인민군들이 한 목사를 향해 총구를 들이민다. 인민군은 예상했던 일이지만, 인상을 더 험악하게 쓰면서 한 목사를 바라본다. 이 기회에 교회 문을 닫게 하고, 한 목사를 연행할 생각이다.

"반동 새끼!"

인민군은 한 목사를 째려본다. 한 목사를 무시해 버린다.

"뭐 하는 거야. 당장 예배당 문을 열라우!"

인민군 지휘관은 한 목사가 반대를 하든 말든 간에 당장 교회 문을 열라고 부하들에게 지시를 한다.

"예!"

부하들이 지휘관의 명령에 따라 우르르 교회 문으로 향한다. 한 목사가 부하들 앞을 막아선다.

"안 된다! 이놈들!"

한 목사가 더 큰 소리를 지르며 앞을 가로막는다. 부하들이 한 목사가 나서자 멈칫한다.

"뭐 하는 거야! 당장 저 목사를 연행해!"

지휘관이 험악한 인상을 쓰면서 한 목사를 연행하라고 명령한다. 부하들이 한 목사에게 우르르 달려든다. 꼼짝 못 하게 팔을 비틀고, 한 목사를 연행해 간다.

"이놈들! 하나님이 두렵지도 않느냐!"

한 목사가 연행되어 가면서 소리를 지르지만 소용이 없다. 인민군들이 교회 안으로 들이닥친다. 교회는 야전병원이 되어 버린다. 인민군 부상병들이 들것에 실려 온다. 교회 마당을 들락거리며 분주해진다. 교회는 군인들로 북새통이 되어 버린다.

"인민 여러분! 인민군들은 낙동강 전선까지 점령했습니다. 이제 대구와 부산만 정복하면 됩니다. 곧 통일이 됩니다."

"와!"

"인민공화국 만세!"

광장에서는 인민군들이 승승장구하고 있다고 외친다. 광장에 모인 사람들은 기분이 들떠 있다. 인민군들은 민족을 통일시킬 일이 이제 얼마 남지 않았다고 선전한다. 심탁은 인민군들이 이제 남한을 해방시키는 일은 시간문제라고 여긴다. 낙동강 전선만 돌파하면 공산당에 의하여 남북통일이 곧 이루어지리라 믿는다. 국군들이 이렇게 무기력하게 무너질 줄은 몰랐다. 인민군들이 이렇게 승승장구하고 있다면 인민군들이 말하는 토지를 무상으로 공평하게 분배해 주는 토지 개혁은 곧 시행되리라 믿는다. 인민군들은 면사무소와 지서를 모두 점령하여 인민군들의 지휘하에 놓여 있다. 좌익들이 설쳐 대며 행정까지 관여하고 있다. 남한 정부는 이제 이렇게 망해 버릴 것인가? 인민군들과 좌익들이 점점 더 판을 치고 있다. 심탁에게도 붉은 완장까지 채워 주었다. 인민들의 평등한 세상을 만들기 위해 분주하다. 과거에 떵떵거리고 살아왔던 지주들은 반동으로 여겨야만 새로운 세상을 만들 수 있다고 강조한다. 지주들에게는 인정사정이 없다. 그래야만 토지 개혁을 할 수 있기 때문이다. 심탁은 이대길은 이제 죽은 목숨이나 다름없다고 여긴다. 인민군들이 토지 개혁에 대한 구체적인 설명을 하는 자리에 심탁도 앉아 있다. 심탁이 고개를 끄덕이며 움직인다. 중대한 결심을 한다.

이대길을 잡으러 심탁이 출동을 한다. 심탁이 다녀왔던 화개골로 다시 들어선다. 인적이 드문 첩첩산중을 오른다. 계속 오르다 보니 집 한 채가 보인다. 총을 든 군인과 좌익들이 죽창을 들고 화개골 장만수 집을 포위한다.

탕! 탕! 탕!

인정사정없이 총을 쏜다. 총소리에 놀란 장만수 가족과 이대길이 손을 들고나온다. 이대길은 손이 묶인다. 이대길은 공산당을 알기에

체념한 듯 반항하지 않는다. 갑자기 들이닥친 심탁 일행에게 연행되어 간다. 심탁은 이대길과 대면하지 않으려고 모자를 푹 눌러쓴 채 지켜만 보고 있다. 심탁은 멀찌감치에서 따라간다. 이대길은 잡혀가면서 인석을 의심한다. 인석에게 무슨 일이 있는지 궁금하다. 인민군에게 잡혀가 고문을 당하지는 않았는지, 고문에 못 이겨 처가에 이대길이 숨어 있다는 것을 발설하지 않았는지. 그렇다면 나를 잡으러 인석이를 대동했을 텐데 인석이 보이지 않는다. 지리산 화개골에 숨어 있는 곳을 알려 준 자가 누구지? 피난을 왔을 때 짐을 무겁게 지고 동행했던 심탁이 이대길을 배신했으리라고는 전혀 생각하지 않는다.

인민재판장에 이대길이 끌려 나온다. 이대길이 손이 뒤로 묶인 채 고개를 숙이고 있다. 한 목사도 잡혀 와 손이 묶인 채 고개를 푹 숙이고 있다.

"여러분! 이 악질 반동분자들을 어떻게 할까요?"

"죽여라! 죽여라! 죽여라…."

광장에 모인 군중들의 함성은 하늘을 찌른다. 배냇소를 받았던 소작인들도 군중들 틈에 끼어 함성을 지른다. 세상이 순식간에 변해 버렸다. 소작인들과 머슴들도 과거에 지주들에게 굽신거렸던 기억은 사라져 버렸다. 이 순간은 지주들의 땅을 몰수하여 분배해 준다는 공산당의 목소리만 들릴 뿐이다.

"아이고, 그라면 못 쓴당깨."

'죽여라!'라는 함성 속에서도 마을 여자가 옆에 있는 여자 귀에다 대고 말을 한다.

"뭐가 아니여. 시방은 진짜로 세상이 바뀌었당깨."

"아니, 그랑깨로. 우리 집은 저 이 대감 집에 소작도 부쳐 먹고, 요번에는 배냇소까정 공짜로 받았당깨로."

"아따, 누구 집은 좋겠네. 우리 집은 소작도 못 얻었고, 배냇소는 구경도 못 했당깨로. 인민군들이 이참에 우리 겉은 사람들에게도 꽁짜로 전답을 공평하게 나누어 준다잖아."

"아따, 그 말을 진짜로 믿어? 쩌번에 반란 사건 때도 난리를 치면서 그런다고 좋아했다가, 그만 없던 일로 돼 부렀잖어. 겪어 봤습시롱. 앙 그래?"

"아니여. 그때는 반란군들이 들어왔다가 금방 산으로 올라가 버려서 못 했지만 시방은 인민군들이 장악해 부렀잖어. 서울에서부텀 요기까지 밀고 들어와 뿐 걸 봉깨로, 이젠 공산당 세상이 된 거랑깨. 국군이나 경찰은 깨미 새끼도 안 보잉그만. 요번에는 진짜로 토지 분배를 할랑가 보구만."

"그럴랑가?"

여자는 고개를 갸우뚱거린다. 땅은 농사짓는 사람들에게 공평하게 나누어 준다 쳐도, 이 대감 집에서 받은 배냇소는 어떻게 될지 궁금하기만 하다. 요번에 이 대감이 어떻게 돼 버리면 딱 시치미를 떼고 있다가 소 한 마리 생기는 거 아닌지? 한편으로는 공산당이 들어온 것이 하늘에 내린 기회라는 생각을 가지기도 한다. 그렇지만 사람이 양심이 있어야지. 여태까지 이 대감 집에 소작을 부쳐 먹고 살아왔던 걸 생각하면, 양심상 이래서는 안 되는 일이다. 남의 신세를 지고 살았으면 꼭 갚아야 하는 게 인지상정인 것이다. 마을 여자는 인민재판이 열리는 광장에서 갈피를 잡지 못하고 고개를 흔든다.

"아니여. 아니랑깨."

혼자 중얼거린다. 배냇소까지 준 이 대감이 죽기를 바랄 수는 없는 일이다.

"죽여라! 죽여라! 죽여라…"

광장에 모인 사람들을 따라 목이 터져라 계속 외친다. 이대길과 붙잡혀 온 사람들은 고개를 푹 숙인 채 서 있다. 이대길은 고개를 푹 숙이고 있으면서 '죽여라!'는 함성이 다르게 다가옴을 느낀다. 이 번에는 반란 사건 때와는 다른 분위기다. 유치장에서 들은 얘기로 는 그럼 공산당들이 이제는 낙동강까지 점령했단 말인가? 그렇다 면, 남한 전체를 장악했다는 소리 아닌가? 그렇게 되어 부렀다면, 지주들은 그야말로 설 곳이 없어진 거나 다름없는 게 아닌가? 화개 골로 피난을 간 사람까지 잡아들이는 걸 보면 이제 죽은 목숨이나 다름없는 일 아닌가? 반란 사건 때는 다행히도 강진태가 좌익의 우 두머리여서 강진태가 살려 준 셈이다. 그러는 바람에 목숨은 건지지 않았는가? 지금은 부탁할 사람도 없다. 이대길은 몸이 축 늘어져 버 린다.

"영감, 요기, 요기에다 지장을 찍으시오."

인민군들이 총을 겨누고 있고, 좌익이 이대길에게 문서에 지장을 찍으라고 다그친다. 이대길은 차마 지장을 찍을 기분이 아니다. 광 장에서 인민재판을 당했던 순간을 떠올린다. 인민군들이 장악을 했 다고 하지만, 이 순간을 모면해야 한다. 아무리 전쟁이 났다고 하지 만 전답을 몽땅 줄 수는 없는 일이다. 지장을 찍고 나면 이제는 조 상 대대로 벽장 속에 고이 간직해 온 땅문서를 몽땅 달라고 할 것

아닌가? 이럴 수는 없는 일이다. 죽는 한이 있더라도 버텨 보아야 할 일이다. 불과 몇 달 전에 실시한 농지 개혁으로 전답이 많이 줄어들었다. 이번에는 전답은 물론이고 산판까지 아무런 대가도 없이 몽땅 빼앗긴다고 생각하니 어이가 없다.

"빨랑 찍으란 말이야. 내 말 못 알아듣겠어?"

인민군은 짜증을 내며 이대길을 다그친다. 이대길은 지장을 찍지 않고 버틴다. 인민군은 이대길을 째려보며 인상을 쓴다.

"영감 동무 안 되겠구먼! 당장 감옥에 처넣어 버려!"

"예!"

인민군은 강하게 부하에게 명령한다. 인민군들이 달려들어 이대길을 연행한다. 이대길을 당장에 총살시킬 수도 있지만, 땅문서를 받아 내기 위해 유치장에 가둔다.

유치장에서 이대길에게 총을 들이댄다. 이대길이 끌려 나온다. 서류에 지장을 찍는다. 이대길은 며칠간 유치장 안에 있으면서 축 처져 버렸다. 이제 버틸 힘이 없다. 축 늘어진 이대길을 유치장에서 석방한다. 터벅터벅 집으로 향한다. 집으로 돌아온 이대길은 홧병으로 누워 버렸다. 절골댁이 누워 있는 이대길 옆에 앉아서 머리에 물수건을 올려놓는다. 경자가 약탕에 부채질을 하며 약을 달인다. 사발에 약을 짜서 안방으로 들고 들어갔다가 나온다. 아이들이 뛰어다닌다. 경자가 아이들을 붙잡고 조용히 하라고 다그친다.

며칠 동안 누워 있던 이대길이 벌떡 일어난다. 이대로 계속 누워 있을 수는 없는 일이다. 조상 대대로 전해져 왔던 재산을 모두 뺏기게 생겼다. 무슨 수가 없을까? 이대길은 초조하기만 하다. 담배를 빡빡 빨아 댄다.

"날강도 같은 놈들 같으니라고…."

공산당 놈들이 무턱대고 재산을 몽땅 빼앗겠다니, 욕이 저절로 나온다. 국가에서 체계적으로 토지 개혁을 한다면 말이 되지만, 아무 설명이나 대책도 없이 우선 땅부터 빼앗고 있다. 무턱대고 지장을 찍으라니, 살기 위해서 일단은 찍었지만 땅문서는 절대로 내어놓지 않을 것이다. 조상 대대로 물려받은 재산을 하루아침에 내어놓을 수는 없는 일이다. 아직은 대한민국 정부가 부산으로 피난을 갔지만, 죽을 때 죽더라도 버티어 보자는 심산이다. 심탁이 집을 나가서 돌아오지 않고, 좌익에 가담했다는 소식을 듣게 된다. 그럼, 심탁이 화개골을 알려 줬단 말인가? 이 대길이 화개골에 숨어 있다는 것을 알려 준 것도 심탁이라고 생각하니 괘씸한 생각이 든다. 김 서방이 이대길의 부름에 방 안으로 들어온다.

"김 서방! 심탁이 그놈은 어떻게 된 건가?"

화개골에 인민군들이 총을 들고 들이닥쳤을 때는 무서워서 정신이 없었다. 구례까지 오면서 누가 화개골까지 인민군들을 데리고 왔을지를 생각하면서도 심탁은 전혀 의심하지도 않았다. 애꿎은 인석이만 의심을 했었다. 인제 보니 심탁이 화개골을 알려 준 게 분명하다. 이대길은 아무리 생각해도 심탁이 그럴 수 없다고 생각한다. 그럴 사람이 아니라고 믿는다. 그렇다고 주인어른을 고발한단 말인가? 이대길은 심탁의 마음이 어떤지 궁금하기만 하다.

"지도 잘 모르겠습니다. 전쟁이 나서 저렇게 인민군들이 설쳐 대는데, 마음이 혼란스러워졌나 봅니다. 본래 심성이 착한 놈인데…. 붉은 완장까지 차고 다니는 걸 봉께로, 이번 기회에 단단히 한몫 챙기려나 봅니다."

김 서방도 심탁의 마음을 잘 몰라 답답하기만 하다. 토지 개혁이란 말을 이대길 앞에서 차마 꺼내기가 어렵다. 심탁이 토지 개혁에 현혹되었으리라 짐작은 하고 있었다. 전답도 없는 사람이나, 머슴들이 가장 동요를 하고 있다는 소문은 들었다. 토지 개혁으로 땅 한 뙈기 없던 사람들에게는 귀가 솔깃한 일이다. 집안일이라면 가장 먼저 앞장서서 열심히 일밖에 모르던 심탁이다. 주인어른 말이라면 죽는시늉이라도 했던 심탁이다. 그런 심탁이 완전히 변해서 인민군들 앞잡이가 되어 버린 일이 안타깝기만 하다.

인민군들이 총을 들고 마당으로 우르르 몰려온다. 이대길이 밖으로 나온다.

"영감님! 땅문서를 내어놓으시오!"

인민군이 이대길에게 비아냥거리며 이대길 앞에서 거들먹거린다.

"세상에 이런 법은 없는 겁니다."

이대길도 질세라 인민군을 향해 완강하게 말한다. 이대길의 완강한 저항에 인민군은 인상을 쓰며 이대길을 다시 쏘아본다. 땅문서는 쉽게 내어놓지 않을 것 같은 눈치를 챈다. 억지로 땅문서를 뺏지 않아도 다른 방법으로도 얼마든지 이대길을 괴롭힐 수 있다고 여긴다.

"영감님! 이 집 창고에 쌀이 산더미처럼 쌓여 있다는 소문을 듣고 왔습니다. 우리 인민들은 배고파서 죽을 지경입니다. 창고에 있는 쌀을 몽땅 내놓으시오!"

이대길은 작정하고 인민군들이 들이닥쳤음을 감지한다. 저들은 총을 들고 있지 않은가? 더욱 완강하게 나갔다가는 곧 총알이 날아올 것으로 예상한다. 반란 사건 때 겪었던 일을 생각만 해도 끔찍하다. 김 서방이 창고 문을 열면서 머뭇거린다고 인정사정없이 총질을 했던 놈들이다.

"당장, 창고 문을 활짝 여시오!"

명령조로 이대길에게 지시한다. 이대길은 화가 머리끝까지 올라오지만, 김 서방에게 눈짓을 하며 고개를 끄덕인다. 김 서방은 벌벌 떨면서 열쇠를 가지고 창고 앞으로 다가간다. 더듬거리며 창고 문을 연다. 인민군은 저벅저벅 창고로 걸어간다. 창고 안을 둘러본다.

"창고에 있는 쌀을 몽땅 꺼내라. 알겠나?"

"예!"

인민군의 명령에 부하들이 우렁찬 대답을 하며 창고 안으로 우르르 몰려간다. 창고 안에 쌓여 있던 쌀을 어깨에 메고 나온다. 뒤따라온 좌익들도 쌀을 어깨에 메고 집을 나선다. 이대길과 집안 식구들은 인민군 부대가 쌀을 가져가는 것을 바라만 본다.

이대길은 잠을 이루지 못하고 있다. 담배만 계속 피워 댄다. 전쟁통에 살아남으려면 인민군들과 적대시해서는 안 될 일이라고 여기지만, 참으로 답답할 노릇이다. 쌀을 몽땅 빼앗겨 버려 화가 나지만, 쌀은 잊어버려야 한다. 땅문서만 빼앗기지 않으면 되는 일이다. 아직 가족들에게 큰 문제가 없는 것만으로도 다행인 것이다. 문득 피난을 간 인철과 인영은 어디 있는지 궁금하기도 하다. 부산까지 간다고 했는데, 부산까지는 잘 갔는지. 제발 이 전쟁통에 무사하기만을 간절히 바랄 뿐이다.

총은 든 북한군과 좌익들과 심탁도 함께 집 안으로 우르르 몰려들어온다. 김 서방이 마당에 서 있다가 깜짝 놀란다.

"이대길 어디 있나?"

김 서방에게 주인어른이 어디 있는지 묻는다. 심탁은 천천히 좌익들을 따라서 집 안으로 들어온다. 이대길을 잘 설득하여 땅문서를 받아 낼 심산이다. 머슴이었을지라도 이제는 공산당이 되어 지주를 호령하는 세상이 되어 버렸다. 지주는 인민의 철천지원수가 되어 버린 세상이다. 심탁은 전면에 나서지 않고, 뒷짐을 지고 바라만 보고 있다. 심탁을 발견한 김 서방이 심탁의 얼굴을 바라보자, 심탁은 김 서방을 피해 먼 산을 바라본다.

"이대길 당장 나오라고 해라!"

김 서방은 좌익들이 총을 들이대는 바람에 주눅이 들어 버린다. 고개를 끄덕이며 안채를 향하여 급하게 걸어간다. 이대길은 마당에서 소란해지자 방문을 열고 나온다. 집 안에 총을 든 사람들을 발견한다. 마당으로 내려선다. 대문 입구에서 먼 산을 바라보고 있는 심탁을 발견한다. 심탁도 이대길이 마당에 내려서자 이대길 앞으로 천천히 걸어간다. 이대길에게 고개를 숙여 인사를 한다. 이대길은 고개를 들고 심탁을 계속 바라만 본다. 옆에 있던 좌익들은 인상을 찡그리며 쳐다본다.

"대감마님, 잘 계셨능기라?"

심탁은 이대길에게 최대한 예의를 갖추려고 한다. 이대길은 심탁이 집을 나가서 좌익에 가담하여 공산당으로부터 붉은 완장까지 받았다는 소문을 들었었다. 제 발로 이대길 앞에 나타나기만을 기다려 왔는데, 오늘 이대길 앞에 나타났다. 심탁이 어떻게 나올지 바라보고 있다. 이대길은 내심 못마땅하여 심탁의 얼굴을 뚫어져라 바라본다.

"대감마님도 아시다시피, 전쟁으로 인해 세상이 바뀌어 버렸습니다. 공산당에서 실시하고 있는 토지 개혁에 협조를 하셔야 합니다. 땅문서를 얼릉 내어놓으셔야 합니다."

심탁은 그래도 명색이 주인으로 모시고 살아왔던 과거사가 있는데, 매몰차게 당장 '영감 동무'하며 이대길을 무시하고 싶지는 않다. 최대한 예의를 갖추어 토지 개혁을 완수하려는 것이다. 땅문서만 내어놓으면 이대길을 보호해 주고 싶은 심정이다.

이대길은 심탁을 통해서 이런 수모를 당하리라는 생각은 해 보지 않았다. 막상 심탁이 눈앞에 나타나니, 화가 머리끝까지 솟구친다.

"이놈!"

이대길은 순간적으로 심탁에게 고함을 지른다. 주인어른도 몰라보고 공산당 일에만 집중하는 심탁이 괘씸한 것이다. 머슴으로 집안일을 잘 해 왔기 때문에 장가까지 보내 주려고 했는데, 공산당으로 변해 버렸다. 붉은 완장까지 차고 와서는 토지 개혁에 협조하라니? 기가 찰 일이다. 심탁을 향한 측은한 마음이 분노로 바뀌어 버렸다. 아무리 공산당 앞잡이 노릇을 한다고 하지만, 주인어른도 몰라보는 심탁이 야속하기만 하다. 지금 이 순간은 총칼이 무서운 걸 잊는다. 심탁은 붉은 완장을 찬 관계로 책임지고 이대길에게 토지 개혁 상황을 설명하고, 대감마님에게 최대한 해가 없게 하려는 것이다. 전쟁 전을 생각하면, 대감마님에게 머슴이 함부로 할 짓은 아니라는 것도 잘 안다. 그렇지만 전쟁으로 인하여 공산당 세계가 되어 버린 마당이다. 이대길은 심탁의 마음도 몰라주고, 화부터 내는 이대길을 이해하려고 한다. 심탁이 한 발 물러선다.

"대감마님! 진정하십시오."

심탁은 이대길이 화를 내는 모습을 보자 안절부절못한다. 심탁은 대감마님에게 어떻게 해서라도 설득해 보려고 한다.

"이놈!"

이대길은 심탁의 마음은 어떤지 알 바가 아니다. 이 순간 심탁이 괘씸할 뿐이다. 붉은 완장을 찬 인민군이 총을 들이대며 이대길 앞으로 나선다. 토지 개혁 작업이 얼마나 중요한 일인데, 반동 지주가 심탁에게 소리를 지르는 모습에 몹시 화가 난 얼굴이다.

"영감 동무! 지금 어떤 세상인지 알기나 하는 기야?"

인민군이 총을 들이댄다. 심탁이 머슴으로 살면서 주인어른으로 모셨던 관계로, 심탁이 나서면 잘 해결되리라 기대를 했던 것이다. 그러나 이대길이 화를 내면서 소리를 지르는 걸 보니 좋은 말로 설득이 안 될 거라는 판단이 선 것이다. 인민군은 인상을 쓰며 이대길에게 담판을 지을 기세다.

"땅문서를 당장 내놓으시오!"

인민군은 당장 땅문서를 내어놓으라고 험악한 얼굴을 한다. 이대길은 심탁의 얼굴을 째려보면서 인상을 풀지 않는다. 화가 가라앉지 않는다. 인민군이 총을 들이대도 계속 인상을 풀지 못한다.

"영감 동무! 내 말이 안 들려?"

인민군은 버럭 소리를 지른다. 이대길을 향해 계속 인상을 쓴다. 긴장감이 고조된다. 붉은 완장을 찬 좌익은 이대길을 못마땅한 눈초리로 계속 노려본다. 이대길의 말 하나에 목숨이 달려 있는 일이다. 이대길이 순순히 응하면 그냥 넘어갈 일이다. 재산을 몽땅 내어

놓으면 과거에 지주 노릇을 했다 해도, 목숨은 살려 줄 계획이다. 더군다나 심탁이 머슴이었을 때에는 주인어른 아닌가? 심탁도 이대길을 해칠 생각은 전혀 없다. 이대길이 좌익들의 요구에 순순히 응해 주기만을 바랄 뿐이다. 심탁이 혼자서 이대길을 보호하기 위해 결정할 문제는 아니다. 하루속히 토지 개혁을 하여 농지를 인민들에게 몽땅 나누어 줘야 한다. 그야말로 인민들의 세상이 오게 하려는 것이다. 이대길은 총을 들고 설치는 좌익들에게 굴복할 의사가 전혀 없다. 죽으면 죽었지 재산을 공산당들에게 몽땅 빼앗길 수는 없는 일이다. 일제 경찰 앞에서도 온갖 수모를 당하면서도 재산을 지켜 왔었다. 아무리 전쟁이 나서 세상이 바뀌었다고 하지만, 이럴 수는 없는 일이다. 이대길의 눈빛이 점점 강렬해진다. 총을 무서워하지 않는 눈빛이다.

"이놈들! 땅문서는 절대로 안 된다."

이대길의 강한 말투에 인민군의 인상이 험악해진다. 더 이상 기다릴 수 없다는 눈빛이다. 심탁도 눈빛이 변한다.

"이 영감탱이, 안 되겠구먼!"

인민군이 이대길을 쏘아보며 총을 가까이 들이댄다. 심탁이 이대길 앞을 가로막고 나선다. 심탁은 어쨌든 불상사는 막아 보려는 것이다.

"저리 비켜!"

인민군이 심탁에게 비키라고 소리친다. 인민군은 당장에 강제로라도 땅문서를 빼앗을 작정이다. 지주들의 저항이 만만찮을 거라 예상은 했지만, 이렇게 완강하게 저항하다 보니 강제로라도 땅을 빼앗아야만 한다. 지주들의 토지를 몰수하여 인민들에게 토지를 공평하게 나누어 주는 토지 분배 사업은 늦출 일이 아니다. 이왕 이 집에 들어선 이상 땅문서를 빼앗아서, 이 집의 땅을 빨리 파악해야 한다. 심탁의 저지에 인민군은 한 발 물러선다.

"영감 동무! 협조할 거요, 안 할 거요?"

인민군은 더욱 짜증을 내며 소리를 지른다.

"이놈들! 내 눈에 흙이 들어가기 전에는 절대로 안 된다."

이대길은 핏대를 세우며 인민군에게 악을 써 가며 반항을 한다. 목소리가 더 거세졌다. 조상 대대로 수백 년간 물려받은 땅인데, 하루아침에 공산당들에게 빼앗길 수는 없는 일이다. 목숨을 버려서라도 땅은 지켜 내야 할 일이다. 총칼이 무서워서 당장 내어주면 안 될 일이다. 어차피 땅문서를 빼앗길 바에는 최대한 반항을 해 보려는 것이다. 죽을 때 죽더라도, 공산당 놈들이 설마 당장 총으로 쏴 죽이지는 않을 거라는 기대다. 인민군은 심탁을 힐끗 바라본다. 심탁에게 허락을 구하는 눈치다. 심탁은 완강하게 나오는 이대길이 꽤 씸해진다. 웬만하면 잘 설득하여 목숨은 살려 주고 싶었다. 화가 솟구친다. 이제 설득하기는 틀렸다. 지주는 인민의 적이다. 심탁은 인민군을 향해 고개를 끄덕인다.

"반동 새끼!"

인민군의 인상이 찌그러진다. 즉시 방아쇠를 당긴다.

탕.

"욱!"

이대길이 피를 흘리며 쓰러진다.

"대감마님!"

"영감!"

"아버님!"

집 안에 있던 사람들이 한꺼번에 이대길 앞으로 달려든다. 이대길은 정통으로 가슴에 총을 맞았다. 피를 흘리며 일어나지 못한다.

"엉엉엉…. 흑흑흑…."

"이놈들! 세상에 이런 법이 어디 있단 말이냐?"

절골댁은 인민군을 향해 소리를 지르며 이대길을 향해 몸을 흔든다.

"아이고, 아이고…."

이대길을 붙들고 울음을 쏟아 낸다. 이대길은 숨을 거둔다.

"영감!"

절골댁이 이대길의 죽음에 처절하게 몸부림을 친다. 경자와 집안 식구들이 모두 이대길 앞으로 모여든다.

"흑흑흑…."

인민군은 이대길이 피를 흘리고 쓰러지자 우르르 몰려 나가 버린다. 심탁도 서둘러 인민군들과 함께 나가 버린다.

초상집이 사람들로 북적거린다. 여자들은 음식을 만들고 상복을 만드느라 바쁘게 움직인다. 화개댁이 재봉틀 앞에 앉아서 열심히 재봉질을 한다. 삼베를 잘라 상복을 만들어 내는 것이다. 미라도 아이를 업고 부엌을 들락거린다. 문중 사람들이 서서히 집 안으로 들어선다. 문중 남자들도 대부분 피난을 가고 없다. 문상객이 많지 않다. 소작을 하던 사람들도 눈치를 봐 가며 상갓집을 기웃거린다. 전쟁만 아니면 소작하는 사람들이 팔을 걷어붙이고 상갓집에서 궂은일을 도맡아 하고도 남을 때다. 하루아침에 세상이 바뀌었다. 상갓집에 발을 들이는 걸, 눈치를 봐 가며 기웃거린다. 밤새 북적거려야 할 상갓집이 한산해져 버린다. 밤새 상여를 멜 제군들에게 음식도 대접해야 한다. 상갓집에서 밤을 새워 주는 풍습도 사라져 버린다. 문중 사람들만이 초상집을 들락거린다. 인석이 혼자서 문상객들을 받는다. 이대길의 친자식들은 아무도 없다. 문상객들이 도착하자 상복을 입은 인석이 곡을 한다.

"아이고, 아이고, 아이고⋯."

문상객이 제상에 향을 피우고 절을 하는 동안에 곡을 계속한다. 문상객이 상주들을 향하여 맞절을 한다. 꽃상여가 나간다. 붉은 명정이 휘날린다. 수십 개의 만장이 상여와 함께 펄럭인다. 이 마을의 부잣집 상여가 나가자 마을 사람들이 구름처럼 몰려든다.

땡그랑, 땡그랑, 땡그랑.

"명전 공포 앞세우고 북망산천 돌아들제."

"어~노 어~노, 어이가리~ 어~농."

"공수래공수거가 인생이라 하더니만, 이 길을 두고 공수래로다."

"어~노 어~노, 어이가리~ 어~농."

꽃상여 행렬은 발걸음이 묵직하다.

공산당에게 총살을 당한 일이다. 억울해서 차마 걸음을 떼지 못한다. 마을 사람들도 이 소식을 듣고 많이 놀랐다. 문중들은 더더욱 종갓집 종손의 죽음에 안타까울 따름이다. 삼베 두건을 머리에 쓴 문중들이 상여 뒤를 따른다.

"아이고, 아이고, 아이고⋯."

"우리 영감, 억울해서 어쩔 것이냐? 아이고, 아이고…."

절골댁이 처절하게 울면서 하소연을 한다. 제명에 죽지 않고 공산당들에게 총을 맞아 죽은 일이 원통한 일이다.

"자석들도 아무도 없는 초상이 웬 말이란 말이냐? 아이고, 아이고, 아이고…."

친자식이 아무도 없이 초상을 치르는 일은 한이 맺힌 일이다. 인석이 상주가 되고, 절골댁과 경자와 화개댁, 송정댁, 천변댁, 미라까지 며느리들이 모두 상복을 입고 상여를 따른다. 소작을 하고 있는 마을 사람들도 상여를 따르며 눈물을 훔친다.

"어~노 어~노, 어이가리~ 어~농."

상엿소리는 점점 멀어져 간다.

상을 치른 절골댁이 멍하니 앉아 있다. 인민군들에게 땅문서도 몽땅 빼앗기고, 남편까지 총에 맞아 죽어 버렸다. 억울해도 어디 하소연할 곳도 없다. 죽은 사람은 그렇다 치더라도, 인철이와 인영이는 어디서 어떻게 지내고 있는지 궁금할 따름이다. 이대길을 통해서 화개골 장만수 집에 숨어 지내다가 심탁 일행에게 연행되어 왔을 때도, 이대길 혼자여서 인철과 인영의 안부가 궁금했다. 이대길을 통해서 들은 얘기지만 다행히 부산으로 피난을 떠났다고 하니까, 부산에서 잘 지내고 있는지 궁금하기만 하다. 제발 아들들만이라도 무사하기만을 간절히 빌 뿐이다. 절골댁은 넋이 나간 사람처럼 식음도 전폐하고 있다. 앞으로 어찌해야 좋을지 걱정이다. 경자는 절골댁의 눈치만 살핀다. 아이들이 철없이 마당을 뛰어다닌다. 큰소리가 나지 않도록 아이들을 돌보느라 정신이 없다.

송진혁이 인민군 장교 복장을 하고 산동 지역에 나타난다. 즉시 부하를 시켜 정욱의 집안이 어떻게 되었는지 조사를 지시한다. 부하들이 일사불란하게 움직인다. 정규 집 오두막을 어슬렁거리다가 떠난다. 정규가 보이지 않는다. 기존에 있던 집은 빨갱이 집이라고 불을 질러 없어져 버렸고, 그 자리에 오두막 초가삼간을 지어 놨다고 보고한다. 김정욱의 아버지는 고문에 시달려 죽었다. 김정규가 결혼을 하였고, 살아 있다는 소식이다. 정규는 반란 사건 때 산에서 내려가 자수하였다. 자수를 하여 산을 돌아다니며 선무공작을 하여 산속에 있는 빨치산들을 회유하였다는 정보를 파악한다. 송진혁이 그 보고를 듣고 보니, 정규는 악질 반동 역할을 한 셈이다. 송진혁은 보고를 듣자마자 인상을 쓴다. 김정규를 잡아 오도록 지시한다. 정규의 집에 인민군들이 들이닥친다. 총을 들이댄다. 정규를 수소문한다. 가족들을 연행한다. 정규가 밤재 굴에 숨어 있다는 것을 알아낸다. 밤재 굴에서 숨어 있던 정규가 잡힌다. 정규의 손을 묶는다. 정규를 송진혁에게 데리고 간다. 정규는 고개를 푹 숙이고 서 있다. 정규는 아무리 생각해도 반란 사건이 맘에 걸린다. 반란 사건 당시에 자수를 한 후, 목숨을 부지하려고 산속을 돌아다니며 선무 공작을 벌였던 일을 떠올린다. 정규도 목숨을 부지하기 위해서는 어쩔 수 없는 일이었다. 만약에 그렇게 안 했더라면 진압군에게 총살 당하거나, 감옥에 갔어도 석방되지 못했으리라 본다. 정규는 인민군들에게 끌려왔으니 반동분자로 총살을 당할지 모른다는 공포감이 밀려오고 있다. 공산당들은 반동분자들을 가차 없이 총살시킨다는 것을 알고 있다.

김정규가 끌려온다. 인민군 장교 복장을 한 송진혁이 김정규를 날카로운 눈빛으로 바라보고 있다. 정규는 송진혁을 알아보지 못한다.

"김정규 동무! 나 알아보겠나?"

송진혁 형의 목소리다. 정규가 놀란 표정을 짓는다. 송진혁이 살아 있다니? 믿을 수 없는 일이다. 반란 사건 때 지리산 속에서 어떻게 살아남았을까? 고개를 들어 송진혁을 바라본다. 송진혁이 분명하다. 정규가 깜짝 놀란다. 송진혁은 인민군 복장에 모자를 눌러 쓰고, 완장을 찼다. 인민군복은 병사가 아닌 지휘관이다. 송진혁의 눈빛이 예사롭지가 않다. 정규는 너무나 반가운 나머지 웃는 얼굴을 하며 송진혁에게 반가움을 표시한다.

"진혁이 형!"

정규는 너무 반가운 나머지 송진혁을 향하여 형이라고 부른다. 정규가 반란 사건 때, 오로지 목숨을 부지하기 위하여 무작정 산에 올라갔을 때, 진혁으로부터 많은 도움을 받았다. 진압군과 대적하며 산속에서 도피를 하고 있으면서, 모두가 살아남기 위하여 지리산 곳곳을 피해 다녀야만 했다. 산속에서 맺어진 동지애야말로 형제 이상이었다. 정욱이 형과는 친한 친구 사이라는 것도 잘 알고 있다. 산속에서 지낼 때는 그래도, 산동 지역 출신이라고 잘 챙겨줬던 진혁 형이다. 정규가 혁명정신이 전혀 없는 사람이라 해도, 일단 혁명군이 되기 위해 산으로 올라왔다. 이유야 어떻든간에 진압군을 향해 싸우는 혁명군의 동지가 아니었던가? 진압군의 총공세 때, 진혁이 어떻게 되었는지 알 길이 없었다. 각자 살아남기 위해서 뿔뿔이 흩어져 지리산 속으로 무작정 뛰어 올라갔었다. 정욱이 형 사망 소식도 박금자 동무를 통해서 나중에 알게 되었다. 송진혁은 어떻게 되었는지, 워낙 많은 동지들이 죽어 나갔기 때문에 궁금하지도 않았다. 우선, 나 혼자 살아남기도 힘들었다. 반란 사건이 지나간 후에도 까마득히 잊고만 지냈다. 산에서 워낙 많은 사람들이 총에 맞아 죽어 나갔기 때문에 모두가 산속에서 죽은 줄로만 알았다. 전쟁 중인데 송진혁이 인민군 지휘관으로 살아 있다니? 놀라지 않을 수 없다.

송진혁은 차갑게 정규를 바라본다. 살아남기 위해서 산에서 내려가 자수를 했다지만, 혁명군들을 향해 목청을 높여 가며 선무 공작을 했다고 하니 용서할 기분이 아니다. 정규는 그야말로 배신자다. 진혁은 정규에게 악수도 청하지 않는다. 웃으면서 반갑게 맞이하지도 않는다.

"어떻게 살아남았지?"

송진혁이 차갑게 내뱉는다. 송진혁은 정규에게 직접 그동안의 이야기를 듣고 싶은 것이다. 정규는 송진혁의 표정에서 차가운 눈빛을 감지한다. 인민군 지휘관의 완장까지 차고 있지 않은가? 송진혁을 만났다는 반가움도 잠시 지나가 버린다. 정규도 다시 긴장을 한다. 그럼 송진혁이 내가 반란군들을 향해 선무 공작을 했던 일을 알고 있지 않을까? 직감적으로 알고 있을 것이라는 판단이다. 그렇지 않고서야 진혁의 말투와 눈빛이 예사롭지가 않음을 느낀다. 반가운 기색이라고는 전혀 없다. 진혁의 눈빛은 살기가 등등하다. 등골이 오싹해진다.

"산에서 혼자서는 도저히 견뎌 낼 수가 없었습니다. 적들의 총공세로 살아남기 위하여 동지들은 산속으로 뿔뿔이 흩어져 버렸습니다. 적이 노고단을 점령하여 진지를 구축해 버렸습니다. 노고단 진지를 구축한 후로는 적들이 수천 명씩 상주하면서 계곡을 샅샅이 뒤지는 작전을 폈습니다. 한청 단원들도 수천 명이 동원되었습니다. 지리산은 온통 적군들의 천지가 되어 버렸습니다. 동지들을 만날 수도 없었습니다. 여러 번 죽을 고비를 넘겼습니다. 오로지 살기 위하여 도망을 쳤습니다. 배고픔을 견딜 수가 없었습니다. 산동 밤재로 도피하여 숨어 지냈습니다. 가족들과 연락이 닿아 음식도 보급받고, 자수 권유로 자수를 하였습니다. 집도 빨갱이 가족이라고 불타 버렸고, 아버지도 고문 후유증으로 죽었던 터라 그야말로 절망적이었습니다. 저희 가족들은 오갈 데가 없어서 산동교회 움막에서 지내고 있다는 소식을 들었습니다. 자수를 하면 총살을 당할 줄로만 알았습니다. 산동교회 목사님의 도움으로 총살은 면했습니다. 살고 싶었습니다. 적들은 총살을 면해 주는 대신 조건을 걸었습니다. 적을 배신하고 산으로 올라갈까 봐, 무기도 지급하지 않았습니다. 맨손으로 산을 함께 다니면서, 뒤에서는 저에게 총을 들이댔습니다. 총살을 당하지 않으려면 어쩔 수가 없었습니다."

정규는 차마 선무 공작을 했다는 말은 하지 못하고 머뭇거린다. 진혁이 당장 이 자리에서 총살을 시키지는 않을지 덜컥 겁이 난다.

"내가 듣기로는 산속을 돌아다니면서 선무 공작을 했다고 들었는데?"

송진혁이 정규의 일을 소상하게 알고 있음에 놀란다. 선무 공작을 했다는 말은 감추고 싶지만, 사실대로 말을 안 할 수가 없다. 정규는 고개를 숙이고 끄덕거린다. 송진혁 앞에서 자신 있게 말을 하지 못한다. 어쨌든 혁명군들에게 반동 짓을 한 셈이잖은가? 송진혁이 어떻게 나올지 가늠하기 어렵다. 본인을 이해할지, 아니면 반동

분자로 몰고 갈지. 이유야 어쨌든간에 송진혁은 정규가 배신하였다는 것을 용서할 수가 없다. 친구 김정욱의 동생이라지만, 반동 행위를 한 것은 틀림없는 일이다.

"반동 새끼!"

송진혁이 강하게 내뱉는다. 정규를 향한 눈빛이 강렬하다. 굳은 표정이다. 아무리 정상 참작을 해 주려고 해도 용서할 수가 없다. 정규로 인해 선무 공작을 당한 혁명군 동지들을 생각하면 더더욱 용서할 수 없다. 정규는 송진혁의 소리에 간담이 서늘해진다. 당장에 총을 들이댈 기세다. 정규는 '반동 새끼'라는 말에 가슴이 쿵 내려앉는다. 심장이 빠르게 뛰고 있음을 느낀다. 여기서 이렇게 반동 분자로 총살을 당하는 건가? 공산당을 경험한 정규는 무서움이 와락 몰려온다.

"진혁이 형! 살려 주서요!"

정규는 순간적으로 송진혁에게 살려 달라고 애원을 한다. 송진혁의 눈빛이 살기가 돈다.

"살려 주신다면 시키는 대로 하겠습니다. 저도 살기 위해 어쩔 수가 없었습니다."

송진혁은 뒤로 돌아선다. 심호흡을 한다. 한참을 생각한다. 반동 분자를 당장 사살해도 되지만, 옛동지가 아닌가? 김정욱을 떠올린다. 정욱 친구가 애지중지하던 동생 아닌가? 진혁이 본인도 동지들을 버리고 본인도 살기 위해서 지리산을 벗어나 대구 6연대 혁명군들과 함께 북으로 도망을 쳤다. 진혁은 살며시 숨을 고른다. 순간의 분노가 서서히 가라앉는다. 지금은 전시 상황이다. 정규가 반성을 한다면, 인민군에 입대시켜 과거의 잘못을 뉘우치게 하는 일을 생각해 낸다. 송진혁이 돌아서서 정규 앞에 선다. 진혁이 다시 호흡을 가다듬는다.

"살려 주는 대신, 조건이 있다."

진혁의 말에 정규는 가슴을 쓸어내린다. 얼마나 긴장을 했던지, 조용히 심호흡이 저절로 나온다. 숨을 천천히 내쉬면서도 정규는 긴장을 한다. 무슨 요구를 할지 궁금하다.

"당장, 인민군에 입대하라!"

정규는 진혁의 요구를 듣고 다시 한번 더 가슴을 쓸어내린다. 살려 주겠다는 얘기가 아닌가? 전쟁 중이라 반동분자로 여기고 당장 총살하면 그만이지만, 살려 주는 것만으로도 고맙다.

"예. 당장 인민군이 되겠습니다!"

정규는 즉시 큰 소리로 대답을 한다. 총살을 안 시키고 살려 주는 것만으로 고마운 일이다.

"살려 주는 대신, 조건이 있다. 만약에 다시 반동분자 짓을 하면, 즉시 총살이다. 가족들도 몽땅 총살이다. 인민군을 위해 공을 세워야 한다. 알겠나?"

"예."

정규는 송진혁을 향해 고개를 숙인다. 송진혁은 인정사정이 없다. 살려 주는 대신에 정규를 확실한 인민군인으로 공을 세우게 하는 조건을 내건다. 김정규가 인민군복을 입었다. 송진혁을 따라 남쪽으로 진군한다.

심탁은 이대길이 총살당하자 좌익 활동에 앞장선다. 붉은 완장을 차고 국민회관에서 바쁘게 움직인다. 좌익의 우두머리가 되어서 토지 분배 사업에 박차를 가한다. 국민회관에는 각 마을에서 차출된 좌익들이 모여서 회의를 한다. 청년단의 사무실이 이제는 좌익들의 사무실이 됐다. 농지가 공평하게 분배되도록 지시를 받는다.

서시천에 마을 여자들이 빨래를 하고 있다.

"이번에 그 집도 농지를 분배 받았능가?"

"그럼. 우리는 중방들에 있는 논으로 배정을 받아서 얼매나 좋은지 몰라."

"그 집도 받았능가?"

"그럼! 우리는 평바대 뜰에 있는 좋은 놈으로 배정을 받았구먼."

"어이, 그 집은 이 대감집 소작은 하고 있는데, 어쩐가?"

"우리도 소작한 논이니께로 우리 것은 아니잖어. 그래서 우리도 배정을 받았제. 우리도 중방 뜰에 있는 것으로, 소작하고 있는 논으로 배정을 받았당깨로. 좌익들이 경자유전 원칙이라고 하드라고. 본인이 짓고 있는 농지로 우선 배정을 받았그만."

"그럼, 그래야지. 나는 땅 한 뙈기 없었는데, 요번참에 농지를 분배 받아 노니까, 하늘로 날아갈 것 같은 기분이 들더라니까."

"누가 아니래. 나도 논을 분배받고 나서 밤을 꼬박 새웠다니까. 이런 세상이 참말로 오긴 오는구나 했다니까."

"그럴 것이여! 우리 겉은 사람들에게도 요로코롬 좋은 세상이 올 줄 상상이나 했냐고."

"맞어. 공산당이 요로코롬 좋은 세상인지 몰랐당께로. 만민이 평등하다는 말이 맘에 든다니까."

"우리가 괜히 공산당을 욕하고 있었당께로. 공산당이 요료코롬

해 주면 젠작 공산당 나라가 되었어야지, 하는 생각이 들더라니깐."

마을 여자들은 토지 개혁으로 농지를 분배받아서 기분이 좋다. 빨래를 하면서도 서로 자랑하기에 바쁘다.

"아니, 그 집은 이 대감집에서 배냇소도 받아서 키우고 있다면서, 고것은 어떻게 되는 거여?"

"배냇소?"

마을 여자는 배냇소라는 말에, 고민을 한다. 말을 함부로 했다가는 어떻게 될지 몰라 망설인다. 이 대감집에서 준 배냇소는 토지 개혁과 연관이 있는지 잠시 생각한다. 이 대감이 공산당들에게 총살을 당한 마당에 배냇소도 소작인들에게 공짜로 줬으면 하는 마음을 가져 본다. 이 대감이 죽고, 지주들이 몽땅 없어지는 마당에 이참에 시치미를 딱 떼고, 억지를 부려 볼까? 하는 생각이 스친다. 함부로 말을 하지 말고 가만히 지켜봐야겠다는 생각을 한다.

"그 배냇소 말이여, 그 배냇소도 공짜로 달라고 심탁에게 살째기 말해 봐. 누가 알어? 심탁이 그 집 머슴으로 있다가 좌익 우두머리가 됐은깨로, 살째기 말하면 공짜로 가지라고 줄지 알어?"

"글쎄. 그러면 얼매나 좋을꼬…."

마을 여자는 그렇게만 되면 말할 것도 없이 좋은 생각이라고 여긴다. 하지만, 사람이 양심이 있어야지. 논은 토지 개혁으로 공짜로 배정받았다 치지만, 배냇소까지 공짜로 받아도 될는지. 아니야, 이참에 배냇소까지 우리 것이라고 우겨 볼까? 별별 생각이 다 든다.

심탁이 뒷동산에 서성거리고 있다. 기별을 한 점말이 뒷동산에 올라오기만을 초조하게 기다린다. 인기척이 들린다. 점말에게 옷 보따리를 들고 뒷동산으로 올라오고 있다. 심탁은 반가워서 점말이 가까이 다가간다. 점말이는 숨을 몰아쉬며 뒷동산에 올라선다.

"점말아!"

"심탁 오빠!"

둘은 오랜만에 보는 얼굴이라 손을 잡는다.

"점말아, 그동안 별일 없었어?"

"응, 나는 별일 없었는데. 오빠는 어떻게 양심도 없어? 집을 나가서 좌익이 됐어도 그렇지. 어떻게 우리 대감님을 공산당들이 총으로 쏴 죽이게 놔둔단 말이야. 나는 오늘도 여기 안 나오려고 했어. 오빠가 대감님을 죽인 것 같아서 말이야."

점말은 심탁을 만나자 다짜고짜 이 대감이 총살당한 것에 대한 불만을 얘기한다. 점말에게는 이 대감의 죽음이 너무나 놀라운 일이었고, 아직까지도 대감의 죽음에 대한 슬픔이 가라앉지 않고 있다. 점말은 집 안에만 있기 때문에 공산당이 뭐고, 전쟁이 뭔지도 잘 모른다. 집안사람들을 통해서만 전쟁의 상황을 대충 듣기만 하기 때문이다. 빨래터에서나 새뜸샘에 갔을 때 마을 사람들에게 귀동냥하는 것이 전부다. 일이 어떻게 벌어지는지도 자세히 모르기도 한다. 공산당들이 들이닥쳐도 이 대감집 주인들만 닦달하기 때문에 하인들은 괴롭히지도 않는다. 그저 집안 어른들이 시키는 대로만 하면 되는 것이다. 심탁은 오랜만에 만난 점말이 따지고 들자 당황한다.

"점말아, 그건 오해야. 나도 세상이 바뀌어서 그 집에서 나왔지만, 좌익 활동을 하면서도 대감이 제일 맘에 걸렸어. 그래서 대감을 어떻게 해서라도 도와주고 싶었어. 그런데 대감이 화를 내는 바람에 인민군들이 총으로 쏜 거야. 내가 어떻게 막을 수가 없었어."

심탁은 점말에게 변명을 늘어놓는다. 점말은 심탁을 믿고 있기 때문에 금방 수그러든다.

"집안 분위기는 어때?"

심탁은 이 대감이 죽은 후로 집안이 어떻게 됐는지 궁금하기만 하다.

"대감님이 돌아가시고 난 후에 집안이 말이 아니지. 마님이 앓아 누워 버렸어. 자식들도 모두 피난 가 버렸지. 대감마님 초상도 친자식들은 아무도 없는 바람에 조카인 인석이 아재가 혼자서 상주 노릇을 했잖어. 집안 꼴이 말이 아니야."

심탁은 점말의 말을 듣고 시무룩해진다. 토지를 몰수해야만 토지개혁이 이루어지는 상황에서 인민군들의 편에서 일을 진행하려면 어쩔 수가 없는 일이었다. 대감이 소리를 지르는 바람에 어쩔 수가 없었다. 만약에 심탁이 그 자리에서 이 대감을 두둔한다고 될 일도 아니었다. 심탁은 이 대감을 화개골에서 잡아들인 것이 마음에 찔리지만, 아무에게도 말을 안 했기 때문에 점말도 그 사실에 대해서는 잘 모르리라 본다.

"좌익은 할 만해?"

점말은 좌익 활동을 하는 심탁이 걱정된다.

"그럼. 내가 오죽하면 좌익 편에서 일을 하겠어. 인민군들이 여기까지 밀고 내려왔잖아. 제일 중요한 일은 만민에게 평등하게 땅을 골고루 분배해 준다고 해서 좌익 활동을 하게 된 거야. 우리 겉은 사람들에게도 땅을 나누어 준다는데, 이 대감집에 가만히 있다가 땅을 못 받으면 나만 손해인 거잖아. 그래서 좌익에 가담한 거야. 십

년 이상 이 대감 집에서 신세를 진 것을 생각하면 쬐끔 미안하기는 해. 그렇지만, 나라고 맨날 머슴으로만 살 수는 없는 일이잖아."

점말은 심탁이 하는 말에 고개를 끄덕인다.

"땅을 골고루 나눠 준다는 말이 진짜로 가능해?"

점말은 소문으로만 들었지 그 말이 진짜인지 의심스럽다.

"그럼. 공산주의는 인민들 위주의 세상을 만드는 거드라고. 지주들이 가지고 있는 땅을 몰수하여 땅 한 뙈기 없는 우리 같은 인민들에게 차별하지 않고 골고루 나눠 주는 거더라고. 얼마나 좋은 일이야? 그런 세상이 어디에 있냐고?"

"나도 소문은 들었는데…. 어떻게 그런 일이 가능한지, 믿기지가 않아."

"나도 처음에는 그랬어. 세상이 아무리 개벽을 해도 그렇지. 어떻게 그런 일이 가능할지 의심을 하고서, 좌익들을 계속 의심해 왔어. 광장에서 인민군 대장이 연설을 하는데, 설마 그렇게 할까? 의심을 계속하고 있었지. 눈치를 계속 보니까, 이제는 공산당 세상이 되어 버렸잖아. 그래서 내가 좌익에 가담을 한 거여."

"전번에 반란 사건 때, 공산당들이 처음에는 설쳐 대다가 산으로 올라가 버리거나 모두 몰살을 당했잖아. 그런데도 좌익이 괜찮을까?"

점말은 여전히 반란 사건 때를 기억한다. 이번에도 심탁이 좌익에 가담해서 그렇게 될까 봐, 걱정을 하는 것이다.

"이번에는 달라. 그때는 여수에서 군인들이 반란을 일으킨 거고, 이번에는 북한에서 인민군들이 완전히 남조선을 해방시켜 버렸잖아. 그때와는 완전히 달라. 새로운 세상이 되어 버렸당깨로."

심탁은 세상 물정을 잘 모르는 점말을 설득하기에 바쁘다.

"그래서, 오빠는 땅을 받았어?"

"그럼. 이번 참에 땅을 받았지. 지주들이 가지고 있는 땅을 모두 몰수해 버렸고, 공평하게 분배하고 있어. 내가 왜 붉은 완장을 찾는지 알어? 좌익 활동을 해야만 땅을 준다기에 열심히 활동을 했지. 그래야만 어떻게 돌아가는지도 알 수 있고, 땅을 분배한다면 제일 먼저 분배를 받아야겠기에 완장까지 찬 거야. 그랬더니 나 같은 머슴도 인정해 주는 게 공산당이다. 그야말로 열심히만 하면 차별 없어. 평등한 세상이 온 거야. 그래서 나도 땅을 받기로 했어. 땅을 받으면 제일 먼저 생각한 게 뭔지 알어?"

"와! 진짜로 땅을 받기로 했어?"

점말은 심탁이 땅을 분배받았다고 하니까 좋아서 어쩔 줄을 모른다.

"제일 먼저 생각한 게 뭐야?"

"그게 뭐냐면…."

심탁은 점말의 눈치를 보면서 뜸을 들인다. 점말과 결혼하자는 소리를 해야 하는데 쑥스럽기만 하다.

"그게 뭐냐니까!"

점말은 그동안의 심탁에게 대한 좋은 기억이 많아서 이 대감이 공산당들에게 총살당한 일은 금세 잊어버렸다. 심탁이 무슨 말을 꺼낼까? 잔뜩 기대를 하고 있는 눈치다.

"점말이와 결혼을 해야만 땅을 분배받을 수 있는 거야. 분배받은 땅으로 열심히 일을 해서 쌀을 수확하면 점말이와 결혼하는 것이지."

심탁은 점말이와 결혼하자는 얘기를 살며시 한다. 점말의 눈치를 계속 살핀다. 땅의 분배 조건도 결혼을 해야만 하기 때문이다. 꼭 그렇지만은 않지만, 심탁은 미리 점말의 맘을 떠보는 것이다.

"와! 좋아라!"

점말은 땅까지 생기고, 심탁이 결혼하자는 얘기를 꺼내자 뛸 듯이 기쁘다. 전쟁만 아니었으면 심탁과 결혼까지는 생각도 못 하였지만, 지금은 결혼을 해야만 땅을 준다면 당장이라도 심탁과 결혼하고 싶은 마음이 생긴다. 그동안에도 점말은 심탁을 늘 챙겨 주고 싶은 마음뿐이었다. 심탁은 머슴이지만 심성도 착하고, 처지가 비슷한 사이라서 하나라도 더 챙겨 주고 싶은 마음뿐이었다. 심탁이 벗어 놓은 옷도 깨끗이 빨아서 잘 정돈하여 주었던 것이다. 점말이 옷 보따리를 심탁에게 내민다.

"여기…. 내가 옷을 빨아서 가져왔어."

점말은 심탁 옷을 깨끗이 빨아서 보자기에 묶어서 가져왔다. 그동안 한집에서 지내면서 서로를 챙겨 왔던 대로 여전히 심탁을 챙겨 주고 있다. 심탁도 점말을 마음에 두고 있는 마음은 여전하다.

"점말아! 고맙다."

심탁은 점말의 손을 잡는다.

"점말아! 조금만 기다려. 좋은 세상이 곧 올 거야."

점말은 고개를 끄덕인다.

36

인영의 징집

인철과 인영이 부산역 광장으로 나온다. 역 앞을 지나가는 사람들을 바라본다. 전쟁 중이지만 화물과 사람들을 실어 나르는 부산역은 활기차게 움직인다. 전국에서 모여든 피난민들로 부산역 광장에는 사람들로 인산인해를 이룬다. 미군 부대가 부산역 인근 초량국민학교에 주둔하고 있어서 군용 차량과 미군들도 부산역 인근으로 수시로 오고 간다. 신문을 파는 아이들이 신문을 들고 소리를 지른다.

"신문 사셔요!"

인철이 신문을 산다. 신문을 들여다본다. 신문에는 전쟁 상황을 알 수 있는 정보가 매일 대서특필되고 있다. 신문에는 유엔군이 한국 전쟁에 파견되었다는 소식이다.

북한군의 남침이 확인되자 남침 당일 즉시 유엔안전보장이사회가 긴급 소집되었다. 소련은 북한을 조종한다. 남침을 하여 한반도를 공산화하는 데 적극 지원을 한 상태다. 유엔안전보장이사회가 열리지만 소련은 회의에 참석하지 않는다. '북한군의 즉각적인 전투 행위 중지와 38도선 이북으로의 철수하라'는 유엔안전보장이사회의 결의안이 통과되었다. 결의안을 북측에 통고하였지만, 응하지 않자 유엔군을 조직하여 한국 전쟁에 참전하기로 결의한다. 맥아더를 유엔군 총사령관으로 임명한다. 한국 전쟁에는 일본에 주둔하고 있던 미군을 즉시 참전하게 한다. 7월 1일에 미국 육군 제24사단 21연대가 일본에서 출발하여 부산에 상륙한다. 즉각 전선에 투입되어 북한군과 격전을 치르고 있다. 유엔의 결의로 회원국 중에 21개국이 한국 전쟁에 참전 의사를 발표하였다고 한다. 21개국 중 16개국(미국, 영국, 프랑스, 벨기에, 네덜란드, 룩셈부르크, 캐나다, 필리핀, 태국, 뉴질랜드, 호주, 콜롬비아, 에티오피아, 튀르키예, 그리스, 남아프리카 연방)이 한국 전쟁에 파병을 결의하여 속속 도착하고 있고, 더 도착할 예정이라고 한다. 스웨덴, 인도, 덴마크, 노르웨이, 서독이 의료 지원병을 파병할 거라고 한다.

인철과 인영이 부산항으로 걸어간다.

빠앙, 통통통통통….

뱃고동 소리가 울린다. 검은 연기를 내뿜고, 통통거리며 배가 지나간다. 전쟁통이지만 항구는 활기차게 움직인다. 한반도 인근의 배가 부산항으로 계속 모여들고 있다. 인철이 부산항에서 일본으로 유학을 가기 위해 관부연락선을 탔던 기억을 떠올린다. 2차 대전을 일으킨 일본은 강대국들에 의해 패망하고, 일본의 식민지가 됐던 조선은 해방을 얻었다. 해방 후 조선은 힘이 없었다. 일본에 의해 군대가 해산되는 바람에 군대도 없었다. 해방이 됐다고 하지만 한반도에 단일정부를 세우는 일은 꿈에 불과했다. 미국과 소련, 강대국들의 탐욕에 의하여 38선을 기준으로 남과 북으로 대립되었다. 단일정부의 의지와 욕망으로 불타올랐지만, 미국과 소련이 버티고 있는 동안에는 단일정부가 수립될 수가 없었다. 아무리 노력해도 모든 일이 물거품이 되어 버렸다. 불행하게도 남·북한에 각각의 정부가 수립되었다. 북한은 소련의 공산주의와 남한은 미국 주도의 민주주의 대리 정부가 들어선 셈이다. 남북한 모두 통일 정부를 내세우지만, 미국과 소련이 버티고 있는 한은 불가능한 일이 되어 버린다. 각각의 정부가 수립이 되었어도 어느 쪽도 남북통일을 포기할 수 없는 부분이다. 수시로 38선 부근에서는 남·북한 간의 대립이 빈번해졌다. 제주 사건에 연이어 여수 14연대와 광주의 4연대에서 반란 사건의 소용돌이가 일어났다. 그 후로도 대구 6연대에서도 반란이 일어났지만, 확대가 되지 않았고, 춘천의 8연대 1·2대대장이 중대 병력을 이끌고 북으로 가 버리는 사태도 벌어질 만큼 이념의 갈등은 점점 고조되어 왔다. 이념의 갈등이 점점 심해지더니 결국에는 남과 북으로 갈라져 전쟁이 벌어진 것이다. 북한 공산당이 파죽지세로 남으로 진군해 오고 있다니, 암울하기만 하다. 전쟁 중이지만 사람들은 바쁘게 일상을 견디어 내고 있다. 부산항은 더 많은 물자가 모여들고, 사람들도 모여들고 있는 중이다. 부산항 바다 위에는 거대한 군함들도 보인다. 해외에서 군수 물자를 실어 나르고, 전쟁에 참전한 해외 군인들이 오고 가는 구심점이다. 군장을 멘 군인들이 배에서 육지로 상륙한다. 유엔군의 군대가 속속 도착하는 모습이다. 그나마 다행인 것은 미군이 주축이 된, 유엔군이 참전한 전쟁이 되어 간다. 이렇게 빠르게 유엔군이 한반도 전쟁에 투입된다면, 시간이 지날수록 유엔군의 반격이 시작될 것으로 본다. 제2차 세계대전을 승리로 이끈 미국, 영국, 프랑스… 강대국들이 참전한 유엔군이 아니던가? 인철은 군함을 바라보며 묘한 기분에 휩싸인다. 강대국들이 한반도를 둘러싼 대립은 생각할수록 머리가 복잡해진다. 인철은 시간이 날 때마다 단파방송을 듣는다. 단파방송을 통하여 전선의 정세를 듣는다. 국내 방송은 애초부터 전쟁이 일어났을 때부터 정직하지 못한 방송을 보내지 않아서 불신이 가득하다.

　인철과 인영이 다방에 들어선다. 음악이 흘러나온다. 전쟁 중이라고 하지만 다방 안은 사람들로 꽉 차 있다. 외국인도 앉아서 차를 마시고 있다. 담배 연기와 사람들의 시끄러운 모습은 전쟁 중이 아닌 것처럼 활기차다. 피난민들이 모두 부산으로 모여들고 있으니 부산은 가는 곳마다 사람들로 인산인해를 이룬다. 인철과 인영은 차를 마시며 시간을 보낸다. 임시 숙소는 부산역 인근 여관으로 정하였지만, 갈 곳도 마땅히 없다. 차를 마신 인영과 인철이 다방에서 밖으로 나온다. 부산에는 아는 사람도 없다. 인철과 인영은 구경 삼아 부산을 돌아다닌다. 용두산 공원으로 향한다. 걸어서 용두산 공원에 도착한다. 용두산 공원에 오르자 부산 시내가 한눈에 들어온다. 부산 바다는 배들이 오고 간다. 바다 건너 영도 섬이 보인다. 부산항에서 보았던 바다와는 멀리까지 시야가 확보된다. 그야말로 많은 배가 오고가며 엄청난 크기의 군함이 부산항 인근에 정박해 있다. 눈앞에 보이는 영도 왼쪽으로 눈을 돌리면, 부산 앞바다는 그야말로 군함들로 부산 바다를 뒤덮을 만큼 수많은 배가 정박해 있다.

용두산 공원에서 내려와 국제시장으로 향한다. 시장 입구에 들어서자 사람들로 인산인해를 이룬다. 왁자지껄 시끄러운 사람들의 소리로 시장은 활기차다. 사람들을 따라서 시장 안으로 들어선다. 시장안은 사람들이 물건을 흥정하며 더 시끄럽게 야단법석을 떨고 있다. 곳곳에 물건들이 진열되어 있다. 별별 상품들이 판매되고 있다. 옷가게에는 옷이 빼곡히 걸려 있고, 가지런히 포개 놓았다. 한쪽에는 검정 작업복이 높게 쌓여 있다. 군복에 검정 물을 들인 것임을 한눈에 알아볼 수 있다. 군복이 시장으로 흘러나온 것이다. 군복을 그대로 유통시킬 수는 없으니까 검은색으로 물을 들여서 판매하고 있다. 서민들에게 작업복으로써는 아주 질기고 오래 입을 수 있는 옷이다. 인영이 옷 가게 앞에 선다.

"어서 오이소!"

옷 가게 주인이 큰 소리로 인영과 인철을 맞이한다. 여름철이라 수시로 갈아입을 남방을 몇 개 사려고 한다.

"반팔 남방 쪼깨 봅시다."

"예, 남자 남방은 이쪽에 있습니다. 자, 골라 보이소"

인영이 옷을 고르기 시작한다. 인영과 인철이 옷을 골라 가슴 쪽에 대어 본다. 치수를 맞추어 보는 것이다. 치수가 맞는 듯하여 인철이 고개를 끄덕인다. 인영이 남방 서너 개를 골라잡는다.

"이거 주시오."

"예, 그랍시더."

주인이 옷을 챙겨서 인영에게 건네고 인영이 돈을 지불한다. 옷가게를 나와서 시장 안으로 계속 걸어간다. 신발이 가지런히 진열되어 있다.

"자, 신발 사이소!"

신발 가게 주인의 우렁찬 목소리를 뒤로하고 계속 걸어간다. 캔과 과자 봉지가 쌓여 있는 식품 가게 앞에 멈춰 선다. 미군 부대에서 군인들이 먹는 식품들을 산더미처럼 쌓아 놓았다. 캔에 담긴 햄, 외제 커피, 콜라병, 초콜릿, 전투 식량… 인영과 인철은 눈을 크게 뜨고 바라본다. 전쟁 중이지만 미군 부대에서 먹는 깡통 제품들이 박스째 쌓여 있다. 해방 후부터 미군 부대에서 빼돌린 물품인 것을 금방 알아차릴 수 있다. 전쟁 중이지만 미군들이 먹는 식품들은 암암리에 시장으로 흘러나오고 있음을 짐작한다. 누가 빼돌려도 빼돌리게 되어 있는 것이 사람 사는 세상이다. 미제 식품들이 팔렸는지, 자전거에 옮기고 있다. 자전거에 실린 미제 식품이 팔려나간다. 시장은 온갖 물건들이 활기차게 거래되고 있다. 시장 안으로 조금 더 들어가면서 국밥집을 찾는다. 김이 모락모락 나는 국밥집 안으로 들어간다. 국밥집 안에는 국밥을 먹는 사람들로 꽉 찼다. 시장에 온 사람들이 워낙 많으니까 국밥집도 문전성시를 이룬다. 국밥 두 그릇을 시켜서 국밥을 먹는다. 누가 전쟁 중이라 하겠는가. 시장은 없는 게 없는, 그야말로 사람 사는 냄새가 풍기는 곳이다. 내일 당장 폭격을 당할지라도 시장은 움직일 것이다. 시장은 전쟁과 상관없이 수많은 물품이 거래되고 움직이고 있다.

왁자지껄한 시장을 나와서 영도다리로 향한다. 영도다리가 하늘로 올라가자 배들이 지나간다. 참으로 진귀한 광경이다. 다시 다리가 내려오자, 영도다리를 오가는 사람과 차량이 뒤엉켜 다리를 오고 가는 사람들로 붐빈다. 다리 건너 영도 섬에도 산꼭대기까지 움막과 판잣집이 들어서고 있다. 전쟁 중이라 그야말로 많은 피난민들이 부산으로 몰려들고 있다는 증거다.

시청 앞을 지나간다. 시청 앞에 많은 사람들이 모여 있다. 인철과 인영이 시청 앞으로 다가간다. 시청 벽보판 앞으로 사람들이 모여 웅성거린다. 벽보판에는 전쟁의 상황을 알리는 안내문이 수시로 붙는다. 전쟁 상황을 조금이라도 알려고 하는 사람들로 시청 앞 벽보판에는 사람들로 붐빈다. 시청 앞에는 총을 든 군인들이 통제를 하고 있다. 시청 안으로 들어가는 사람들을 통제한다. 인철과 인영도 사람들 틈으로 벽보에 붙은 내용을 읽는다.

'부산으로 피난을 온 국민들은 거주지를 각 마을 이장이나, 동사무소에 신고하여 주시기 바랍니다.'

호루루루, 호루루루.

총을 든 군인들이 호루라기를 불며 다가온다. 시청 주변에는 갑자기 군인들이 시청 주변을 통제하기 시작한다.

호루루루, 호루루루.

시청 주변에 있던 사람들이나 근처를 지나가는 사람들은 모두 군인들의 통제를 받는다. 영도다리를 오가는 젊은 남자들을 무조건 시청 마당 안으로 불러들인다. 젊은 남자들은 군인들의 통제를 벗어나기 힘들어진다. 시청은 군인들로 겹겹이 에워싼다. 통제 구역이 되어 버린다. 급한 일로 발걸음을 옮기는 사람을 군인이 다시 붙잡는다. 예외 없이 남자들을 줄지어 세운다. 영문을 모르는 사람들이 줄을 서서 군인들의 통제에 따른다. 군인들이 남자들을 1명씩 시청 안으로 안내한다. 일대일로 면담을 한다. 나머지 사람들은 면담을 기다린다. 차례로 군인들 지시에 따라 인철과 인영도 시청 건물로 들어간다. 시청 안에는 남자들과 군인들로 꽉 차 있다. 전쟁은 남한의 젊은 남자들을 전선으로 불러 모은다. 강제로라도 동원이 필요하다. 전투 요원만 필요한 게 아니다. 물품과 탄약을 수송하고, 전선까지 보급을 해야 할 젊은 남자가 계속 필요하다. 전선으로 보낼 젊은 남자들을 수시로 모집하는 중이다. 부산으로 몰려든 피난민들의 호구 조사가 매일 실시되고 있다. 수시로 각 마을마다 반장을 통해서 호구 조사를 하여 신원이 확인된 젊은 남자들은 징집 대상이 된다. 호구 조사도 모자라서 시청 앞에 모여든 피난민 중에 닥치는 대로 징집을 하여 전선으로 보내든지, 제주도 신병 훈련소로 보내는 중이다.

인민군들이 남한을 어느새 절반 이상 점령해 오고 있다. 대전도 함락되었고, 호남 지역까지 모두 점령당했다고 한다. 이제 낙동강 전선만이 최후의 보루라는 소식이다. 낙동강 전선에서 사력을 다해 인민군을 방어하고 있는 순간이다. 남한의 젊은 남자들은 모두가 강제 징집 대상이다. 피난민들이 모두 부산으로 몰려들고 있는 상황에서 젊은 남자들을 닥치는 대로 군인들이 잡아가고 있다. 시청 마당은 젊은 남자들로 가득하다. 군인들에 의해 붙들려 온 남자들이 줄지어 앉아 있다. 군인들 앞에서 젊은 남자들은 예외 없이 면담을 한다. 인영이 면담을 한다.

"이름은?"

"이인영입니다."

"나이는?"

"스물아홉입니다."

"고향은?"

"절라도 구례에서 왔습니다."

"현재 거주지는?"

"예?"

"지금 어디서 지내고 있냐고?"

군인은 짜증을 내면서 퉁명스럽게 말한다.

"부산역 앞 여관에서 지내고 있습니다."

"반장에게 거주지 신고는 했나?"

거주지 신고라니? 처음 들어 본 소리다.

"부산에 피난 온 지 얼마 되지 않아 거주지 신고는 잘 모릅니다."

"부산은 매일 각 거주지마다 반장들이 호구 조사를 실시하고 있다. 부산의 거주자들은 즉시 반장에게 거주지를 신고해야 한다. 전시 상황이라 워낙 많은 피난민들이 몰려들고 있어서 제대로 파악이 안 되고 있다. 이렇게 길거리에서라도 군인들을 통하여 호구 조사를 하고 있는 중이다. 알겠나?"

"예."

인영은 엉겁결에 대답을 한다. 고개를 끄덕인다. 워낙 군인이 위압감을 주려고 퉁명스럽게 조사를 하다 보니, 인영도 주눅이 들어 있다. 부산은 매일 몰려드는 피난민들로 인하여 행정적인 업무가 미처 따라가지 못하고 있다. 호구 조사를 실시하여 젊은 사람들을 강제 징집을 하려 해도 실제로 어려움에 처해 있다. 전선으로 군인들을 계속 징집을 하여 보내야 하는 긴박한 상황에 놓여 있다. 자발적으로 군에 입대하는 자들도 더러 있지만, 소수에 불과하다. 부산 시내를 오가는 젊은 사람들을 신분 조사를 하여 강제로 징집을 하고 있는 중이다.

"일행은 있나?"

"예, 형님이랑 피난을 왔습니다. 함께 지내고 있습니다."

인영이 옆에서 조사를 받고 있는 인철을 손으로 가리킨다. 군인이 고개를 들어 인철을 바라본다. 군인이 고개를 끄덕이며 인영을 향해 명령을 한다.

"자, 그 자리에서 일어선다."

군인의 지시에 따라 인영이 자리에서 일어선다.

"앉아!"

인영이 군인의 명령에 따라 제자리에서 움직인다.

"자, 두 팔을 벌려 본다."

인영이 두 팔을 벌린다.

"손으로 주먹을 쥐었다 펴 본다."

인영이 주먹을 쥐었다 편다.

"손가락을 접으면서 하나에서 열까지 세었다가 편다."

인영이 군인이 지시하는 대로 한다. 군인이 고개를 끄덕이며 징집 대상으로 지장을 찍는다.

"이인영! 당신은 이 시간 이후로 군인으로 징집 대상이다. 알겠나?"

인영은 군인의 명령에 따라 어찌할 바를 모른다. 당장 군인으로 징집 대상이라니. 어찌해야 할지. 옆에서 조사를 받고 있는 인철을 바라본다. 인철도 예외 없이 군인의 조사를 받고 있는 중이다. 인영은 군인으로 징집되는 일을 피하려고 군인에게 항의를 한다.

"지는 결혼을 해서 고향에 처자식이 있는 몸입니다."

"지금은 전시 상황이다. 이유 불문하고 건강한 남자들은 모두 징집 대상이다. 알겠나?"

인영이 군인에게 통사정을 해 보지만, 인영의 의견은 받아들여지지 않는다.

"자, 저쪽으로 따라간다."

군인이 인영에게 다가와 인영을 데리고 간다.

인철은 다행히도 당장 군인으로 징집되어 가는 걸 눈치채고 어떻게 해서든지 이 자리를 모면하려고 애를 쓴다. 인철은 아픈 어깨 부위를 군인에게 보여 준다. 상처로 인한 흉터 자국을 군인에게 보여 줌으로써 환자임을 각인시켜 준다. 고향에 처자식이 있음을 밝힌다. 다행히도 인철은 군인으로 징집되지 않는다.

군인들에게 조사를 마친 젊은 남자들은 현장에서 징집되어 간다. 인철은 인영의 징집에 대해 항의를 하기 위해 면담 요청을 하지만 거절당한다. 인영이만 징집되는 게 아니다. 현장에서 많은 젊은 남자들을 마구잡이로 징집되어 가는 것을 보고 어떻게 해 볼 도리가 없다. 인철과 인영은 그 자리에서 생이별을 한다. 인영이 군인에게 끌려가면서 뒤를 돌아본다. 멀어지는 인철 얼굴을 한번 바라보는 것으로 작별을 한다. 인철은 인영의 징집을 그저 멀리서 바라만 볼 뿐이다.

인철은 인영이 전쟁 중에 강제 징집되었다는 일로 마음이 무겁고 답답하기만 하다. 속이 상해서 무작정 걷는다. 밤길을 계속 걷다 보니 어느새 부산역 근처까지 걸어왔다. 초량동 홍등가를 걷고 있다. 초량동 홍등가는 불야성을 이루고 있다. 전쟁 중이라고 하지만, 사람들이 살아가는 모습은 다양하다. 군복을 입고, 키가 큰 서양 군인들이 담배를 입에 물고, 술에 취해 휘청거린다. 홍등가에서 살아가는 아가씨들과 어깨동무를 하며 비틀거리며 걸어간다. 아가씨들은 외국 군인들과의 하룻밤을 위해 웃음으로 유혹한다.

"호호호호호…"

"헬로우! 하이!"

서툰 영어를 구사하며 외국 군인들에게 찰싹 달라붙어 홍등가로 안내하기 바쁘다. 홍등가 앞을 지나가는 남자들은 모두 술집 아가씨들에게 유혹의 먹잇감이다.

"아저씨!"

혀 꼬부라지는 소리로 눈빛을 발사하며 남자들을 유혹하기 위해 가까이 다가온다. 인철은 아가씨를 피해 걸음을 재촉한다. 조금 더 걸어가자 화장을 진하게 칠한 아가씨가 인철에게 다가온다.

"아저씨!"

"…"

기분이 안 좋은 인철도 말없이 눈을 피하면서 느릿느릿 걸어간다.

"아저씨! 쉬었다 가셔요. 써비스 잘해 줄게요."

인철이 오늘은 쉴 마음이 아니다. 인영의 강제 징집으로 기분이 우울하다. 계속 부산 밤거리를 걷는다. 걷다 보니 초량동을 지나 좌천동을 걷고 있다. 정처 없이 부산 밤거리를 계속 걷고, 또 걷는다.

인철이 술집에서 괴로움을 술로 달랜다. 인철이 혼자 술을 마신다. 담배를 깊게 빨아들여서 길게 내뱉는다.

"후…"

희뿌연 담배 연기가 가득하다. 인철이 괴로운 나머지 고개를 숙인다. 무슨 운명의 장난이란 말인가? 동생들 모두가 전쟁터로 끌려가 버렸다. 인수를 생각하면 마음이 괴롭다. 인수는 일본군으로 징집 되어 버렸다. 오포대 아래 뒷동산에서 인수와 도란도란 얘기를 나누 었던 기억이 난다. 어쩔 수 없이 일본 놈들에게 강제 징집을 당해서 가야만 했던 시절이었다. 잘 다녀오라는 말도 건네지 못한 못난 형 이었다. 인수를 징용으로 보내고 얼마나 괴로워했던가? 나 대신 인 수가 징용으로 끌려가면서 얼마나 이 형을 원망했을까? 어디로 끌 려갔는지, 어디에서 죽었는지. 인수를 생각하자니 저절로 눈물이 난 다. 인철은 두 눈에 눈물이 가득 고인다. 눈물이 두 볼을 타고 흘러 내린다. 인철은 훌쩍이며 눈물을 닦는다. 가슴이 미어진다. 소리를 지른다.

"아!"

인철은 인수를 생각하니 마음이 괴롭다. 지켜 주지 못한 못난 형 이었다. 양심의 가책을 느낀다. 부산에 피난 와서는 인영이 군대로 끌려갔다. 전쟁 중이라 전선으로 즉시 투입되리라 본다. 전쟁통에서 인영이 잘 견딜 수 있을는지. 인영도 지켜 주지 못했다. 인철은 인영 의 걱정을 떨쳐 버릴 수가 없다. 인영을 지켜 주지 못한 자책감에 괴 롭다. 인호는 어떻게 되었을까? 사관학교에 입학한 지 불과 몇 달밖 에 안 됐다. 사관학교 생도들은 현역군인이나 마찬가지인데, 서울에 서 불시에 전쟁을 맞았을 텐데…. 인호도 이 전쟁통에 인민군들과 대치하고 있지는 않은지, 전쟁터는 긴박하게 돌아갈 텐데 혹시 무 슨 일이 일어나지는 않았는지…. 불길한 생각이 든다. 모두 무사해 야 할 텐데…. 종갓집 남자들이 모두 전쟁터로 내몰리는 운명이라 니. 생각할수록 머리가 복잡해진다. 괴로움을 견딜 수가 없다. 형으로서 자책감에서 벗어날 수가 없다. 괴로움을 잊기 위해서 혼자서 계속 술을 벌컥벌컥 들이켠다.

인철이 비틀거리며 초량동 골목에 들어선다. 홍등가는 전쟁 중인데도 불야성이다. 술집 밖에는 붉은 등을 매달아 놓았다. 붉은 불빛이 희미하게 켜져 있다. 인철이 초량동 홍등가에 들어선다. 술집에서 여자들의 웃음소리가 밖으로 새어 나온다.

"호호호호호…"

"울려고 내가 왔던가 웃으려고 왔던가
비린내 나는 부둣가엔 이슬 맞은 백일홍
그대와 둘이서 꽃씨를 심던 그날도
지금은 어디로 갔나 찬비만 내린다…"

노랫소리가 젓가락 장단에 맞추어 흘러나온다. 노랫소리는 홍등가를 지나가는 남자들을 유혹한다. 사람들이 홍등가를 분주하게 지나간다. 민정이 야한 옷차림으로 초량동 골목을 지나가는 사람들에게 호객 행위를 한다.

"아저씨! 놀다 가이소!"

지나가는 사람이 아가씨들의 호객 행위에 아가씨들을 외면하고 지나친다. 아가씨들은 그냥 지나치는 남자들에게 포기하지 않고 끈질기게 달라붙는다.

"아저씨! 잘해 줄게요. 놀다가 가이소!"

홍등가를 지나는 남자들은 아가씨들을 멀찌감치에서 피해 바쁘게 걸음을 재촉한다. 인철이 비틀거리며 홍등가에 들어선다. 인철이 홍등가에 들어서자 아가씨들이 인철에게 다가간다.

"아저씨! 놀다 가이소!"

비틀거리며 걸어가는 인철에게 찰싹 달라붙어 인철을 유혹한다. 인철이 아가씨를 뿌리치며 계속 홍등가 안쪽으로 계속 걸어간다.

미군들이 삼삼오오 담배를 피우며 홍등가를 다가온다. 술에 취한 미군들이 비틀거리며 다가온다. 민정이 미군들 가까이 다가간다.

"헬로! 나이스 미 투!"

민정이 호객 행위를 하려고 가까이 오면서 미군들에게 인사를 한다. 미군이 즉각 반응을 한다.

"오! 하이!"

미군이 비틀거리며 가까이 다가오자 민정이 다정스럽게 어깨를 감싼다. 호객 행위를 기다렸다는 듯이, 민정에게 몸을 기댄다. 주변에 함께 있던 미군들도 담배를 입에 문 채, 웃으면서 민정에게 기대어 함께 어깨동무를 한다. 민정은 손님을 붙들었다는 기대감에 미군들에게 더욱더 아양을 떤다. 비틀거리는 미군들을 데리고 가게 안으로 함께 안내한다.

인철이 계속 걸어가면서 앞을 힐끗 바라본다. 가게 앞 곳곳에서 아가씨들과 미군들이 실랑이를 벌이고 있다. 인철이 어느새 민정이 미군과 실랑이를 벌이고 있는 먼발치까지 다가온다. 민정이와 미군들이 어깨동무를 하고 비틀거리면서 가게 안으로 들어가는 모습을 힐끗 바라본다. 인철이 바로 눈앞에서 벌어진 일이다. 인철이 한 발자국만 미군들보다 앞섰어도 민정과 만날 수 있었다.

가게 안에서는 미군들과 한국 아가씨들이 함께 어울려 술판이 벌어진다. 담배를 문 미군과 술을 따르는 민정이 함께 건배를 하며 술잔을 입으로 가져간다.

"브라보!"

술잔을 부딪치며 술을 단숨에 마신다. 민정도 술기운에 얼굴이 벌겋게 달아올랐다. 미군들은 술에 취한 몸으로 민정에게 기댄다. 민정에게 기댄 미군의 얼굴을 쓰다듬으며, 미군에게 민정이 야릇한 눈빛을 보낸다. 미군도 민정에게 호감을 가지며 눈을 찡긋거린다.

인철은 눈앞에서 미군들이 아가씨들의 호객 행위에 이끌려 가게 안으로 들어가는 모습을 보면서 계속 걸어간다. 곳곳에서 벌어지는 일이라 신경 쓰지 않는다. 화장을 짙게 한 아가씨가 인철 옆에 찰싹 달라붙는다.

"아저씨, 한잔 더 하실래요?"

인철이 비틀거리며 아가씨를 바라본다.

"놔!"

인철이 비틀거리며 아가씨를 뿌리친다. 인철이 비틀거리며 조금 더 걸어가자 아가씨가 또 바짝 달라붙는다.

"아저씨! 잘해 줄게요."

"뭐? 잘해 준다고?"

인철이 걸음을 멈추고 아가씨를 쳐다본다. 계속되는 아가씨들의 꼬임에 인철이 슬그머니 아가씨가 가자는 대로 걸음을 옮긴다. 아가씨가 인철을 붙들고 들어가자 아가씨들은 부산하게 움직인다. 인철을 방으로 안내한다. 방안에 앉자마자 아가씨들이 인철의 양팔에 팔짱을 끼고 양옆에 앉는다.

"멋진 오빠 오셨네!"

"우리 오빠 멋지다!"

양옆에 팔짱을 낀 아가씨들이 인철을 바라보면 아양을 떨면서 웃는다. 인철이 아가씨에게 고개를 돌리자 눈을 찡그리며 인철에게 호들갑을 떤다. 술상이 들어오고 술잔에 술을 따른다.

"오빠, 한잔하셔야죠?"

아가씨들이 인철에게 술을 권한다. 인철이 술잔을 받아들고 벌컥벌컥 마신다.

"오빠. 한잔 더 하셔야죠?"

아가씨들이 술을 계속 따라 잔을 채운다.

"호호호호호…"

술이 들어가자 인철도 기분이 좋아진다. 아가씨가 웃으면서 인철을 바라보자, 노래를 하라고 요구한다.

"야! 노래해 봐. 노래가 있어야 술맛이 나지!"

인철이 비틀거리면서도 아가씨에게 노래를 부르라고 하자, 아가씨들이 젓가락 장단을 두드리며 노래를 부르기 시작한다.

    "울고 왔다 울고 가는 설운 사정을
    당신이 몰라주면 누가 알아주리요
    알뜰한 당신을…"

인철도 노랫소리를 듣자 기분이 좋아진다. 눈을 감고 아가씨들의 노래에 박자를 맞추며 몸을 움직인다. 노랫소리는 점점 커져 간다.

인철이 부산항에서 관부연락선에 올라탄다. 일본으로 잠시 피해 있어야만 전쟁통에서 살아남을 수 있을 것 같다. 전선은 이제 다부동 전선과 낙동강 전선까지 국군과 유엔군이 밀리고 있다고 한다. 사력을 다해 인민군의 남진을 막아 보려 하지만, 역부족인가 보다. 이 추세로 간다면 인민군들은 여차하면 대구와 부산까지 밀고 내려올 기세다. 남한의 젊은 남자들을 닥치는 대로 차출하여, 전선으로 보내고 있는 이유가 있는 것이다. 전선에는 많은 군인과 물자가 필요하다. 계속해서 단파방송을 들으면, 미군의 본대가 부산에 도착하여 전선으로 투입되고 있다고 한다. 유엔군들도 부산에 속속 도착하고 있다고 한다. 탱크와 야포, 탄약도 충분히 지원되리라 본다. 유엔군들이 전선에 배치하는 동안만이라도 낙동강 전선을 지켜 냈으면 한다. 유엔군이 본격적으로 전선에 투입되면, 파죽지세로 밀고 내려오는 인민군들과 대적하리라 본다. 인철이 관부연락선 갑판 위에 서 있다. 관부연락선 위에 서 있으니 감회가 새롭다. 배 위에서 인철은 해방 이전의 젊은 시절을 떠올린다.

일제 치하의 암울했던 시절에 일본 유학은 막연한 희망과 기대로 가득 차 있었다. 부푼 꿈을 꾸며 부산항을 출발했다. 동경에 도착하여 대학 생활을 열심히 견뎌 냈다. 일본에서 유학 생활은 순탄하지 않았다. 조선에서의 중등 학창 시절에는 순진하기만 했다. 나라를 잃은 자각은 하고 있었지만, 마음이 여리고 순진하기만 하였다. 아무리 철없는 시절이라고 하지만, 조선은 분명히 일본에게 나라를 빼앗기고 있는 현실을 알고 있었다. 작문 시간이 제일 괴로웠다. 일본 선생들의 강압에 의하여 거짓 작문도 어쩔 수 없이 제출하였다. 어린 나이지만, 양심을 저버리는 일이었다. 일본 천황을 찬양하라는 작문을 짓는 일은 괴롭지만 견뎌 냈다. 거짓 작문을 쓰지 않고, 대한민국은 수천 년의 역사를 가진 독립 국가라고 작문을 쓸 용기가 부족했다. 본인도 모르게 점점 거짓말쟁이가 되어 가고 있었다. 퇴학당하지 않으려면 어쩔 수 없이 견뎌 내야만 했다. 학교는 온통 일본판이었다. 말도 일본말만 쓰게 했다. 일본 선생들이 판을 치고 있었다. 일본 아이들과 경쟁하는 일도 힘들었다. 조선 학생들이 단체로 반항하기도 힘든 시절이었다. 학교 선배들이나 어른들의 도움도 없었다. 강하게 저항하지 못하고 그저 학교생활에 순응하기만 했다. 인철은 일본으로 유학을 가면 숨통이 트일까 기대했지만, 일본 땅에서는 더 견디기 힘든 시절을 보냈다. 그렇지만, 세상을 향한 눈이 점점 트이기 시작한 것이다. 그야말로 조선에서는 우물 안 개구리였음을 차차 깨달아 가기 시작했다. 3.1 만세운동 이후 일제는 무자비하게 총칼로 탄압을 하였다. 1930년 세계 경제공황으로 각 나라는 경제적 위기에 처한다. 이를 타개하기 위해 일제는 군사적 체제로 전환하고 침략 전쟁에 날뛴다. 조선을 식민 통치 하는 것도 모자라 조선을 침략의 전진 기지로 삼아 중국 침략을 가속화한다. 1931년에는 만주를 침략하고, 1932년에는 중국 상해를 침략한다. 1937년에는 중일전쟁을 일으켜 중화민국의 수도인 난징을 점령하고 난징대학살 일으킨다. 중국 본토 공략을 가속화한다. 그렇지만 중국은 끝까지 결사 항전한다. 식민 지배를 당하고 있는 조선도 중국에서 임시 정부를 수립하여 독립군을 양성한다. 독립군은 중국의 도움으로 함께 연대하여 일제에 대항을 계속해 나간다. 일제는 1941년에는 태평양전쟁을 일으킨다. 전선은 동남아와 미국 진주만을 기습 공격하여 전쟁은 태평양 전역으로 확대된다. 전쟁 물자를 조달하기 위하여 조선의 식민지 정책은 점점 수탈이 심해진다. 수탈은 인력 동원까지 확대된다. 경제적인 수탈은 말할 것도 없고, 인력 동원을 가속화한다. 육군특별지원법령, 국민징용령, 학도 전시동원체제 확립 요강, 해군특별지원병령, 육군특별지원병 임시채용규칙, 징병령, 여자정신근무령을 계속 공포하기에 이른다. 유학생인 인철은 일제의 만행에 대해 점점 눈을 뜨게 된다. 누가 시키지도 않았지만 유학생들의 모임은 조선의 독립을 위한 점조직으로 변해 갔다. 유학생들은 모이기만 하면 조국의 독립을 위해 은연중에 일을 벌여야만 했다. 조국이 패망하여 일본에 짓밟히고 있다는 것에 무언으로 대항해야 한다는 힘이 솟구쳤다. 식민 통치를 당하고 있는 조선인으로서 참으로 견딜 수 없는 모욕감과 독립운동에 뛰어들 수밖에 없는 젊은 청춘이었다. 공부와 일도 손에 잡히지 않고 방황하는 날이 계속되었다. 조선 유학생들에게는 가혹하리만큼 일본 경찰의 감시를 받아야만 했다. 많은 유학생들이 사상범으로 몰려 감옥으로 보내졌다. 조선 독립을 모의한다는 죄를 뒤집어씌워 잡아가서 고문도 서슴지 않았다. 인철은 일본 경찰의 감시를 피해 일본에서 조선을 경유하지 않고, 곧바로 만주로 향했다. 워낙 일본 경찰의 감시가 심했기 때문에 그 길을 선택해야만 했다. 만주에서는 독립군의 일원이 되었다. 누가 시키지도 않았지만 제 발로 독립군을 찾아간 것이다. 일본군들과 한바탕 전투를 치르다 부상을 당했다. 만주 곳곳에 세워진 조선인교회 사람들의 도움을 받아 살아남았다. 교회 안에서 점조직으로 구성된 교인들은 총만 안 들었지 모두가 독립운동가들이나 마찬가지였다. 나중에 들은 얘기지만 일본놈들은 독립군들을 소탕한다는 명목으로 조선인교회와 마을에 불을 지르는 만행을 저질렀다고 한다. 고향으로 돌아와서도 조선의 독립을 위해서 수많은 우여곡절을 겪었다.

파도가 철썩거린다. 인철은 관부연락선 갑판 위에서 망망대해를 바라보며 지나간 일을 천천히 기억한다.

일본에 도착한 인철은 동경 시내를 걸어다닌다. 2차 대전 때 동경은 폭격으로 쑥대밭이 되어 버렸다. 일본이 미국에 항복을 하지 않자, 미군은 일본의 모든 도시를 폭격을 하여 쑥대밭으로 만들어 버린다. 그야말로 일본 대공습을 감행한 것이다. 일본의 모든 도시는 대공습의 대상이 되어 버렸다. 미군기의 폭격에 모든 도시가 불길에 휩싸여 활활 타 버렸다. 그래도 일본이 항복을 하지 않자, 마침내 미국은 일본에 원자탄을 히로시마와 나가사키에 투하한다. 히로시마와 나가사키는 그야말로 도시가 통째로 없어져 버릴 만큼 큰 피해를 당한다. 도시 전체가 새까맣게 불타 버리고, 수십만 명이 한꺼번에 몰살되거나 부상을 당한다. 원자폭탄은 그야말로 무시무시한 위력을 발휘한다. 일본은 원자탄의 추가 공격을 막기 위하여 무조건 항복한다. 일본은 패전국이 되어 버린다. 폭격을 피해 지하 방공호로 피신해서 겨우 살아난 일본인들은 이제 막 재건을 해 가고 있는 중이다. 많은 건물들이 파괴되어서 과거의 도시 형태는 많이 변해 버렸다. 새로운 건물들이 막 들어서고 있는 중이다. 인철은 과거에 머물렀던 하숙집도 찾아간다. 하숙집도 불타 없어지고, 새로 지은 집에 하숙집 주인이 계속 살고 있다. 인철이 찾아가자 반갑게 맞아 준다. 인철이 다녔던 대학 캠퍼스를 찾아간다. 학교 곳곳을 돌아다니며 시간을 보낸다. 친구들을 수소문하여 만난다. 남자 친구들은 태평양전쟁에 징집되어 아직 돌아오지 않은 친구들이 많다는 것이다. 현재 살아남은 남자 친구들은 전쟁터에서 부상을 당해 후송되었거나, 징집을 피해 숨어 있다가 살아난 경우라고 웃으면서 말한다. 유학생들끼리 만났던 곳에서 차도 마시고, 오랜만에 회포를 푼다. 어느새 친구들은 결혼도 하고 직장을 다니고 있다. 인철의 현재 상황도 설명해 준다. 한국은 동족 간의 전쟁이 벌어지고 있다고 말한다. 동족 간의 전쟁이지만, 미국과 소련의 대리전쟁이나 마찬가지고, 자유주의와 공산주의 간이 전쟁이 되어 버렸다고 설명한다. 본인도 현재 고향을 떠나서 부산으로 피난을 와 있고, 군인으로 끌려갈 뻔하였다는 소식을 전한다. 해방이 됐지만, 일본에는 아직도 많은 동포들이 일본에 많이 남아서 거주하고 있다는 것이다. 일본도 한국에서 전쟁이 벌어지고 있다는 소식에 안타까워하고 있다는 것이다. 한국의 현재 전쟁 상황이 어떻게 돌아가고 있는지 궁금해한다. 재일 동포 청년들이 한국 전쟁에 자진하여 참전할 거라는 소문도 들려온다. 일본은 한국에서 전쟁이 일어나자 모든 산업이 군수체제로 전환하였다. 한국에 필요한 전쟁 물품을 만들어 내느라 모든 공장과 산업이 활발해져 가고 있다는 것이다. 한국 전쟁으로 일본 경제가 갑자기 호황을 이루고 있다.

심봉춘 사령관이 이끄는 부대는 낙동강 전선까지 남하하였다. 남형석 부대는 심봉춘 사령관과 함께 남으로의 진격은 수월하게 이루어졌다. 전투다운 전투를 겪지 않고도 남한을 계속 점령하여 내려왔다. 남한군들이 이미 도망을 쳤거나 미군들도 이렇다 할 저항을 하지 않았다. 그야말로 승승장구하였다. 낙동강 전선으로 다가가자 남한군과 유엔군의 저항이 거세졌다. 전쟁을 시작할 때부터 김일성

수령으로부터 8월 말까지 부산까지 점령하라는 명령이 하달되었다. 김일성 수령의 명령을 수행하기 위해 전력을 쏟는다. 심봉춘 사령관이 지휘하는 인민군들은 구미 해평면, 칠곡 가산면 다부리, 수암산 고지, 유학산 고지 일대, 의성 단밀면 일대를 점령하였다. 거대한 전선을 이루며 대구를 향하여 계속 진격을 서두른다. 이 일대의 다부동 전선을 돌파하면 대구를 점령할 수 있는 교두보를 확보하는 것이다. 심봉춘 사령관은 지휘봉을 들고 돌격 명령을 계속 내린다.

전쟁이 발발한 후 남으로만 밀리던 국군과 미군이 주축이 된 유엔군이 반격을 준비한다. 대구까지 밀리면 이제 끝장이라고 여긴다. 유엔군도 속속 도착하여 전선에 투입된다. 특히 미군이 부산항에 도착하는 숫자가 점점 늘어난다. 미군은 부산항에 도착하자 낙동강 전선으로 즉시 투입된다. 전열을 정비하여 파죽지세로 남하하는 인민군을 막아 낸다. 유엔군들이 전선으로 본격적으로 투입되면서 인민군들이 주춤거린다. 낙동강 전선을 방어선으로 삼는다. 여기서 인민군에게 더 밀리면 끝장이라는 각오다. 무기 하나 제대로 갖추지 못한 한국군에게도 유엔군의 무기 지원이 강화된다. 탱크도 속속 도착하여 지원된다. 포격부대도 도착하여 진지를 구축한다. 인민군들에게 반격을 개시한다. 미군의 비행기를 통한 공중 공격이 불을 뿜기 시작한다.

백수찬 사령관은 후퇴하고 있는 한국군을 규합한다. 미군에게도 반격을 위한 도움을 요청한다. 각 부대에게 인민군들이 점령하고 있는 구미, 칠곡, 유학산과 수암산, 다부동 일대의 837, 839, 673, 369, 466⋯. 각각의 고지를 점령하라는 명령이 하달된다. 여기서 인민군의 남하를 막지 못하면 끝장이다. 여기서 뚫리면 대구까지 인민군에 내어주어야 한다. 유엔군도 점점 보강이 되고 있지만, 다부동 전선은 한국군이 지켜 내라는 명령을 받는다. 유엔군은 낙동강변을 따라 인민군들이 더 이상 전진하지 못하도록 방어 라인을 구축한다. 한국군은 단독으로 작전을 하지 않고, 유엔군의 통제를 받는다. 한국군의 지휘권을 이승만 대통령으로부터 유엔군 사령관에게 넘겨졌다. 유엔군과의 소통이 아직 원활하지는 못하지만, 유엔군의 공중 폭격도 점차로 늘어나고 있다.

윙윙윙….

하늘에는 유엔군의 비행기가 수시로 공중에 날아다닌다.

쾅쾅쾅….

공중 폭격으로 인민군이 있는 곳에 포탄이 떨어진다.

"악!"

포탄을 맞은 인민군이 소리를 지르며 쓰러진다. 몸이 하늘로 솟구쳐 박살이 나 버린다.

날이 밝아 오자 백수찬 사령관은 망원경을 들고 유학산 고지를 바라본다. 다부동 전선에 펼쳐져 있는 각각의 고지를 차례로 살핀다. 다부동 전선을 모두 지켜 내야 한다. 유엔군으로부터 많은 무기와 한국군의 병력도 보충되었다. 지휘부는 다시 모여 작전을 짠다. 일시에 곳곳의 고지를 차례대로 점령하라는 작전이다. 인민군이 점령하고 있는 유학산 고지를 점령하기 위해서는 계곡 곳곳에서 공격해 올라가는 양공 작전을 시도해야 한다. 박격포 공격을 준비시킨다. 유엔군이 지원한 곡사포도 준비한다. 그야말로 반격 준비를 마

친다. 무기가 변변치 않아 반격다운 반격 한번 해 보지 못하고 계속
밀려났다. 포사격이 시작되고 인민군들이 혼란한 틈을 이용하여 돌
격을 시작한다는 작전이다. 인민군들이 점령하고 있는 고지를 점령
하기 위한 총공격을 내린다. 포격이 시작된다.

쾅쾅쾅쾅….

포탄이 고지를 향하여 불을 뿜는다.

"돌격하라!"

사령관의 돌격 명령에 따라 이인호 중대도 고지를 점령하기 위하
여 움직인다. 이인호는 계속되는 전투로 선임 지휘관들의 죽음으로
중대장이 되어 부대를 지휘한다.

"와!"

이인호가 부대원들을 이끌고 유학산 고지를 향하여 돌격을 시작
한다.

포탄이 고지 부근 곳곳에 떨어진다. 남형석은 진지를 점검한다.
유학산 고지를 절대로 적에게 내줄 수 없는 일이다. 진지를 구축한
부대원들을 계속 독려한다. 유학산 고지를 절대로 사수해야 한다.
박격포 포탄이 곳곳에서 떨어진다.

"총탄을 아껴라! 적들이 가까이 올 때까지 기다렸다가 사격을 하
라!"

남형석은 총탄이 빗발치는 고지에서 부하들에게 명령을 하달한
다. 이인호 부대가 점점 더 고지를 향해 올라온다.

"사격 개시!"

따다다다다다…. 탕탕탕탕탕….

기관총구가 불을 뿜는다.

총탄이 빗발치듯 국군을 향해 날아온다.
"악! 아!"
총탄을 맞은 전우들이 푹푹 쓰러진다. 피를 흘리며 죽어간다. 인호는 전우의 죽음을 보고 눈알이 뒤집힌다. 죽음을 무릅쓰고 고지를 향해 달려간다. 쓰러지는 전우의 시체를 넘어가면서 인호는 악을 쓰며 진격한다. 고지가 바로 앞에 있다. 고지를 탈환해야 한다. 이인호가 선두에 서서 고지를 향하여 올라오고 있다.
"공격하라!"
이인호 중대장은 공격 명령을 계속 외친다. 부대원들은 총알이 빗발치는 고지를 향해 공격을 계속한다.

남형석은 계속되는 적의 공격을 방어해 낸다.
탕탕탕탕탕….
"수류탄을 던져라!"
적은 점점 더 고지를 향해 올라오고 있다. 적의 공격에 인민군들이 계속 쓰러져 간다. 더 이상 버티면 적에게 전멸될 수 있다. 남형석은 후퇴 명령을 내린다.
"후퇴하라!"

마침내 유학산 고지를 이인호 부대가 점령한다.
"와! 대한민국 만세!"
인민군에게 점령당했던 유학산 고지가 국군에 의해서 드디어 탈환되었다. 얼마나 전투가 치열했는지, 산은 온통 시체로 뒤덮여 있다. 그야말로 처절한 광경이다. 국군의 많은 희생을 치르고서 고지를 점령한 것이다. 연기가 곳곳에서 피어오르고 있다.

　신봉춘 사령관은 남형석에게 유학산 고지를 다시 점령하라는 명령을 하달한다. 부대를 신속히 재정비한다. 병력도 충분히 보강한다. 남형석은 고지를 점령하기 위하여 기회만 엿본다.
　"돌격하라!"
　남형석이 돌격 명령을 내린다.
　"와! 와! 와…"
　인민군이 소리를 지르며 돌격을 한다.
　펑펑펑…. 탕탕탕….
　포격 소리가 계곡을 진동한다. 총을 들고 고지를 향하여 달려간다. 남형석은 선두에 서서 진두지휘한다. 인민군은 유학산 고지를 향하여 소리를 지르며 공격에 박차를 가한다.

　이인호 부대는 진지를 정비한다. 신병으로 전투 인원도 보강된다. 국군이 참호를 판다. 적이 공격해 올 경우를 대비하여 탄약도 확보한다. 민간인 지게 부대를 통해 식수와 식량도 충분히 확보한다. 인민군들이 공격을 해 오자, 이인호 중대장은 긴장을 늦추지 않는다. 유학산 고지를 사수하기 위하여 인민군이 사격 거리만큼 다가올 때까지 기다리게 한다. 인민군이 고지를 향하여 계속 올라오고 있음을 지켜보고 있다. 박격포는 인민군을 향하여 계속 발사한다.
　쾅쾅쾅….

이인호 부대가 진지를 구축하고 있는 곳에 계속 폭탄이 터진다. 인민군이 박격포로 유학산 고지를 향해 포격을 가한다. 유학산 고지를 명중시킨다.

"악!"

포탄을 맞은 국군의 몸이 하늘로 솟구친다. 이인호는 정신을 차리고 인민군의 공격 루트를 계속 주시하고 있다. 국군보다 훨씬 많은 병력이 유학산 고지를 향해 올라오고 있는 것이 보인다. 이인호 부대는 인민군보다 소수의 병력이지만, 죽을 각오를 하고 고지를 지켜 내야 한다.

"공격하라!"

이인호의 공격 명령에 따라 부대원들이 일시에 방아쇠를 잡아당긴다.

따다다다다…. 탕탕탕탕탕….

따발총과 소총이 고지를 향해 올라오는 인민군을 향해 일제히 포문을 연다. 인민군은 총탄이 쏟아지는데도 계속 고지를 향해 올라오고 있다. 인민군을 향해 수류탄을 던진다.

펑!

수류탄이 인민군 앞에서 폭발한다. 인민군들이 죽어 나간다. 인민군의 공세는 계속된다.

"와!"

인민군의 공격 인원은 엄청나다. 인민군이 점점 고지를 향해 다다른다.

"돌격하라!"

탕탕탕탕탕….

"악! 아!"

이인호 부대원들이 계속 쓰러진다. 이인호 부대는 인민군의 돌격에 많은 희생을 당하였다. 후방 지원이 부족한 상황이다. 다부동 전선의 각 고지마다 고지 쟁탈전이 치열하게 전개된다. 고지를 사수하기는 어렵다고 판단한다.

"후퇴하라!"

이인호는 부대원들에게 후퇴하라고 명령을 내린다. 일단 후퇴하여 전열을 가다듬고 부대원들을 충원시킨 다음에 유학산 고지를 다시 점령해야 한다고 판단을 내린다. 이인호 부대는 서둘러 후퇴를 한다.

"와!"

"인민공화국 만세!"

고지를 재탈환한 남형석 부대가 총을 머리에 올리고 환호를 한다. 남형석 부대는 유학산 고지 탈환에 성공한다.

이인호 부대가 전열을 가다듬었다. 빼앗겼던 유학산 고지를 다시 탈환해야 한다. 더 물러나면 북한군에게 대구까지 내주어야 한다는 절박감에 놓여 있다. 더 이상 후퇴하면 안 된다. 이인호 부대원들이 고지 전투에서 많은 부상을 당하고 죽었지만, 부대원들 구성은 신병들로 신속하게 채워졌다. 앳된 소년병들도 다수 포함되어 있다. 소년병이 인호 앞을 지나간다. 입은 군복이 커 보인다. 인호가 앳돼 보이는 소년병을 유심히 바라보다가 말을 건다.

"고향이 어딘가?"

"예, 대구입니다."

소년병은 경상도 사투리로 씩씩하고, 우렁차게 대답한다.

"언제 입대했나?"

"다부동 전선이 무너지면 대구가 위험하다고 들었습니다. 학도의 용대를 모집한다기에 중학생 친구들과 함께 지원하였습니다."

그야말로 다부동 전선은 긴박하게 돌아가고 있다. 소년병들까지 전선에 투입되고 있는 것이다. 민간인 지게 부대도 동원하여 총탄과 군수 물품을 지게로 지어 나르고 있다. 유엔군의 장갑차도 도착하였다. 유엔군의 지원으로 국군과 유엔군의 전력이 월등히 보강된 것이다. 국군과 유엔군이 연합하여 고지를 탈환하는 작전이다. 유엔군의 공중 공격도 재차 지원을 요청하였다. 빼앗겼던 고지를 반드시 재탈환해야 한다.

윙윙윙윙윙….

하늘에는 비행기가 선회한다. 비행기를 통한 공중 공격이 먼저 시작된다.

쾅쾅쾅….

"공격하라!"

"와!"

이인호가 공격 명령을 내린다. 이인호 부대원들이 고지를 향하여 돌격을 시작한다.

"와!"

이인호 부대원들도 사기가 높아졌다. 다부동 전선을 인민군에게 절대로 내줄 수 없는 일이다. 다부동 전선을 지키지 못하면 안 된다는 절박한 심정이다. 목숨을 바쳐서라도 고지를 점령해야 한다.

유학산 고지에 주둔한 남형석 부대는 꼬떡도 않는다. 남침 후 가장 치열한 싸움을 하면서 정복한 유학산 고지다. 어렵게 유학산을 점령했던 만큼 쉽게 내줄 수 없다. 남형석 부대는 유학산 고지를 절대 사수하라는 상부의 명령에 유학산 고지를 철저히 지킨다. 남형석이 고지 아래를 내려다본다. 적들이 산 아래에서부터 돌진해 오고 있다.

이인호 부대는 계속해서 유학산 고지를 탈환하기 위해 총력을 쏟는다.
"공격하라!"
부대원들을 계속 독려하며 공격 명령을 내린다.
"와!"
쾅쾅쾅…. 탕탕탕….
유학산의 철옹성은 쉽게 무너지지 않는다. 이인호는 선두에 서서 공격을 개시한다.
"고지가 얼마 남지 않았다! 공격하라!"
펑펑펑!
곳곳에서 수류탄이 터진다. "악!" 수류탄을 맞은 대원들이 하늘로 솟구친다. 이인호 부대원들이 고지를 점령하다가 수류탄 공격에 계속 고꾸라진다. 소년병들이 곳곳에서 죽어 나간다. 며칠 동안 연속되는 전투로 인해 쌍방 간에 죽어 나간 시체가 곳곳에 널브러져 있다. 한여름에 죽어 나간 시체에서 나는 악취가 진동을 한다. 고지를 점령하기 위한 전투를 하는 동안에는 오로지 고지를 점령하기 위한 전투에만 전념한다. 전우의 시체를 밟아 가면서 앞으로 전진한다.

탕탕탕탕탕…. 따다다다다다….

총알이 빗발치듯 이인호 부대에게 쏟아진다.

"공격하라!"

이인호가 다시 공격 명령을 내린다.

"와! 와! 와…"

함성과 함께 일시에 고지를 향해서 돌진한다.

남형석은 남한군의 계속되는 공격에 후퇴 명령을 내린다.

"후퇴하라!"

부상병을 이끌고 인민군이 퇴각을 한다.

"와!"

이인호 부대는 유학산 고지를 다시 탈환한다.

"만세! 만세! 만세!"

고지를 점령한 이인호 부대는 만세를 부른다. 백수찬 사령관도 고지로 올라온다. 이인호와 부대원들에게 일일이 악수를 나눈다. 고지를 점령하느라 수고한 부하들에게 격려를 해 준다. 쌍안경으로 멀리 포진해 있는 인민군들의 동향을 살핀다. 이인호 중대장은 사령관을 가까이 따라다니며 명령을 하달받는다. 유학산 고지는 거듭되는 쌍방 간의 고지 쟁탈전으로 폐허가 되어 버렸다. 연기가 곳곳에서 피어오르고 있다. 나무는 모두 불타 버렸다. 부상을 당한 대원들이 곳곳에서 신음하고 있다. 대원들이 부상자들을 응급 처치 하느라 바쁘게 움직인다. 부상자들을 들것에 올려서 산을 내려간다. 부족한 대원은 신병들이 다시 올라와 부대를 채운다. 사령관의 지시로 많은 병력과 무기가 유학산 고지에 지원된다. 완전 군장을 짊어진 많은 병력들이 유학산 고지로 계속 올라온다. 소년병들의 숫자는 더 늘어나고 있다. 이인호는 대원들을 집합시킨다. 대원들을 진지에 배치한다. 진지 곳곳을 돌아다니며, 신속히 고지를 정비하도록 지시한다. 국군은 폐허가 되어 버린 고지 곳곳에 참호를 판다. 고지 곳곳에는 시체가 널려 있지만, 신경 쓰지 않고 인민군들의 재공습을 위해서 진지 강화를 서두른다. 민간인으로 구성된 지게 부대는 물품을 계속 지어 나른다. 탄약과 식량이 부족하지 않도록 계속 지원을 한다. 이번에는 고지를 절대 사수해야 한다. 고지를 사수하는 것을 넘어서 북으로 전진을 하라는 명령을 하달받는다.

"이봐! 뭣들 하고 있는 기야?"

부산까지 갈 길이 바쁜 신봉춘 사령관은 인민군들의 거듭되는 후퇴에 신경이 곤두섰다. 남형석을 세워 놓고 소리를 버럭 지른다.

"오늘 중으로 당장 고지를 정복하라우야!"

"예!"

남형석은 사령관의 비위를 맞추느라 부동자세를 취하며 대답한다. 남한군에게 빼앗긴 유학산 고지를 당장 점령해야 한다.

펑펑펑, 쾅쾅쾅.

유학산 고지를 향하여 박격포 공격을 계속 퍼붓는다.

"돌격하라!"

남형석이 공격 명령을 내린다. 인민군들이 유학산 고지를 향해 다시 돌진한다.

"와!"

인민군들이 함성을 지르며 돌격한다. 인민군의 대열이 점점 고지를 향해 올라온다.

쾅쾅!

고지 부근에서 포탄이 계속 떨어진다.

"악!"

이인호 부대원들이 포탄을 맞고 하늘로 솟구친다. 이인호 부대원들이 총을 맞고 수없이 쓰러져 간다. 유학산 고지는 연속되는 전투로 인해 대원들이 피를 흘리며 신음하고 있다. 이인호도 고지를 향해 올라오는 인민군을 향해 계속 총을 쏜다.

"공격하라!"

이인호가 고지를 향해 올라오는 인민군들을 향해 일제히 사격을 한다.

탕탕탕탕탕, 따따따따따, 펑펑펑, 쾅쾅쾅….

따발총과 수류탄, 박격포로 고지로 올라오는 인민군을 향해 공격을 멈추지 않는다.

"돌격하라!"

남형석이 점점 고지를 향해 점점 올라간다. 조금 더 오르자 고지가 눈앞에 보인다. 목소리를 높이고, 손짓을 하면서 고지를 향한 돌진을 계속 독려한다.

"돌격하라!"

이인호는 고지에서 인민군을 지휘하는 남형석을 발견한다. 인민군 지휘관을 표적으로 삼는다. 지휘관을 사살하면 적들은 오합지졸을 만들 수 있다고 여긴다. 이인호가 남형석에게 총구를 겨눈다. 방아쇠를 당긴다.

탕.

남형석의 가슴에 총알이 관통한다. 남형석이 가슴에서 피가 솟구친다.

"악!"

남형석이 외마디 소리를 지르며 쓰러진다. 이인호가 인민군 지휘관이 피를 흘리며 쓰러지는 모습을 확인한다(남형석과 이인호는 통성명도 하지 못한 채, 사위가 쏜 총탄에 장인이 맞아 죽는다).

"공격하라!"

이인호는 인민군의 지휘관이 쓰러지자 공격하라고 더 큰 소리로 부하들을 격려한다. 남형석이 총을 맞고 쓰러져 버리자, 지휘관을 잃은 인민군들의 고지를 향한 진격이 점점 주춤해진다.

쾅쾅쾅!

계속되는 쌍방 간의 전투는 그칠 줄을 모른다.

"공격하라!"

인호가 선두에 서서 국군은 인민군을 향해 공격의 고삐를 늦추지 않는다.

쾅!

인호 옆에 박격포탄이 떨어진다. 인호가 파편을 맞고 쓰러진다.

"악!"

인호 얼굴은 피범벅이 된다. 아직은 살아 있다.

"아!"

인호가 고통을 호소하며 신음을 한다. 인호가 쓰러지자 부하가 달려온다.

"중대장님! 중대장님! 정신 차리십시오!"

부하들이 달려와 인호를 흔들어 댄다. 인호가 계속 고통스러워한다. 우선 응급 처치를 한다.

"아!"

인호가 계속 소리를 지르며 고통스러워한다. 총소리와 포탄 터지는 소리가 요란하게 계속된다.

쾅!

포탄이 인호 옆에 다시 떨어진다. 인호를 돌보던 병사도 신속히 총을 들고 사격 자세를 취한다. 인호를 놔두고 계속 고지를 향해 올라오는 적을 향해 사격을 한다. 고지를 향해 올라오는 적들이 총을 맞고 쓰러진다. 계속되는 전투에 피아간에 병사들이 계속 죽어 나간다. 인호가 계속 신음을 한다. 부하들은 계속 인민군을 격퇴하느라 정신이 없다. 인호가 심호흡을 계속하더니 정신이 돌아온다. 싸움은 소강상태로 접어든다.

인민군은 지휘관이 쓰러진 뒤로는 고지를 향한 돌격은 서서히 잦아든다. 지휘관이 총탄을 맞고 쓰러진 인민군의 사기는 서서히 떨어진다. 지휘관이 없는 인민군들이 후퇴를 한 것이다. 국군도 지휘관이 쓰러졌지만, 용감히 싸워서 인민군을 물리치는 데 성공을 한다. 총소리가 잦아들자 병사가 쓰러져 있는 인호 곁으로 다가온다. 누워 있는 인호를 흔들어 댄다. 인호가 있던 땅바닥에는 붉은 피가 흥건히 젖어 있다. 인호는 점점 기운을 잃어 가고 있다. 의식이 희미해진다.

"중대장님! 괜찮으십니까?"

피를 흘리고 누워 있던 인호가 겨우 정신을 차리고 입을 뗀다.

"적들은 어떻게 됐나?"

"적들은 물러갔습니다."

이인호는 이제야 마음이 놓인다. 인호는 얼굴을 찡그리며 고통을 참아 낸다. 고통은 점점 깊어진다. 소리를 지를 기운도 없다. 인호는 눈을 감는다.

서시천은 평화롭다. 서시천이 초록으로 물들었다. 냇물이 점점 불어나 서시천을 적시며 흘러간다. 물새들이 짹짹거리며 우르르 몰려다닌다. 천진난만한 인호와 미요코가 나비를 잡기 위하여 둑방을 달린다. 인호와 미라가 손을 잡고 서시천 둑방을 함께 걷는다. 징검다리를 건너간다. 인호가 먼저 건너고 뒤돌아선다. 미라의 손을 잡아 준다. 미라도 징검다리를 건넌다. 징검다리를 건너서 발을 냇물에 담근다. 물장구를 치며 신나게 논다. 장정지에는 물고기가 유유자적 돌아다닌다. 인호가 수양버들가지 잎을 훑어서 장정지 위에 뿌린다. 물고기가 수양버들잎을 향해서 모여든다. 인호가 수양버들가지로 물고기를 향해 내리친다. 물방울이 인호 몸으로 달려든다. 미라가 그 모습을 보며 웃으면서 좋다고 손뼉을 친다. 미라와 인호가 둑방에 앉아 있다. 밤하늘을 쳐다본다. 은하수가 서시천으로 쏟아져 내린다. 미라가 인호에게 살며시 기댄다. 미라와 인호가 서시천 둑방에서 사랑을 나눈다. 인호가 철민과 눈을 맞춘다. '까꿍' 하면서 인호는 함박웃음을 짓는다. 인호가 철민의 손을 잡고 목말을 태운다. 미라와 인호와 셋에서 함께 웃는다. 셋은 함께 하늘로 성큼성큼 걸어 올라간다. 미라가 웃는다. 인호도 따라 크게 웃는다. 인호가 크게 눈을 뜨더니 서서히 스러져 간다. 눈을 잠시 뜬 인호를 향해 부하들이 눈을 맞춘다.

"중대장님! 중대장님!"

부하들이 인호를 계속 흔들어 댄다. 아무 반응이 없자 인호를 끌어안고 일으켜 세운다. 축 늘어져 버린 인호는 깨어나지 못한다.

"흑흑흑…."

부하는 중대장을 안고 큰 울음을 쏟아낸다. 주변에 있던 부하들도 인호 곁으로 모여들어 고개를 숙이고 어깨를 들썩인다.

고지 곳곳에는 연기가 계속 피어오르고 있다. 고지전에서 살아남은 병사들은 부상을 당한 전우들을 치료하느라 정신이 없다. 고지 곳곳에는 수백 구의 국군 시체가 널브러져 있다. 주인을 잃은 철모와 총이 나뒹굴고 있다. 고지에는 태극기가 펄럭이고 있다.

쾅…. 탕탕탕…. 따다다다다….

포격 소리가 빗발치고 있다. 염상석이 적군을 향하여 총을 계속 쏜다. 송진혁과 염상석이 총을 쏘며 고지를 향해 진격한다. 송진혁은 반란 사건 때 진압군의 총공격을 피해 지리산에서 빠져나왔다. 남형석과 함께 벽송사와 대구 팔공산으로 몸을 피했다. 6연대 반란군들과 함께 북으로 올라갔던 송진혁이 인민군이 되어 내려온 것이다. 평양에서 대학교를 다니던 염상석은 인민군에 강제로 징집이 되었다. 서울을 점령하고 대전까지 파죽지세로 점령하였다. 계속 남하하여 낙동강 전선까지 진격해 왔다. 낙동강 전선까지는 적군들의 큰 저항이 없었다. 이제 낙동강 전선을 돌파하고, 대구를 점령하면 부산을 향해 진군이다. 이제 부산만 점령하면 전쟁도 끝이다. 낙동강 전선을 돌파하기 위한 쌍방 간의 전투는 불을 뿜는다. 치열한 격전에도 낙동강 전선은 점점 더 치열해진다. 남한군은 인민군에게 적수가 되지 못한다. 무기도 변변치가 않다. 소련제 탱크로 무장한 인민군은 서울을 함락시키고 계속 남하한다. 오산 부근에서 미군들과 격전이 벌어지지만, 미군까지 격파하고 계속 남하한다. 대전을 함락시키고 계속 남으로 전진한다. 인민군은 남침을 시작하자마자 파죽지세로 남한 땅을 점령해 내려간다. 대전도 점령하였다. 이제는 남한 지역을 해방시키는 일이 얼마 남지 않았다. 대구와 낙동강 서부 지역을 포함하여 곧 부산까지 점령할 태세다. 인민군복을 입은 김정규와 심탁은 총을 메고 민간인들을 동원하여 지게 부대를 만들었다. 김정규가 지게 부대를 지휘한다. 인민군복을 입은 심탁도 민간인들이 짐을 나르는 일을 지휘한다. 심탁도 짐을 지고 앞장서서 산으로 오른다. 송진혁 부대를 따라 짐을 잔뜩 짊어진 민간인들과 함께 산으로 향한다. 포탄을 운반하는 역할을 맡았다.

"돌격하라!"

송진혁이 공격 명령을 내린다.

"와!"

탕탕탕….

인민군의 함성이 총소리와 함께 울려 퍼진다.

쾅!

포탄이 염상석 발 앞에서 터진다. 함께 달리던 동지들이 포탄을 맞고 쓰러진다. 염상석은 포탄이 두렵지 않다. 계속 소리를 지르며 달린다. 고지를 점령해야 한다.

"와!"

인민군들이 함성을 지르며 고지를 점령하기 위하여 필사의 공격을 한다. 드디어 고지를 점령한다. 송진혁과 염상석이 고지에서 만세를 부른다.

"인민공화국 만세!"

송진혁이 지휘하는 부대도 다부동 전선에서 고지를 뺏고, 빼앗기는 일진일퇴가 계속된다. 남한군과 유엔군의 저항이 계속된다. 인민군들은 다부동 전선을 끝내 넘어서지 못한다.

맥아더 사령관이 한반도 지도를 펴 놓고 지휘관들과 머리를 맞댄다. 연합군이 전쟁에서 승기를 잡으려면 과감한 상륙 작전을 구사해야 한다. 상륙 작전을 성공시켜 북한군의 보급로를 차단시켜야 한다. 퇴로까지 차단하는 작전이 전쟁에서 승기를 잡을 수 있는 길이라 판단한다. 서해안 중에 어디가 좋을지 숙의를 하는 중이다. 지휘봉으로 군산항을 가리킨다. 서해안을 따라 지휘봉으로 인천항을 가리킨다. 지휘봉이 인천항에서 머무른다. 인천항은 조수 간만의 차이가 심하다. 상륙 작전을 하기에는 적합하지 않은 구조를 가지고 있다. 군산항이 상륙 작전을 하기에는 항구로서 적당하지만, 북한군의 허를 찌르기에는 아쉬운 곳이다. 인천항으로 상륙을 해야 적의 보급로를 일시에 차단하는 효과를 내기에는 적합한 곳이다. 서울과도 가까운 거리다. 수도 서울의 수복이야말로 상징적인 곳이기도 하다. 맥아더는 계속 고민을 한다. 상륙 작전을 해야 하는 인천의 상황이 간단치만은 않다. 북한군들이 이미 정복해 있는 곳을 쉽게 내어 주지 않을 거란 예상도 해 본다. 주변의 참모들은 인천으로의 상륙 작전에 반대 의사를 표시한다.

인천항은 조수간만의 차가 크다. 밀물 때를 맞추어 상륙에 성공해야만 하는 부담을 가지게 한다는 것이다. 밀물 때 상륙을 성공하지 않으면, 썰물 때는 조수간만의 차가 7미터 이상 나기 때문에, 후퇴 시 인천항에 들어온 거대한 군함이 고립될 수 있다. 고립 시 적에게 집중 포격 대상이 될 수 있다는 것이다. 인천항은 썰물 때 갯벌이 수백 미터 이상 드러나기 때문에 밀물 때 상륙을 완료하지 못하면 썰물 때 드러난 갯벌 위로 도보나 차량 통행이 불가능하다는 것이다. 썰물 때 고립의 문제가 대두된다. 인천항은 상륙지 부근에 모래 사장은 없어 일시에 상륙하는 어려움이 있고 높은 방파제와 축대를 넘어가야 하는 지형으로, 사다리를 준비하여 타고 넘어야만 하는 지형으로 되어 있다는 것이다. 사다리를 타고 넘어서 상륙하다 보면 시간이 지체되고, 적에게 발각됐을 경우 적의 표적이 될 수 있다는 것이다. 인천항에 상륙을 성공한다 해도 인천항구와 시내가 근접하여 적이 시내에 포진하고 있을 경우, 시가전을 치르면서 점령해 나가야 하는 어려운 문제가 대두되고 있다. 상륙 군대가 훨씬 불리한 조건에서 싸워야 한다는 것이다. 그동안의 세계대전 중 상륙 작전의 전례를 봐서도 시가전을 병행해야 하는 인천항이 적합하지 않다는 것이다. 인천항은 밀물 만조 시에도 대형 선박이 통과할 수 있는 수로가 좁은 단일 통로에 국한되어 있어 인천항을 오고 가는 대형 선박이 밀집될 수 있고, 해안에서 적의 고정적인 표적이 쉽게 될 수 있다는 것이다. 이러한 여러 사항을 검토해 봐도 인천으로의 상륙 작전 성공 확률은 5천분의 1도 되지 않을 것이라며 미 극동군 해군 사령관은 반대의 주장을 하고 나선다. 맥아더는 인천항으로의 상륙 작전을 밀어붙인다. 각종 전쟁과 태평양전쟁 시에도 사령관으로서 상류 작전을 곳곳에서 성공한 경험이 있었기에 과감한 결단을 내린다. 지휘관의 과감한 결단만이 전쟁의 승기를 잡을 수 있는 것이다. 상륙 작전이 불가능한 곳이라고 여긴 곳일수록 적은 방심하기 마련이다. 그런 방심의 허를 찌르는 작전 수행이 오히려 성공할 수 있는 기회가 많이 생기는 법이다. 인천상륙작전이 본토로부터 결정된다.

작전 계획은 '100-B', 암호명은 '크로마이트작전(Operation Chromite)'.

맥아더는 즉시 명령을 내린다. 인천상륙작전을 수행하기 며칠 전부터 인천, 군산, 삼척, 장사포 해안 지역에 집중적으로 공중 폭격을 가하라는 명령을 내린다. 인천상륙작전을 눈치채지 못하도록, 인천이 아닌 다른 해안 지역까지 포함하여 집중 포화를 가하는 기만 작전이다. 군산에서 인천 간의 해안선을 따라 계속 공중 폭격을 가한다. 상륙 작전을 한다면 군산에서 인천까지의 해안선 어느 곳이 될지 모르게 혼선을 주자는 작전이다. 군산은 집중 포격을 가하면서 일부 병력을 군산에 기습 상륙시켜 교전을 벌이다 후퇴를 시킨다. 인천상륙작전 이틀 전에는 삼척 해상에 함선을 접근시켜 함포 사격을 가함으로써 북한군에게 혼동을 가져다주는 작전을 계속 실행한다. 유엔군이 기습 상륙을 한다면 어디로 올지 예측을 못 하게 하는 것이다. 인민군은 당장에 낙동강 전선을 돌파하여 부산까지 점령한다는 작전에 몰두하고 있다.

부산에 도착한 헨프리는 해병대 부대에 배치된다. 야간에 출동 명령이 떨어졌다. 부대원은 완전군장을 꾸리고 전투 복장을 갖추어 배에 올라탄다. 배는 어둠을 헤치고 서서히 움직인다. 캄캄한 밤이다.

하늘에는 별빛만 무성하다. 바닷바람을 맞으며 힘차게 움직이던 배는 바다 한가운데에 멈추어 섰다. 배 안에서는 병사들이 곧 있을 예정인 작전을 수행하기 위하여 비상 대기 하고 있다. 바다 한가운데 서 있지만, 여기가 어디인지 분간하기도 어렵다. 배에 올라탄 부대는 곧 작전이 있을 예정이지만 무슨 작전인지, 여기가 어디인지, 아무것도 알려 주지 않았다. 혹여나 비밀이 새어 나갈까 봐 아무 정보도 부대원에게 알리지도 않은 철저한 비밀 작전이다. 함상에서 작전에 대한 브리핑이 시작된다. 이곳은 인천 앞바다고, 함포 사격과 함께 작전이 개시된다는 설명이다. 함포 사격 후에는 인천상륙작전이 시작될 것이니 각오를 단단히 하라는 명령이다. 상륙 작전은 적의 진지 속으로 진격하는 것이다.

이인영은 징집되자 부대원들이 일본으로 배를 타고 건너간다. 일본 군부대에서 제식 훈련을 받는다. 군부대 뒤로는 후지산이 보인다.

"하나, 둘, 셋, 넷. 하나둘셋넷…"

매일 반복되는 제식 훈련과 총 쏘는 법을 연습한다.

"엎드려 쏴!"

1달간의 군사 훈련을 받자마자 인영의 부대는 부산에 도착한다. 인영의 부대는 미군에 배속된다. 미군에 배속된 인영의 부대는 언어가 달라, 말이 안 통하지만, 미군의 지휘 아래 작전에 함께 참여한다. 그야말로 전투 경험도 전혀 없는 새내기 부대원들이다. 이인영의 부대원들은 어디로 가는 줄도 모르고 망망대해 위를 달린다. 인천상륙작전은 그야말로 극비로 진행된다. 작전이 누설되지 않게 하기 위한 전략이다. 이인영의 부대가 도착한 곳은 인천 앞바다다. 깜깜한 바다 위 선상에서 지휘관이 인영의 부대원들에게 작전 설명을 한다.

"우리 부대는 지금 인천 앞바다에 와 있다. 곧 미군과 함께 인천상륙작전을 감행할 것이다."

지휘관은 상륙 작전에 대한 설명을 마치고 작전 준비에 들어간다. 적과 작전을 한 번도 한 경험이 없는 인영의 부대는 곧 시작될 작전에 긴장을 한다.

인천 앞바다에는 항공모함, 순양함, 구축함, LST(Landing Ship Tank, 미해군전차상륙선), 로켓 포함… 250척이 넘는 배가 속속 집결하고 있다. 부산, 요코하마, 고베, 사세보 일본 항구에서 출발한 배들이다. 칠흑 같은 밤하늘이다. 밤하늘에는 별이 총총히 빛나고 있다. 상륙 작전은 조수 간만의 차를 이용하며 만조 시기를 택하여 작전을 실시한다.

펑펑펑… 쾅쾅쾅… 슝슝슝슝슝….

동이 트기도 전의 깜깜한 밤하늘을 벗 삼아 함포 사격이 개시된다. 바다 한가운데 떠 있는 배 위에서 육지를 향하여 계속 포를 쏜다. 함상에서 대기하고 있던 군인들이 엄청난 함포 소리에 귀가 먹먹해진다. 천지가 진동을 하는 포격이다. 쉬지 않고 계속되는 엄청난 폭격에 배 위에서 작전을 대기 중인 군인들은 바짝 긴장을 한다.

펑펑펑… 쾅쾅쾅… 슝슝슝슝슝….

숨 쉴 틈도 없이 포격이 가해진다. 총탄이 빗발치듯 인천 월미도와 인근 해안을 향해 날아간다. 인천 지역은 엄청난 포격으로 불바다가 되어 버린다. 함포 사격은 수 시간 동안 계속된다. 시간이 지날수록 사격의 강도는 점점 심해진다.

맥아더 사령관이 해상에서 상륙 작전을 진두지휘한다. 맥아더가 선글라스를 쓰고 망원경으로 인천 쪽을 향한다. 함포 사격 하는 광경을 바라본다. 참모들도 함상에서 총탄이 인천을 향해 날아가는 광경을 바라본다. 인천 앞바다는 마치 밤하늘에 불꽃놀이를 하는 모습이다. 밤하늘은 불꽃이 계속 피어난다.

이인영은 함포 사격 소리에 깜짝 놀란다. 즉시 귀를 막고 고개를 숙인다. 함포 소리는 쉴 새 없이 계속된다. 그야말로 천지가 진동을 한다. 무서움이 와락 달려든다. 심장이 두근두근 뛴다. 깜깜한 밤하늘에 날벼락이라도 내린 듯하다. 포탄은 함상에서 인천을 향해 날아간다. 포탄은 불꽃을 피우며 요동을 친다. 함포 소리가 점점 더 거세진다. 인정사정없이 포탄을 쏟아붓는다. 인영은 그 자리에 털썩 주저앉아 버린다. 귀를 막고 고개를 무릎 속에 처박는다. 계속되는 함포 소리에 기운이 점점 없어지면서 무기력해진다. 갑작스러운 전쟁의 현장에서 견디지 못할 지경이다.

함포 사격이 격해지면 격해질수록 헨프리는 배 안에서 대기 중인 부대원들과 함께 긴장감이 고조된다. 초조하고 심장 박동이 점점 심해진다. 긴장 강도가 심해져 몸이 점점 굳어지는 느낌을 받는다. 함포 사격이 끝나면 상륙 명령이 떨어질 텐데, 적들이 나를 향해 반격을 해 오지는 않을까? 별별 생각이 다 밀려온다. 헨프리도 포격 소리에 심장이 터질 것만 같다. 두려움이 밀려온다. 생전 처음 겪는 전쟁터지만, 두려움을 떨쳐 내야 한다.

"나는 군종병이다."

두려움을 떨치기 위하여 군종병이라고 자신을 향해 외친다. 나까지 이렇게 무기력해져 버리면 안 된다. 동료 병사들에게 힘이 되어주어야 한다.

"전능하신 하나님! 저에게 용기를 주시옵소서! 두려움을 이기는 힘을 주시옵소서! 두려움에 떨고 있는 병사들에게 힘을 주는 군종병이 되게 하여 주시옵소서!"

헨프리가 기도를 마치고 자리에서 일어난다. 두리번거린다. 벌벌 떨고 있는 병사들의 손을 잡아 준다. 헨프리가 병사들에게 다가가 포옹을 해 준다. 두려움에 떨고 있는 병사들은 헨프리의 품에 와락 안긴다. 병사 중에는 아직 십 대가 많다. 열아홉 젊은 청년들이 생전 처음 겪는 전쟁터다. 무지막지한 포격 현장에서 무서움에 떨고 있다. 헨프리는 군종병으로서 담대하게 병사들을 돌본다. 곳곳을 돌아다니며 병사들의 손을 잡아 준다. 헨프리가 손을 잡아 준 병사들은 용기를 얻는다.

잭슨 신부도 함상에서 벌벌 떨고 있는 병사들에게 가까이 다가간다. 감싸 안아 준다. 무서움에 벌벌 떨던 병사가 잭슨 신부의 가슴속으로 파고든다. 잭슨 신부는 병사의 등을 다독거려 주며 기도를 해 준다. 병사의 얼굴을 쓰다듬으며 두려움을 떨치고 용기를 가지게 한다. 잭슨 신부가 머리와 가슴에 십자성호를 긋는다.

포격 소리와 함께 날이 점점 밝아온다. 저 멀리 육지가 희미하게 보인다. 함포 사격은 육지에 정확히 명중하여 폭발한다. 함포 사격을 하는 모습을 눈으로 확인할수록 상륙에 대한 긴장감은 점점 고조된다. 타고 있던 배가 서서히 움직인다. 긴장감은 점점 고조된다. 배가 육지 가까이 접근한다. 배는 월미도를 비롯하여 인천항 방파제와 항구, 남동 해안까지 일시에 상륙을 시작한다. 수만 명의 군인들이 인천 해안에 다가가 상륙하는 모습은 벌떼가 일시에 몰려드는 모습을 연상케 한다.

"상륙하라!"

상륙 명령이 떨어졌다. 그동안 긴장했던 순간은 잊어버리고 무작정 육지를 향하여 상륙을 시작한다.

"상륙하라!"

곳곳에서 상륙하라는 고함 소리가 들려온다. 수천 명의 군인들이 첨벙거리며 바다로 뛰어든다. 바닷물에 발을 내디딘다. 육지를 향하여 기민하게 움직인다. 첨벙거리며 드디어 육지에 올라선다. 육지에 올라서도 해안 방어벽을 넘어서야 한다. 미리 준비한 사다리를 걸치고 오른다. 축대로 조성된 해안 방어축대를 넘어선다. 인천시가지는 불바다가 되어 훨훨 타오르고 있다. 육지에 상륙한 부대원들이 빠르게 인천으로 향한다. 탱크를 실은 거대한 함정도 속속 해안가로 도착한다. LST 함정 문이 열리고 탱크가 육지로 상륙을 한다. 탱크를 앞세운 진격이 시작된다. 유엔군은 인천을 점령한다.

탕탕탕….

인천을 점령한 이인영 부대는 서울을 향하여 계속 진격한다. 김포를 지나 한강 가까이 다다랐다. 수도 서울 돌파는 만만치가 않다. 인민군들은 병력이 낙동강 전선에 집중되고 있었다. 인천상륙작전의 성공으로 인민군들은 이미 38선으로 후퇴를 하고 있다. 그렇지만 서울에 남아 있는 인민군을 잡기 위하여, 서울 시내를 무차별 폭격하여 몽땅 불태울 수는 없는 일이다. 서울에 남이 있는 시민들을 보호해야 한다. 한강 이북 주변을 향하여 포격을 한다. 포격을 한 후에 한강을 도하한다. 끊어진 다리를 복구하기는 쉬운 일이 아니다. 서울을 공략하기 위하여 한강 3곳을 도하 지역으로 삼는다. 서울 시내로 바로 공격해 나가지 않고, 한강 서쪽 지역으로 도하를 성공한다. 서울 서쪽을 먼저 공략한다는 전략이다. 서울 동쪽 지역으로의 한강 도하도 성공한다. 서쪽과 동쪽 도하를 성공한 후에 서울 시내가 가까운 마포지역 도하를 시작한다. 미군을 주축으로 하는 유엔군은 도심 지역인 마포지역으로 한강을 도하한다. 한강을 건너자 북한군의 저항이 거세진다. 남산을 공격한다. 인민군들의 주력 부대는 서울을 빠져나갔지만, 잔류 부대는 강력하게 저항해 온다. 서쪽 지역 도하를 성공한 부대는 노고산 점령에 나선다. 신촌과 노고산에서 큰 저항에 부딪친다. 인민군들이 노고산을 기점으로 철저한 방어를 한다. 시내 한복판이라서 공중 폭격 지원을 받을 수도 없다. 소총과 따발총으로 쌍방 간의 격전이 벌어진다. 적을 먼저 발견하여 사살을 하여야 하는 그야말로 어려운 전투다. 연합군은 탱크를 앞세우고 시내를 서서히 진격을 계속한다. 노고산 고지를 돌파하고, 신촌과 아현동 일대도 점령한다. 중앙청을 향하여 공격을 해 나간다. 곳곳에 남아 있는 인민군의 저항이 계속된다.

쾅쾅쾅…. 탕탕탕….

시가전이 격렬하게 벌어진다. 탱크를 앞세우고 이인영 부대는 광화문 일대를 장악한다. 탱크를 따라서 인영도 인민군을 향해 총을 쏜다. 인영은 시가전에서 가벼운 부상을 입고 후송된다. 국군은 미군과 함께 중앙청을 향하여 서서히 진격한다. 드디어 중앙청을 완전히 포위한다. 인민군을 모두 격퇴한다. 중앙청에 태극기가 펄럭인다.

3개월 만에 수도 서울을 탈환한 것이다. 중앙청에서 서울 환도식이 열린다. 맥아더 사령관과 이승만 대통령이 참석한다.

　서울을 탈환한 국군과 유엔군은 38선을 넘어 북진을 할 것인지, 멈출 것인지 고민에 빠진다. 이승만은 북진통일을 강력히 주장한다. 이 기회에 남북통일을 기필코 달성해야 한다고 맥아더에게 강하게 요구한다. 유엔군이 38선에서 북진을 하지 않고 멈추더라도 한국군은 북진할 것이라는 결연한 의지를 대내외에 선언한다. 맥아더는 미국 본토에 38선에서 북진을 정지하면 북한군들이 군대를 정비하여 38선을 다시 침범하여 남침을 할 거라고 주장한다. 그러나 미국 본토에서는 38선 이북으로 북진하는 걸 원치 않는다. 38선 이북으로 북진할 경우 중공과 소련이 전쟁에 참가하게 될 것을 우려하는 것이다. 공산당과의 전면전이 확대되는 것을 바라지 않는다. 38선은 제2차 세계대전 후 미·소에 의해 저들 마음대로 한반도를 38선을 기준으로 분할 통치 한다는 기준을 삼았을 뿐이다. 38선은 애초부터 유엔의 결의가 미리 있었던 것도 아니었다. 오키나와섬에 머물고 있던 미군은 한반도에 당도하기도 전에 소련이 만주를 거쳐 한반도를 점령해 오자 그저 불안할 뿐이었다. 부랴부랴 38선을 기준으로 분할 통치 한다고 미군이 소련에 먼저 제의하여 그은 선에 불과할 뿐이다. 그야말로 통한의 38선이다. 그러나 유엔군의 38선 이북으로의 북진은 간단한 문제가 아니다. 유엔군의 주력부대인 미국에서도 38선 돌파 문제는 찬반 주장이 엇갈리고 있는 상황이다. 유엔군의 북진은 중공과 소련의 개입을 불러와서 제3차 세계대전으로 번질 우려를 나타내고 있다. 미국은 유엔총회에 38도선 돌파 결의안을 제출하여 영국을 비롯한 8개국이 미국의 입장을 지지하는 결과를 얻어 낸다. 전쟁의 발단은 소련의 사주에 의한 것이 명백해졌다. 그래서인지 소련은 전쟁에 개입 시기를 상실한 것으로 보인다. 북진은 소련의 사주를 받아 소련제 탱크를 앞세우고, 남침을 강행한 북한군을 격멸하는 군사 목적에 한정하는 작전이다. 만약에 중공과 소련이 전쟁에 참전한다면 지상 작전은 중단한다는 가이드라인도 포함시키는 북진 작전이다. 북진은 그만큼 국제적인 상황과 맞물려 있는 복잡한 사안이기도 하다. 이승만이 단독으로 북진을 우긴다고 강행할 사안이 아니다. 중공은 미군이 38선 이북으로 진격해 올 경우에는 중공군이 개입할 거라고 민감한 반응을 보인다. 38선을 넘어 북진할 경우 전쟁에 참여할 거라고 북경주재 인도대사를 통해 미국에 전달한다. 소련도 미군이 38선 이북으로 북진할 경우 전쟁이 확대될 거라는 우려를 안전보장이사회를 통해 경고하고 나선다. 중공은 육군을, 소련은 공군을 전쟁에 참여시킬 거라고 엄포를 놨다. 이승만은 유엔의 결의와 상관없이 북진을 계속하여 압록강과 만주 국경선까지 북진을 할 것이라고 공공연하게 선포를 한다.

드디어 미국은 38도선 돌파 및 군사작전 지침을 하달한다. 미국 본토로부터 유엔군이 38선 이북에서 작전할 권리를 맥아더에게 부여한다. 맥아더 장군으로부터 "북진하라!"는 명령이 유엔군에게 하달된다. 10월 1일. 한국군이 먼저 북진을 하고, 유엔군도 38선을 통과하여 북진을 시작한다.

북한은 유엔군과 남한군이 38선을 돌파하자 중국에 도움을 요청한다. 중국은 공산당이 중국 국민당을 본토에서 대만으로 몰아내고 중국을 건설하는 데 북한이 중국 공산당을 도와준 적이 있다. 북한 군을 도와주기 위해 한반도로 중공군 파병을 결정한다. 그야말로 미국에 맞서고 북조선을 돕는다는 항미원조抗美援朝를 하기로 결정을 한다. 소련은 미군을 주축으로 하는 유엔군이 38선을 돌파하자 미군과 소련의 확대 전쟁을 피한다. 소련군은 유엔군이 평양을 도착하기 전에 철수 명령을 내린다. 북한에 주둔하고 있는 소련군과 소련 민간인 모두를 본국으로 철수시킨 것이다. 소련과 미국은 제2차 세계대전 당시에 독일과 일본을 격퇴하기 위한 동맹국이었다. 미국의 군사력을 봐 왔던 소련이다. 미국은 원자 폭탄을 보유한 나라다. 원자 폭탄의 위력은 한 방이면 도시 전체를 쑥대밭으로 만들어 버리고, 수십만 명을 살상하는 무서운 무기다. 미국이 불리해지면 원자 폭탄을 사용할 수 있다고 보는 것이다. 한반도 전쟁은 미국과 수십여 개국이 파병한 전쟁이다. 미국 외에도 파병 국가 모두와 싸워야 하는 골치 아픈 전쟁이다. 미국이 본격적으로 38선을 돌파하자 정면으로 대적하여 미·소군이 전쟁을 벌이기를 꺼린다. 유엔군이 평양을 탈환하자 소련은 만주 지역에 북한의 망명 정부를 세우려고 작정한다. 중공군은 한반도에서 전쟁을 하려면 소련의 공군 지원이 꼭 필요하다. 소련군에게 공군 병력과 항공기의 지원 요청을 하지만 소련은 묵살해 버리면서 지상 병력까지 철수를 해 버린다. 중공군은 소련의 공군 지원이 없는 상태로 육군부대를 압록강으로 계속 이동시켜 건너온다.

맥아더는 인천상륙작전을 성공한 유엔군을 남으로도 진격하도록 명령한다. 낙동강 전선에서 쌍방 간에 대치하고 있는 인민군을 섬멸

하라는 명령을 내린다. 한국군과 유엔군은 남으로 진격한다. 낙동
강 전선까지 진격한 인민군은 이제 독 안에 든 쥐의 신세가 되어 버
렸다.

막사 안으로 송진혁이 들어선다. 신봉춘 사령관을 향해 거수경례
를 한다.

"미 괴뢰도당들이 인천으로 상륙했다고 합니다!"

"뭐라고?"

신봉춘 사령관은 인천상륙작전 소식에 깜짝 놀란다. 자리를 박차
고 일어선다. 낙동강 전선을 돌파하고 대구를 점령만 하면, 곧바로
부산이다. 8월말까지는 낙동강 전선을 돌파하여 부산까지 점령하라
는 김일성의 명령이 하달되었다. 그렇지만 유엔군의 참전으로 적의
세력은 막강해졌다. 다부동 지역에서 고지를 정복했다가, 후퇴했다
가를 계속 반복하고 있는 중이다. 부산까지 밀고 들어가 남조선을
해방시키겠다는 일념 하나만을 위해서 불철주야 공격 명령을 내리
고 있다. 신봉춘은 깜짝 놀라며 고개를 들고 말을 잇지 못한다. 이
게 무슨 날벼락 같은 소리인지 다시 확인하려고 한다.

"그게 사실이야?"

"예! 오늘 아침에 상륙했다고 합니다."

보고를 마친 송진혁은 신봉춘의 눈치만 보고 있다. 그러잖아도 미
군들이 연일 쏟아붓는 공중 폭탄 세례에 낙동강 전선을 돌파하기는
참으로 어려운 일임을 점차 실감하고 있던 참이다. 인민군의 수많은
탱크도 미군의 공중 폭격으로 계속 박살이 나고 있다. 유엔군의 참
전으로 남한군의 낙동강 전선은 방어 능력이 점점 견고해지고 있는

중이다. 신봉춘은 그런 상황을 알 텐데, 계속 돌격 명령만 내리고 있다. 부하들이 매일 수도 없이 죽어 나가는 보고가 올라와도 계속 돌격 명령을 내린다. 수암산과 유학산, 다부동 일대의 고지도 서너 차례 점령했다가 뺏기는 일이 반복되고 있다. 아무리 부대원들을 보충하여 다시 총공격을 시도해도 번번이 남한군과 미군들의 공세를 무너뜨릴 수 없는 상황이 반복된다. 상부의 명령은 무조건 낙동강 전선을 돌파하라는 명령만 계속 하달되어 내려오고 있다.

송진혁은 고민한다. 유엔군의 인천상륙작전이 성공을 했다면, 이제 인민군은 독 안에 든 쥐 꼴임을 제일 먼저 감지한다. 이제 전세가 이렇게 되어 버렸다면 냉철하게 지휘관으로서 판단을 해야 한다. 신속한 후퇴만이 살길이다. 계속되는 돌격 명령은 부하들을 사지로 몰아붙이는 무모한 일이다. 당장에 부하들을 살리려면 후퇴하는 길만이 살길이다.

그렇지만, 신봉춘의 생각은 다르다. 상부에서 내려오는 남쪽으로의 돌진명령을 거역할 수도 없는 일이다. 낙동강 전선을 돌파해야만 한다. 대구와 부산 점령은 곧 남한을 해방시키는 일이다. 그동안 서울, 대전, 전주, 광주를 점령해 오는 동안 거칠 것이 없었던 터다. 여기서 멈출 수는 없는 일이다.

"무조건 전진이다. 알겠나?"

신봉춘은 아무 대책도 없이 공격 명령만 내린다. 사실 인천상륙작전을 당한 후 이렇다 할 상부의 지시나 명령도 아직 없는 상황이다. 신봉춘 마음대로 전선을 후퇴시킬 수도 없다. 신봉춘 맘대로 선발대 주력 부대를 후퇴시키는 일은 군 명령 체계상 총살감이다. 오로지 신속하게 부산까지 점령하면 되는 것이다. 순간적으로 송진혁은 눈빛이 반짝거린다. 송진혁은 신봉춘 사령관의 명령에 이의를 제기한다.

"사령관님! 인천이 적군에게 뚫렸다는데, 낙동강 전선을 돌파하여 남하하는 일은 무모한 일입니다. 인천상륙작전이 성공했다면 적들에 의하여 중간 보급로가 곧 차단되는 일입니다. 현재 다부동 전선도 일진일퇴가 거듭되고 있습니다. 많은 부하들이 죽어 나갔습니다. 미군들의 세력은 점점 보강되고 있습니다. 남조선군만 있을 때는 남침이 쉬웠는데, 지금은 상황이 달라졌습니다. 이제 저희 인민군의 전투력이 월등하지도 않은 상태입니다. 미군의 비행기 폭격으로 매일 인민군들이 계속 죽어 나가고 있습니다. 속히 부대를 후퇴시켜야만 부하들을 살릴 수 있는 일입니다. 남으로의 진격명령을 철회해 주십시오!"

송진혁은 이미 남쪽으로의 공격은 무리라고 판단을 한 상태다. 여태까지는 일사천리로 남침에 성공 가도를 달려왔다. 다부동 전선에서 계속 일진일퇴를 거듭해 오고 있지 않은가? 강하게 반격해 오는 적들의 세력이 심상치 않음을 느껴오던 차다. 미군들에 의하여 인천상륙작전이 성공하였다면, 북에서의 보급로가 곧 차단되어 버릴 것이다. 양쪽에서 적군들이 협공해 올 것은 뻔한 일이라고 여긴다. 계속 전쟁을 이어 간다는 것은 무모한 일이라고 판단한다. 남으로의 전진은 멈추고 북으로 후퇴하는 일만이 살아남을 수 있음을 간파한 것이다. 병사들도 이 소식을 알게 되면 사기는 금방 저하될 것으로 여긴다.

"뭐라고? 내 명령에 불복종하는 건가?"

신봉춘은 감히, 지휘관의 명령에 불복종하는 송진혁을 용서할 수가 없다. 군의 명령 체계를 거절하는 일은 전쟁터에서 총살감이다. 신봉춘의 신경이 곤두선다. 그렇지만, 송진혁은 명령 불복종을 하여서라도 무조건 남쪽으로의 돌격 명령은 막아서야 한다. 부하들에게 무모한 돌격 명령으로, 계속 사지로 몰고 갈 수는 없는 일이다. 송진혁이 잠시 멈칫한다. 성미 급한 신봉춘은 즉시 권총을 꺼내 든다. 송진혁에게 총을 겨눈다.

"이 간나새끼. 당장 내 명령을 따르지 않으면 내가 너를 죽여 버리겠수다."

신봉춘은 총을 들어 송진혁을 향해 겨눈다. 신봉춘이 총을 들어 송진혁을 향해 겨누자 송진혁도 물러서지 않는다.

"사령관님! 이러시면 안 됩니다. 남으로의 진격 명령을 철회해 주십시오!"

송진혁은 다시 한번 총을 겨눈 신봉춘을 향해 진격명령을 철회해 달라고 말한다. 한 발 물러서면서 사정을 한다. 신봉춘은 명령을 철회할 생각이 없다. 송진혁은 이대로 명령을 따르면 부하들의 희생이 너무 클 거라는 생각이 든다. 적들은 인천상륙작전 성공으로 평양과의 보급로는 철저히 차단시키리라 본다. 부하들도 적군의 인천상륙작전 사실을 알게 되면 명령 체계가 무너질 수도 있다. 사령관은 막무가내로 남쪽으로 진격을 하라고 총을 들이대고 있다. 순간 송진혁은 사령관의 명령을 따랐다가는 안 된다는 결정을 내린다. 사령관이 나를 죽이겠다고 총을 들이대는 마당에 내가 먼저 선수를 쳐야 한다. 신봉춘은 차마 송진혁에게 방아쇠를 당기지 못한다. 송진혁은 순간적으로 권총을 뽑아 신봉춘을 향해 총을 먼저 쏜다.

탕탕탕.

총알은 신봉춘의 다리를 명중한다.

"악!"

순식간에 다리에 총 2방을 맞은 신봉춘은 그 자리에서 고꾸라져 버린다. 신봉춘이 다리를 붙잡고 바닥에 쓰러진다. 송진혁은 신봉춘에게 더 이상 총을 쏘지 않는다. 송진혁은 재빠르게 막사 밖으로 나온다. 부하들을 향해 명령을 내리다.

"오늘 미 제국주의 간나새끼들이 인천으로 상륙했다. 즉시 38선으로 후퇴하라! 후퇴하라!"

송진혁은 부하들에게 인천상륙작전을 알리고 명령을 하달한다. 부하들은 송진혁의 후퇴하라는 명령에 어리둥절해한다.

"38선으로 후퇴하라! 후퇴하라!"

송진혁의 후퇴 명령을 부하들이 반복하며 크게 복창한다. 후퇴 명령이 인민군들에게 신속하게 전달된다. 미군이 인천상륙작전을 성공하였다는 소문은 삽시간에 인민군들에게 퍼진다. 송진혁의 명령에 따라 송진혁 부대는 서둘러 후퇴를 한다.

송진혁 부대원들은 후퇴하라는 명령에 정신이 하나도 없다. 인천에 미군들이 점령을 했다면 38선까지의 후퇴는 쉬운 일이 아님을 알고 있다. 그러나 여기서 38선까지의 거리가 얼마인가? 미군들이 한반도의 허리를 잘라서 남으로 압박을 해 온다면 보급로가 차단된 인민군들은 오합지졸이나 마찬가지다. 38선까지 후퇴하라고 하지만, 서둘러 후퇴를 하다 보니 인민군들의 명령 체계도 순식간에 무너져 버린다. 서로 살겠다고 후퇴를 서두른다. 송진혁은 병력을 이끌고 곧바로 북쪽으로 향한다. 송진혁은 북으로 향하다가 잠시 멈춘다. 이대로 북으로 향하면 인천상륙작전을 성공한 적들과 마주쳐야 한다. 후퇴하는 대원들은 이미 사기가 떨어졌다. 후퇴 방향을 다시 생각한다. 송진혁은 남한의 지리를 잘 알고 있던 터다. 대원들을 이끌고 북으로 곧장 향하지 않는다. 북으로 향하는 길은 너무 멀고 인천상륙작전을 성공한 적들이 남하하리라는 판단이 선다. 서쪽으로 후퇴하여 서해안에 도착하여 해상으로 후퇴를 하여야 한다고 판단한다. 후퇴하는 병사들을 잠시 멈춰 세운다. 지도를 펴 놓고 후퇴 방향을 다시 알려 준다. 방향을 북으로 향하지 않고 서쪽으로 후퇴 방향을 바꾼다. 북으로 향하는 다른 부대와는 점점 멀어지고 있다. 북쪽으로 가던 길을 되돌아온다.

"이쪽으로 후퇴한다!"

진주 방향으로 후퇴를 서두른다. 김정규, 심탁, 염상석도 후퇴하는 부대에 합류하고 있다. 송진혁이 지휘하여 진주에 도착한다. 진주에 도착하여 전황을 파악한다. 적군의 동향은 아직 파악되지 않고 있다. 송진혁 부대는 서둘러 진주를 지나서 하동읍에 도착한다. 하동에 도착하자 적군이 계속 남으로 내려오고 있다는 보고가 올라온다. 송진혁은 서해안에 도달하기도 전에 적군들과 마주칠 거라는 판단이다. 적군들과 전투를 하여 서해안까지 갈까? 적들과 전면전을 벌이면 송진혁 부대가 많이 불리하다. 부하들의 사기도 저하되어 있다. 적들과 전투가 벌어지면 보급이 제일 문제가 된다. 총탄이 넉넉하게 확보된 상태가 아니다. 보급 문제가 해결되지 않으면 전투에서 승리하기는 불가능한 일이다. 송진혁 부대의 현재 상태를 잘 유지하려면 적들과의 전면전은 피해야만 한다. 그게 최선책이다. 전진할 수도, 후퇴할 수도 없는 진퇴양난이다. 서해안에 도착한다 해도 북과의 교신이 잘 되어서 배편의 지원을 받아 내야만 한다. 서해상으로의 탈출은 쉬운 일이 아니다. 북의 지원이 없을 경우에는 스스로 배편을 구해야 한다. 이런 상황에서 북으로부터의 지원은 기대할 수도 없다고 판단한다. 서해안의 상황에 대해서도 정보가 전무하다. 서해안에 도달한다 해도 대비책이 정해져 있는 것도 아니다. 아무런 대책이 강구되어 있지도 않은 상태에서 부대원들을 이끌고 서해안으로 무작정 갈 수는 없는 일이다. 송진혁은 계속 고민에 빠진다. 한 가지 방법은 지리산 속으로 도피하여 후일을 도모하는 일이다. 송진혁 부대는 아직도 탱크와 박격포를 제대로 갖추고 있는 부대다. 송진혁은 판단이 서자 부하들에게 지리산 방향으로 길을 안내한다. 다행히 지리산은 어느 정도 지리를 알고 있어서 다행이다. 하동에서 구례 방향으로 진격시킨다. 지리산으로 향하면서도 시시각각으로 적의 동태를 파악한다. 적은 남원까지 내려왔다는 소식이 파악된다. 송진혁은 더 이상 북으로의 진격은 포기를 한다. 하동에서 구례 방향으로 올라가 화개골로 부대를 이끌고 들어간다. 쌍계사 계곡으로 일단 몸을 피신시킨다. 화개골 쌍계사 계곡에 인민군 부대들이 속속 도착한다. 이제는 북으로 진격을 포기하고 지리산 속으로 일단 피신을 한다. 상황을 봐 가며 지리산을 타고 북으로 올라가야 한다는 전략을 세운다. 화개골은 탱크를 비롯하여 박격포와 함께 수백 명의 부대 규모가 되었다. 적과 마주치더라도 한바탕 전투를 벌일 수 있는 규모는 갖추고 있다. 반란 사건 때처럼 산동면 중동 지역에 임시 해방구를 만들었던 기억을 한다. 화개골에 인민군의 임시 해방구를 만들어 나간다는 구상을 한다.

유엔군은 인민군을 섬멸하기 위하여 남쪽으로 내려온다. 낙동강

전선을 돌파한 남한군과 유엔군도 낙동강 전선을 돌파하여 북진한
다. 도피하는 인민군들을 계속 추격한다. 간혹 저항해 오지만 유엔
군과 남한군에게 금방 제압되어 버린다. 오합지졸이 되어 버린 인민
군들은 거세게 대항해 오지도 않는다.

주민들로부터 화개골에 인민군의 부대원들이 계속 몰려들고 있다
는 신고가 접수된다. 탱크까지 보유한 막강한 세력이라는 정보가
전달된다. 더 이상 북진하지 않고 화개골에 인민군의 부대가 숨어들
고 있다는 소식이다.

공군의 지원 요청을 한다. 연락을 받은 공군은 비행기를 통하여
인민군들이 어디에 숨어 있는지 정찰기를 띄운다. 상공 높은 곳에
서 화개골에 인민군의 대열을 발견한다. 쌍계사 부근이다. 탱크도
보인다. 수백 명의 부대이다 보니 아직은 체계가 갖추어지지 않고
우왕좌왕하는 처지다. 송진혁 부대는 쉽게 발각이 된다. 인민군 부
대 일부가 화개골에 숨어 있다는 보고가 신속하게 무전으로 보고된
다. 무전으로 연락을 받은 미군 폭격기가 화개골을 향하여 폭탄을
투하한다. 인정사정없이 폭탄을 쏟아붓는다.

쾅쾅쾅….

"아! 악!"

갑자기 포탄 세례를 받은 인민군들이 하늘로 솟구친다. 수십 명
의 인민군들이 그 자리에서 쓰러진다. 탱크에 폭탄이 명중한다. 탱
크가 크게 흔들리며 불길에 휩싸인다. 아직 진지를 구축하지 못한
인민군들이 몰살을 당한다. 염상석은 다리에 부상을 입었다. 다리
에서 피가 계속 흐르고 있다. 부상당한 다리를 질질 끌고 산속으로
도피를 한다.

"지리산으로 도피하라!"

송진혁은 살아남은 자들을 향해 지리산 속으로 도피하라는 명령을 내린다. 포탄 세례를 피한 인민군들은 지리산 속으로 뿔뿔이 흩어진다. 우선 살아남기 위한 몸부림이다. 제대로 작전 한번 해 보지 못하고 오합지졸이 되어 버린다. 송진혁도 재빠르게 명령을 내리면서 폭탄 세례를 피해 산속으로 몸을 피한다. 화개골 쌍계사 계곡에서 순식간에 대성골 깊은 계곡까지 숨어들었다. 대성골은 계곡의 경사가 상당히 가파르다. 적이 공격해 온다 해도 적의 동태를 한눈에 파악할 수 없는 위치다. 총소리도 들리지 않는다. 계곡 물소리만 요란하게 들린다. 날이 어두워진다. 대성골 계곡에서 살아남은 자들이 하나둘 계곡 근처로 모여든다. 물이 세차게 흐른다. 화개골에서 한참을 올라온 곳이다. 남한군이 올라와도 발각되지 않을 만큼 깊은 계곡이다. 경계병을 세워 두고 서둘러 부상병을 치료한다. 계곡 물에 씻기도 한다. 김정규가 염상석 다리의 부상 부위를 치료한다. 붕대를 감아 준다. 큰 상처는 아니다.

"고맙습네다."

염상석이 김정규를 향해 고맙다는 인사를 건넨다. 염상석의 말투가 북쪽 말투다. 정규가 염상석의 고향이 궁금하다.

"아따, 그라고 봉께로 북한 말을 쓰고 있네요. 잉! 북한 어데서 왔습네까?"

김정규도 인민군들과 함께하다 보니까 어느새 북한말이 익숙해져 있다.

"함경도 함흥입네다."

염상석은 빙그레 웃으면서 김정규를 바라본다.

"함흥이라고요? 지는 함흥이 어딘지 잘 모르겠구만이라."

김정규는 북한 지리를 잘 모른다. 함흥이 어디인지 궁금하다.

"동무는 고향이 어뎁니까?"

"지는 고향이 여깁니다. 여기가 지리산이거든요."

정규는 담담하게 말한다. 염상석은 여기가 고향이라는 말에 호기심이 발동한다.

"그렇습네까? 참 잘됐습네다. 그럼 이곳이 지리산이란 말입네까?"

염상석은 김정규가 부럽기도 하고, 이곳이 지리산이란 말에 더욱 김정규가 궁금해진다.

"아니, 그란데 남한 사람이 어떻게 인민군이 되었습네까?"

"그러게 말입니다. 제가 인민군이 된 사연을 말하자면 복잡합니다. 밤새 이야기해도 모자랄 것이구만요. 히히."

김정규는 인민군이 되었다는 일을 기억해 내고 싶지 않다. 다시 지리산 속으로 들어오게 된 자신을 되돌아보게 된다. 자신의 운명은 어쩔 수 없이 빨갱이가 되어야 할 운명임을 생각하게 된다. 반동분자로 송진혁에게 총살당하지 않은 것만으로도 고마운 일이었다. 졸지에 인민군이 되어 남한군에게 총을 들고 정신없이 전투에 참가했다. 돌고 돌아 다시 지리산으로 들어온 자신을 돌아본다. 그야말로 기구한 운명인 셈이다.

미군의 폭격기가 한바탕 폭탄으로 공격을 한 후다. 국군과 미군, 경찰이 총을 겨누며 화개골에 들어선다. 화개골은 인민군들의 시체가 곳곳에 널브러져 있다. 탱크가 불길에 휩싸여 있다. 국군들이 폭격을 맞은 인민군의 시체를 확인하면서 계곡 속으로 점점 더 들어

간다. 인민군들이 반격을 해 오지 않는다. 인민군들은 화개골을 지나 더 깊숙한 곳으로 숨어들었으리라 판단한다. 국군들은 화개골을 지나서 대성골로 천천히 들어선다. 계곡에 인민군들이 몇 명 모여 있는 것을 발견한다. 지휘관이 조심스럽게 공격을 저지시킨다. 인민군에게 더 가까이 다가가서 일격을 가할 심산이다. 국군이 서서히 다가간다.

탕탕탕…. 따다다다다….

송진혁 부대가 다시 기습 공격을 받는다. 송진혁도 잽싸게 총소리를 듣자마자 남한군에게 반격을 한다.

"공격하라!"

송진혁이 남한군을 향해 공격 명령을 내린다.

탕탕탕. 따다다다다.

송진혁 부대원들도 잽싸게 몸을 피해서 적을 향해 사격을 한다. 총구에서 일제히 불을 뿜는다. 쌍방 간의 치열한 전투가 계속된다. 송진혁 부대는 남한군의 진격이 한눈에 내려다보이는 위치다. 계곡 아래에서 공격해 오는 것 보다, 쉽게 남한군을 향해 공격을 한다. 남한군도 총탄에 맞고 계속 쓰러진다. 총탄을 맞은 인민군들이 피를 흘리며 쓰러진다. 총소리를 들은 남한군이 계곡을 향해 박격포를 발사한다.

쾅!

박격포 공격이 송진혁 부대에 명중한다. 박격포탄을 맞은 인민군들의 몸이 하늘로 솟구친다.

"악!"

쾅쾅쾅!

계속되는 공격으로 총탄을 맞은 인민군의 시체가 곳곳에 쌓여 있다. 부상을 당한 인민군들이 신음을 하며 앉아 있다. 남한군이 계속 총을 겨누며 계곡을 향해 올라오고 있는 모습이 보인다.

"후퇴하라!"

송진혁의 후퇴 명령에 따라 인민군들은 더 높은 계곡 속으로 숨어든다. 송진혁과 김정규는 더 깊은 계곡으로 올라와 남한군의 총탄 세례는 피했다. 염상석은 다리 부상으로 땅바닥에 바짝 엎드려 있다. 남한군이 점점 계곡 근처로 총을 겨누며 다가온다.

"항복하면 살려 준다!"

남한군이 소리를 지른다. 항복 권유에도 아무 인기척이 없다. 남한군은 순식간에 많은 숫자가 되어 총을 겨누며 다가온다.

"항복하면 살려 준다!"

따다다다다….

남한군이 공중을 향해 따발총을 쏘아 댄다. 계곡 가까이 다가와 쏜 총소리에 놀란 인민군들이 계곡 속에서 천천히 손을 들고 일어선다.

"총을 버리고, 손 들고 앞으로 나온다!"

남한군의 고함 소리에 염상석이 고개를 들고 살핀다. 다리에 부상을 입어서 저항할 수도 없는 몸이다. 총을 겨누고 있는 남한군을 바라본다. 저항할 힘도 없다. 곳곳에는 인민군들의 시체가 쌓여 있다. 염상석이 자리에서 일어선다. 손을 들고 천천히 걸어 나온다. 살아 있는 인민군들이 손을 들고 계속 걸어 나온다. 계속되는 전투로 옷은 너덜너덜해져 버렸다. 신발도 신지 않은 맨발의 인민군들도 보인다. 염상석과 인민군 포로들은 남한군에게 끌려간다.

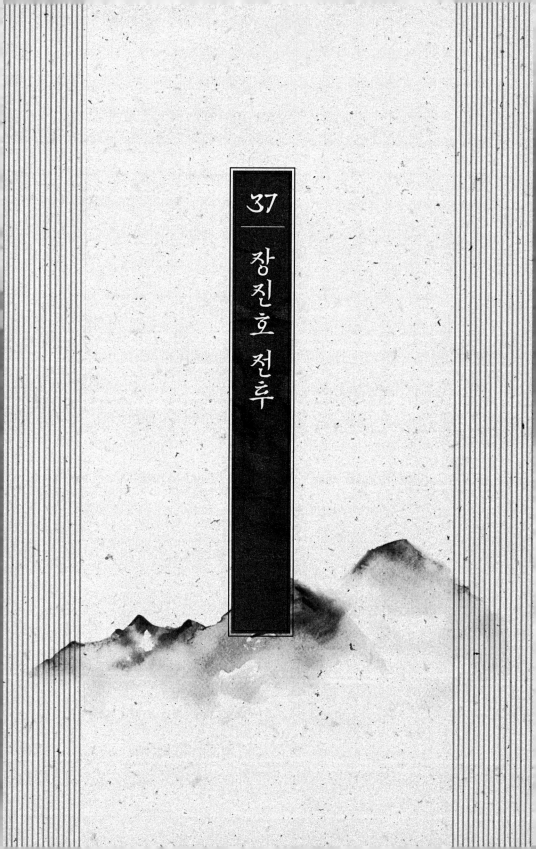

37

장진호 전투

정기훈은 부산에서 제주도 훈련소로 보내진다. 한라산을 바라
보며 군사 훈련을 받는다.

"앞으로 갓!"

훈련병들이 오와 열을 맞추어 행진을 한다. 제식 훈련을 받느
라 땀을 뻘뻘 흘리고 있다.

"하나, 둘, 셋, 넷, 하나둘셋넷…."

호루라기 소리에 맞추어 일사불란하게 움직인다. 훈련병들이
사격 자세를 취한다.

"엎드려 쏴!"

탕탕탕.

곳곳에서 총소리가 들린다. 기본적인 사격 훈련을 한다. 군사
전략이나 전술을 익힐 여유도 없다. 기초 군사 훈련을 마친 병사
들은 즉시 배에 올라탄다. 부산으로 이동한다. 부산에 도착한 병

사들이 곧바로 전선으로 향한다. 기훈은 다부동 전선에 투입된다. 인민군과 치열한 교전을 벌인다. 명령에 죽고 사는 군인이다. 총알이 빗발치는 전선에서 오직 전진뿐이다. 굉음 소리가 귓전을 때린다. 총소리만 들리는 게 아니다. 포를 쏘는 소리가 쉴새 없이 울린다. 두려움도 차차 사라진다.

쾅쾅쾅!

"돌격하라!"

"와!"

기훈은 고지를 향하여 총을 쏘며 기어오른다. 죽음도 두렵지 않다. 인민군들을 향해 계속 총을 쏘며 고지를 향해 달려간다.

따따따따따… 탕탕탕탕탕….

머리 위로 총알이 빗발치고 있다. 전우들이 총탄에 맞고 계속 쓰러진다.

"돌격하라!"

고지를 점령해야 한다. 총탄을 맞고 쓰러진 전우를 돌볼 여유가 없다. 전우의 시체를 밟고 넘는다. 고지를 점령하는 길만이 살길이다. 총탄이 계속 날아온다. 고지를 향해서 계속 전진만 있다.

"와!"

고지를 탈환한다. 인민군의 시체가 곳곳에 널려 있다. 곳곳에서 연기가 계속 피어오르고 있다. 산등성이는 포격으로 모두 불타 버렸다. 민둥산이 되어 버렸다.

"만세! 만세! 만세!"

만세를 부르며 고지를 점령한 기쁨을 만끽한다. 쉴 틈도 없이 고지를 사수하기 위하여 참호를 판다. 인민군들이 다시 고지를 향하여 공격하여 올 것을 대비하여 단단히 준비한다. 민간인으로 구성된 지게 부대도 계속 산으로 올라온다. 물자를 보급하느라 모두 바쁜 걸음을 한다.

유엔군의 인천상륙작전이 성공했다는 낭보가 날아든다. 기훈의 부대는 사기가 하늘을 찌를 듯하다. 인천상륙작전 승전보로 기세가 오른 기훈의 부대는 고지에 머물지 아니하고 다시 진격을 서두른다. 인민군의 공격이 멈칫해진다. 고지를 내려와 인민군들에게 내주었던 앞쪽에 있는 다음 고지를 향해 돌진한다. 고지를 계속 점령해 나간다. 다부동 전선을 돌파한다.

다부동 전선을 돌파한 기훈의 부대는 서울을 향하여 계속 전진한다. 인민군들의 저항이 조직적이지 못하다. 인민군들은 오합지졸이 되어 버렸다. 이미 부대 조직이 와해 되어 버린 느낌이다. 38선을 향하여 도망가기 바쁘다. 체계적인 지휘계통도 무너져 버렸다. 인천상륙작전 세력이 남하하자 38선에 도착하기도 전에 산속으로 숨기 바쁘다. 국군들은 북진을 하면서 인민군들의 세력을 만나면, 공군에 무전 연락을 하여 비행기로 폭격을 가한다. 인민군들은 공중 폭격에 속수무책이다.

인천상륙작전에 성공한 유엔군도 낙동강 전선을 향해 서서히 내려오고 있는 중이다. 다부동 전선에서 38선을 향하여 후퇴를 하고 있는 인민군은 이제 독 안에 든 신세가 되었다.

인민군은 적과 최대한 피하려는 작전이다. 제일 큰 문제는 체계적인 보급로가 차단되어 버렸다. 먹는 것이야 현지에서 조달한다

치더라도 총탄은 조달이 어렵게 되어 버렸다. 후퇴하면서 작전다운 작전 한번 벌이지 못하고 인민군들은 점점 사라져 간다.

낙동강 전선에서 북진을 하고 있는 유엔군과 국군의 전력은 점점 막강해졌다. 낙동강 전선을 돌파한 국군과 유엔군은 북진에 속도를 낸다. 인천상륙작전에 성공한 부대와 함께 협공 작전을 하는 것이다. 어느새 대전을 향해 전진한다. 대전을 탈환하기 위한 전투가 치열하게 벌어진다.

탕탕탕탕탕….

기훈의 부대는 어렵지 않게 대전을 탈환한다. 인민군이 남하하면서 남한군과 미군이 연합하여 치열한 공방을 벌였던 대전은 도시가 폐허가 되어 버렸다. 또, 다시 연합군과 국군이 대전을 탈환하기 위한 전투로 시내는 계속 몸살을 앓고 있다. 곳곳에서 폭탄이 터지고, 연기가 피어오르고 있다. 대전을 돌파한 부대는 이제는 수도 서울로 향한다.

기훈의 부대도 서울에 도착한다. 서울은 인천상륙작전을 성공한 국군과 유엔군이 탈환한 후여서 곳곳에 태극기가 걸려 있다. 서울을 지나서 38선에 다다른다. 유엔군은 북진의 갈등으로 전투는 잠시 소강상태에 접어든다. 이승만은 당장 북진하여 남북통일을 원한다. 38선 이북으로의 북진은 이승만 혼자서 결정할 문제가 아니다. 전쟁이 발발하자 이승만은 국군의 지휘권을 연합군 사령관인 맥아더에게 넘겨 줬다. 이승만이 아무리 북진통일을 해야 한다고 목소리를 높이지만, 유엔연합 사령관인 맥아더의 명령

없이는 38선 이북을 향해 전진할 수가 없는 셈이다. 맥아더는 연합군을 38선 이북으로 전진시킬 것인지 계속 고민을 한다. 맥아더도 혼자서 결정할 문제가 아니다. 유엔의 결정을 따르느라 38선 돌파를 늦춘다. 미국으로부터 38선 이북으로의 전진 명령이 전달된다. 즉시 북진을 명령한다. 맥아더의 북진 명령에 이어 이승만 대통령의 국군을 향한 명령도 하달된다.

"국군 장병들은 어떠한 위험과 난관이 있을지라도 38선을 넘어 압록강까지 북진하라."

이승만은 남북통일에 대한 열망이 강하다. 이번 기회에 꼭 남북통일을 이루어 내려고 한다. 기훈의 부대도 계속 북진을 한다.

부상에서 회복한 인영은 새로운 부대에 배치된다. 북진을 계속한다. 인영의 부대는 38선을 넘어선다. 대동강에 도착한다. 평양은 비행기에서 공중 폭격이 먼저 이루어진다. 공중 폭격으로 평양은 곳곳이 폐허가 되어 버렸다. 인민군의 주력 부대는 유엔군이 도착하기도 전에 이미 도주를 한 상태다. 다부동 전선을 돌파한 백수찬 사령관이 평양을 탈환하기 위한 작전을 진두지휘한다. 평양을 탈환하기 위하여 밤사이에 배를 타고 대동강을 건넌다. 모란봉을 향하여 진격한다.

쾅!

평양 입구 외곽에서 지뢰가 폭발하여 사상자가 발생한다. 인민군이 설치해 놓은 지뢰를 천천히 제거한다. 평양을 점령하기 위하여 서서히 접근해 간다. 인민군의 저항이 거세진다. 평양은 유엔군에게 쉽게 내줄 수 없는 곳이다. 유엔군의 우세한 공군의 공중 폭격으로 평양은 곳곳이 파괴되었지만, 인민군의 일부가 남아서 끝까지 저항하고 있다.

탕탕탕…. 따따따따따….

시가전이 치열하다. 평양을 뺏기지 않으려고 사력을 다해 인민군들이 곳곳에서 총을 쏜다. 평양에 도착한 국군의 사기는 하늘을 찌른다. 평양만 정복하면 남북통일은 곧 이룰 수 있다는 기대감에 차 있다.

쾅쾅쾅…. 탕탕탕…. 따따따따따….

인정사정없이 공격을 퍼붓는다. 시가전이 점점 치열해진다. 인민군들도 평양을 뺏기지 않으려고 최후의 저항을 해 오는 것이다. 탱크를 앞세운 국군과 유엔군의 화력이 우세한다. 인영은 탱크를 따라서 공격에 나선다. 선두에 서서 인민군들을 향해 총을 쏜다. 시가전을 치르고 평양을 점령해 간다. 평양을 국군과 연합군이 완전히 점령을 한다. 북진 시작 후 19일 만에 평양을 탈환하는 성과를 올린다. 평양 시민들은 거리에 나와 태극기를 흔든다. 모두가 감격에 젖은 모습이다. 평양 곳곳에는 김일성과 스탈린의 초상화가 걸려 있다. 분노에 찬 시민들이 초상화를 발로 짓밟아 버린다. 초상화와 인공기를 불에 태운다.

평양 광장에 시민들이 점점 모여든다. 수만 명이 모인 광장은 발 디딜 틈이 없이 사람들로 인산인해를 이룬다. 태극기와 유엔군의 환영 깃발이 휘날린다. 국군을 환영하고 이승만 대통령을 환호하는 분위기가 무르익는다. 인영은 환영대회가 열릴 광장에 총을 들고 경계를 선다. 광장에 인민군이나 공산당 일당들이 접근하지 못하도록 철저한 경계에 돌입한다. 평양 시민 환영대회가 열린다. 환영대회 곳곳에는 현수막이 걸려 있다. 단상에는 대형 태극기가 나부낀다. 시민들의 손에는 태극기를 들고 있다. 각종 환영 깃발을 하늘로 치켜세우며 함성을 지른다. 감격스러운 순간이다.

"와!"

하늘을 찌를 듯한 함성이 광장을 울린다. 곳곳에는 현수막이 큼지막하게 걸려 있어 환영대회의 분위기를 북돋운다.

'이승만 대통령 만세'

'국군 UN군 만세'

'우리의 영도자 이승만'

'공산당을 타도하자'

이승만 대통령이 광장에서 등장한다. 시민들의 우레와 같은 박수와 함성이 쏟아진다. 이승만이 연설을 시작한다.

"나의 사랑하는 동포 여러분!

만고의 풍상을 겪고, 39년 만에 처음으로 대동강을 건너 평양성에 들어와서 사모하는 동포 여러분을 만날 적에 나의 마음속에 있는 감상을 목이 막혀 말하기가 어렵습니다. 40년 동안 왜정 밑에서 어떻게 지옥 생활을 했던가를 생각하면 눈물이 가득합니다… 하룻밤 사이에 우리 민국을 침범해서 이 소식이 워싱턴에 이르게 되어 연합국에서 공산당을 타도하고 민국을 보호하고자 싸울 것을 24시간 내에 결정하고 공포했던 것입니다. 이것은 만고에 없는 일입니다. 동양에 있는 조그마한 나라를 친다고 세계 모든 국가가 군사(軍士)를 움직여 가지고 일시에 일어나는 일은 처음 되는 일입니다. 이 관계는 오래전부터 유지되어 온 일입니다.

우리는 싸워서 피를 흘리고 자유 독립국을 세운 것이니 소련이나 다른 나라가 들어와서 이래라저래라 하지는 못할 것이며, 또 우리가 그러한 간섭을 맺을 이유도 없고 또 받지도 않을 것입니다. 그럼으로 통일된 백성의 기상과 의도를 잊지 말고 또 남이니 북이니 하는 파당심을 다 버리고 오직 생사를 공동(共同)하겠다는 결심을 가지고 공산당을 발붙일 곳 없이 해서 우리의 자유를 침해치 못하도록 해야 할 것입니다….

이북 동포 여러분에게 다시 부탁하는 바는 우리에게 대해서 누구든지 강제로 이래라저래라 하지 못할 것이니 여기 대해서는 조금도 걱정할 것이 없습니다. 앞으로는 이북 지사(知事) 선거를 먼저하고 국회에 백(百) 자리를 남겨 둔 국회위원을 다음에 선거할는지 작정되는 대로 할 것이나, 우리가 이전 모양으로 무슨 관찰사나 한다는 그런 관념을 다 없애 버리고 오직 자유민의 자유의사로 민의 따라 투표해야 할 것입니다….
유엔에서 작정하기를 이북은 총선거를 할 때까지 군정으로서 주관한다고 하니 거기 대해서 위반하기 곤란함으로 정부에서 사람을 곧 보내기는 어려울 것입니다.

이북 동포 여러분! 나와 같이 결심합시다. 공산당이 어데서 들어오든지, 그것이 소련이건 중공이건 들어오려면 들어오너라. 우리는 죽기로 싸워서 물리치며, 이 땅에서는 발붙이고 살지 못할 것을 세계에 선언합니다. 과거에 모르고 공산당의 꾀임에 빠져들어 간 자들은 다 회개하고, 돌아서는 자는 포용하고 용서하여 포섭할 것이고, 살인을 방화하는 자는 일일이 적발해서 징치(懲治; 징벌하여 다스림)할 것이나 국가와 민족을 배반하고 남의 나라에 붙이고자 하는 자는 우리가 결코 표용치 않을 것입니다…. 살아도 같이 살고, 죽어도 같이 죽는 부여족속의 한 혈족으로 조금도 우려 없이, 서로 사랑하며, 서로 도우며 뭉치시오."

"와!"

평양 시민들은 함성을 지른다. 박수가 쏟아진다. 이승만의 연설에 환호한다. 공산당 치하에서 억압을 당했던 평양 시민들은 감격에 젖는다. 그토록 바라던 남북통일이 곧 이루어질 것 같은 분위기다.

"와!"

광장은 시민들의 함성에 흥분을 감추지 못한다. 함성은 하늘을 찌르고 있다. 인영과 부대원들도 그 함성에 사기가 올라간다.

중공군은 한국군과 유엔군이 38선을 넘어 북진을 하자, 중공군이 참전할 것이라고 경고를 하고 나선다. 맥아더는 중공군의 개입을 너무 과소평가한다. 중공군이 압록강을 넘을 경우, 평양에 도달하기도 전에 유엔군에 의해 박살 날 거라고 떵떵거린다. 그만큼 중공군은 공군 전투기도 없거니와 보병들만으로서는 보잘것없는 군대라고 폄하한다. 그러나 중공군은 수십만 대군을 북한에 파병하는 결정을 한다. 파병 결정이 내려지자 선발대는 비밀리에 즉시 압록강을 건너온다. 유엔군이 평양을 정복하였고, 압록강 국경 지대를 향하여 올라오고 있다는 정보를 입수한다. 중공군의 무기는 박격포 이상의 무기도 들고 있지 않다. 소총과 수류탄만 보유한 채 압록강을 건넌다. 미군의 공군기에 발각되지 않도록 밤에만 행군을 해 온다. 북한에 도착하자마자 산악 지대로 들어간다. 산악 지대에서 땅굴을 판다. 운산, 영변 지역에도 평지가 아닌, 산 중턱에 참호를 팠다. 평지에 군부대를 주둔시키지 않는다. 깊고 안전한 땅굴을 파서 참호와 연결시킨다. 유엔군의 비행기가 상공을 날면서 정찰한다. 조종사는 육안으로 중공군의 모습을 발견하기 위하여 계속 관찰을 하지만, 중공군은 발견되지 않는다. 공중에서 적이 폭탄을 투하해도 인명 피해를 전혀 당하지 않도록 튼튼한 땅굴 속에서 적을 기다린다. 엄청난 크기와 깊이를 확보한 땅굴은 참호를 연결한다. 미군 정찰 항공기에 발각되지 않으려고, 땅굴 속에서 부대 진지를 갖춘다. 중공군의 모습을 철저히 감춘다. 북진을 하고 있는 남한군과 유엔군을 기다리는 매복 작전이다.

맥아더는 평양을 정복한 후에 유엔군을 신의주, 초산, 원산과 장진호를 거처 강계, 혜산, 길주, 청진을 향하여 동시다발적으로 압록강 국경부근까지 진격을 서두른다. 기훈의 부대는 평양을 지나서 용감하게 북진을 계속한다. 하루라도 빨리 국경 지대까지 돌파를 하라는 명령이 떨어졌다. 초산 지역으로 향한다. 초산 지역에서는 인민군이 거세게 저항한다. 장거리 포로 공격을 마친 후 서서히 진격하면서 박격포로 계속 사격을 가한다. 인민군들은 따발총으로 공격을 해 온다. 치열한 시가전이 벌어진다. 국경 지역 부근에서 인민군들은 거세게 저항해 온다. 사단 병력은 초산 지역을 점령해 나간다. 눈이 살짝 내린 초산 지역을 완전점령한다. 압록강이 보이는 고지까지 점령하여 태극기를 꽂는다. 드디어 국군 최초로 압록강 국경 지대까지 정복한 것이다.

"와!"

총을 치켜세우며 함성을 지른다. 압록강을 바라보며 서로 얼싸안는다. 역사적인 순간이다. 해방 후 압록강 국경을 국군이 점령을 하다니? 감격의 눈물이 솟구친다. 아, 얼마나 감격스러운 순간인가? 온 겨레가 바라고 바라던 남북통일이 이루어질 것인가? 압록강 쪽을 바라본다. 압록강은 도도히 흐르고 있다. 저 압록강 너머가 중국이란 말인가? 기훈은 감격스러워 눈물이 계속 나온다. 압록강 주변은 고요하기만 하다. 인민군은 압록강 너머로 도망을 쳤는지 저항해 오는 인민군이 더 이상 보이지 않는다. 기훈은 압록강 강가로 다가간다. 등에는 군장을 짊어진 채로 수통을 들고 압록강 가까이에 몸을 숙인다. 손으로 수통을 압록강 속으로 넣는다. 수통에 압록강 물을 가득 채운다. 수통을 입으로 가져간다. 압록강 물을 마신다.

"캬."

압록강 물이 꿀맛이다. 앞다투어 부대원들도 강 가까이 다가와 수통에 물을 담아 마신다. 함께 웃는다.

"와!"

총과 수통을 들고 함성을 계속 지른다. 함성이 압록강에 메아리친다. 더 이상 전진할 곳이 없다. 기훈의 부대는 압록강을 바라보며 경비를 선다. 기훈의 부대는 이제 국경 주변까지 점령을 하였으니 국경 수비를 전담으로 하는 부대가 된 것이다. 기훈이 압록강을 바라본다. 이제 더 이상 진격할 곳이 없으므로 이렇게 전쟁은 끝나는 건가? 강 건너가 중국이라니, 가슴이 벅차오른다. 도도히 흐르고 있는 압록강을 바라보며 밤을 보낸다.

따따따따따…. 탕탕탕탕탕…. 쾅쾅쾅….

삐리리리, 삐리리리, 삐리리리….

밤에 갑자기 나팔 소리와 꽹과리 소리, 총소리가 요란하게 울려댄다. 기훈이 경계를 서고 있는 곳까지 밤에 요란한 총격 소리가 멀리서 들려온다. 북쪽이 아니다. 초산 지역보다 남서쪽에서 들려오는 총소리다. 한밤중에 무슨 교전이 일어난 건가? 야간 전투라니? 바짝 긴장을 한다. 압록강을 뚫어져라 바라본다. 압록강은 조용히 흐르고 있다. 총소리가 멀리서 계속 들려온다. 총소리는 잠깐 벌이는 교전이 아니라 수 시간째 계속된다. 밤에 압록강 국경선 고지에서 경계를 서고 있던 기훈은 무슨 일인지 궁금하다. 인민군의 패잔병들은 거의 모두가 도망가 버리지 않았던가? 초산을 점령하는데도 인민군의 패잔병들과의 교전은 순식간에 끝나 버렸는데? 초산을 점령하고 난 후에, 소문에 의하면 인민군들은 압록강을 건너 중국 만주 쪽으로 도망을 쳤다는 소문을 들었다. 밤사이에 남서쪽에서 오랫동안 교전이라니. 무슨 일이 일어난 걸까? 인민군이 최후 저항을 하면서 국군과 밤사이에 격전이라도 벌어진 것인가? 서쪽 지역에서 신의주 방면으로 압록강을 향해 전진하는 국군과 유엔군이 강력하게 저항하는 인민군들과 전투가 벌어지는 일인 줄로만 여긴다. 날이 밝아 온다. 압록강이 보인다. 압록강은 도도히 흐르고 있다. 강 너머에는 중국 땅이 보인다. 기훈은 다시 계속 남북통일이 될 거라는 감격에 젖는다.

"뭐라고요? 다시 한번 더 상세하게 말해 보셔요!"

무전기 너머로 들려오는 소리를 믿지 못한다.

"밤사이에 중공군에게 기습 공격을 당했습니다."

"예?"

중공군이라니 믿기지 않은 소리로 들린다.

"중공군의 기습 공격으로 아군이 엉망이 되어 버렸습니다."

중공군의 기습 공격이라니, 이게 무슨 소리인가? 중공군이 전쟁에 뛰어들었단 말인가? 기훈의 부대가 초산을 점령해 올 때까지 중공군의 저항은 없었다. 초산까지 점령했고, 압록강 물까지 수통에 담아서 마셨다. 더 이상 싸울 상대가 보이지 않았다. 기훈의 3개 소대가 진지를 구축하여 압록강 국경선 경비를 담당하고 있는 상황에서 중공군이라니? 당장 눈앞에 중공군의 공격이 없는 기훈의 부대는 중공군의 기습공격 소식을 듣고 어안이 벙벙해진다. 평양을 지나 신의주로 향하는 길목인 운산에서 중공군의 기습 공격을 받았다는 소식이다. 운산 지역은 초산 지역보다 남서쪽에 위치해 있다. 야밤에 중공군으로부터 기습 공격을 받은 것이다.

"떼놈들이 몰려오고 있어요."

중공군의 기습 공격을 받은 국군 2명이 후퇴를 하면서 기훈의 부대와 만난다. 지휘관이 도망쳐 온 국군과 면담을 한다.

"운산 지역에서 중공군의 기습 공격을 받았습니다. 말도 마십시오. 떼 놈들이 얼마나 기습공격을 하면서 몰려오는지, 아무리 총격을 가해도 소용이 없습니다. 총에 맞아 쓰러지는 놈들보다 더 많은 떼놈들이 개미 새끼처럼 끝도 없이 몰려옵니다. 사람 목숨을 파리 목숨만치도 못하게 여기는 놈들입니다. 국군이 중공군에게 포위되어 큰 피해를 당했습니다. 결국에는 우리도 겨우 도망을 쳐서 살았습니다. 국군과 미군의 피해가 엄청납니다. 살다살다 이런 경우는 처음입니다. 아주 무섭습니다."

도망을 나온 국군이 고개를 절레절레 젓는다. 기가 차고 말문이 막힌다는 것이다. 겨우 살아남아 도망을 쳤다는 것이다. 중공군의 어마어마한 인해전술에 놀란 모습이다. 중공군의 기습 공격으로 인해 부대원들도 큰 피해를 입었다는 것이다. 중공군이 전쟁에 뛰어들었다면 곧 초산 지역으로도 중공군이 몰려올 거라는 예감이다. 이대로 지체하고 있다가는 기훈의 부대는 고립될 위기에 처했다. 북쪽에서 남으로 적이 공격을 해 오는 것이 아니라, 옆 측면에서 중공군이 공격을 해 올 것이라는 판단이다. 그렇게 되면 전투가 벌어졌을 때, 기훈이 현재 있는 곳에서는 보급로가 완전히 끊겨 버리는 것이다. 중공군보다 더 북쪽에 서 있는 것이다. 급하게 북진을 서둘렀기 때문에 보급로 정비가 아직 덜된 상황이다. 부대가 고립되기 전에 빨리 초산 지역을 포기하고 후퇴하는 길만이 살길이다. 무전을 통해 상황을 전달받는다.

"후퇴하라!"

지휘관의 긴급 후퇴 명령에 서둘러 후퇴를 한다. 초산 지역에 넓게 분포되어 있는 사단 일부 병력은 신속하게 후퇴를 한다. 다행히 사단 전체가 중공군에게 포위되지 않는다. 기훈의 중대도 퇴로가 차단되기 전에 빨리 초산 지역을 빠져나가려고 서두른다. 그러나 중공군은 이미 초산 방향으로 점점 포위를 해 오고 있다. 초산 지역 압록강까지 진격했던 기훈의 부대는 이미 중공군에게 노출되어 버렸다. 중공군은 기훈의 부대가 초산까지 올라오도록 놔두고, 서서히 포위하려는 작전을 짜고 있었던 게 분명하다. 기훈의 부대는 중공군에 의해 포위되어 있다. 이미 독 안에 든 쥐다. 해가 기울어지고 밤이 된다.

땅땅땅땅땅…. 삐리리리, 삐리리리, 삐리리리….

어두운 밤에 꽹과리 소리와 나팔 소리가 쉬지 않고 연속해서 울려 댄다.

탕탕탕탕탕….

"와!"

중공군들의 기습 공격이 시작된다. 벌떼처럼 중공군이 소리를 지르며 몰려온다.

"공격하라!"

기훈의 부대는 사력을 다해 중공군과 대적한다. 중공군을 향해 계속 총을 쏴 댄다.

따따따따따….

총을 맞은 중공군들이 피를 흘리며 고꾸라진다. 고꾸라진 병사 뒤로 계속해서 멈추지 않고 중공군들이 계속 달려온다. 부대 뒤에서는 꽹과리, 나팔 소리가 계속 울려댄다.

"와!"

소리를 지르며 술 취한 사람들처럼 고지를 향해 중공군이 계속 올라오고 있다.

따따따따따….

기훈 부대는 가까이 다가오는 중공군을 향해 수류탄을 던진다.

펑펑펑….

수류탄이 중공군 앞에서 터진다. 수류탄을 맞은 중공군의 몸이 하늘로 솟구친다.

"악!"

"와!"

삐리리리, 삐리리리, 삐리리리….

나팔 소리는 계속 들려온다. 중공군은 많은 사상자를 냈다. 중공군의 시체가 쌓여 있다. 계속 총탄을 맞고 쓰러져도 중공군은 빠르게 밀려온다. 그야말로 인해전술이다.

"공격하라!"

"중대장님! 총알이 없습니다."

기훈은 소리를 지른다. 순식간에 총탄은 소진되어 버린 것이다. 계속되는 공격에 총알이 바닥이 난 것이다. 중공군의 기습 공격으로 초산 지역까지의 무기 보급로가 정비가 되지 않았다. 갑작스러운 중공군의 개입을 전혀 예상하지 못한 것이다. 그런 상황에서 전투가 벌어졌으니 무기 보급로가 끊어진 것이다. 총알이 떨어지는 바람에 꼼짝없이 중공군에게 고지가 점령되고 있다.

탕탕탕….

남한군의 총격이 멈춰지자 중공군이 오히려 간간이 총을 쏘면서 고지를 향해 올라온다. 벌떼처럼 수많은 중공군과 육박전도 벌일 수가 없다. 기훈은 참호 속에서 손을 들고 항복을 한다. 중공군이 총을 겨누고 있다. 기훈이 손을 들고 걸어 나간다. 수십 명이 한꺼번에 포로가 된다.

기훈이 포로가 되어 수십 명과 함께 걸어간다. 계속 걸어가자, 이미 운산 지역에서 포로로 잡힌 국군 포로들이 보인다. 유엔군의 포로도 많이 보인다. 포로 뒤에는 중공군이 총을 겨누며 따라간다. 기훈 일행은 압록강변 포로수용소로 향한다.

중공군은 서부 전선에서 남한군과 유엔군에게 기습 공격을 감행한 후 일시에 자취를 감춘다.

탕탕탕탕탕….

인민군의 저항이 간혹 있지만, 국군의 공격에 파죽지세로 북한 지역을 점령해 나간다. 국군은 북진통일을 위한 기세가 등등하다. 국군의 사기는 하늘을 찌를 듯하다. 국군도 육지로의 공격 고삐를 늦추지 않고 원산 탈환을 위해 총공격을 돌입한다. 동부 전선으로의 북진은 바다를 통한 원산탈환보다 육로를 통한 국군의 원산탈환이 먼저 이루어진다. 원산항 일대 바다 밑에 설치되어 있는 지뢰를 제거하느라 유엔군의 원산항 상륙이 며칠째 지체되고 있다. 바다 밑 지뢰 제거를 한 후에 함포 사격을 끝내고 유엔군의 상륙이 시작된다. 도로변에 국군과 미군을 주축으로 한 유엔군이 당당하게 걸어가고 있다. 영국군 소규모 해병특공대, 남한군의 소규모 전투 경찰대를 포함하여 2개 사단 병력, 미 육군 2개 사단 소속 부대와 미 해병대 1개 사단이 주축으로 이루어진 3만 명 이상의 병력이 움직이는 작전이다. 남한군 중에는 수천 명의 카투사가 미군에 배속되어 미군과 함께 전투에 참여한다. 연변에 나온 시민들이 태극기를 흔들어 대고 환영한다. 탱크도 요란한 소리를 내며 원산에 입성한다. 헨프리도 미군 해병대에 배속되었다. 해병대원들과 함께 원산항에 도착한다.

"와! 와! 와!"

"만세! 만세! 만세…."

맥아더가 지휘하는 유엔군은 인천상륙작전 성공에 이어, 원산 상륙작전도 성공을 거둔다. 유엔군은 북진을 계속한다. 함흥을 거쳐 장진호를 향해 계속 진격한다. 한국의 경기도 소속 전투 경찰 중대가 피난을 간 대구에서 미군에 배속된다. 전쟁의 혼란 중에 한국 내무장관의 요청으로 미군 사령관은 즉시 미군 부대에 한국의 전투 경찰 중대를 배치한다. 인천상륙작전에도 인천 지역을 잘 아는 한국 전투 경찰 중대가 동원된다. 인천상륙작전을 성공시키는데도 일익을 담당한다. 그 후로도 일부 중대는 미군 부대에 배속되어 미군과 함께 장진호를 향하여 진격한다. 통역병과 카투사도 수천 명이 미군에 배속되었다. 각 소대에 두세 명씩 배속한다. 미군과 함께 작전을 한다. 언어가 통하지 않은 어려움이 있었지만, 미군들과 함께 인민군을 격퇴하는 데에 제일 선두에 서서 총을 쏜다. 북한 주민들과 마주칠 때는 카투사들이 의사소통을 담당한다. 카투사 중에는 이성준도 통역관 및 연락장교로 미군에 배속되었다. 이성준은 교회에서 봉사하며 선교사 부인을 통해 영어를 배웠다. 영어가 유창하다. 전쟁이 터지자 서울에서 부산으로 피난을 갔다. 부산시청 앞 벽보에 미군의 통역관 겸 연락장교를 모집한다는 벽보를 보고 자원입대하였다. 미군과 함께 장진호를 향하여 계속 진격한다.

북진이 시작되자 파죽지세로 북진이 순조롭게 진행된다. 평양을 점령한 국군과 유엔군은 신의주, 초산, 혜산, 길주, 청진, 원산을 지나 장진호와 강계를 향한 북진에 속도를 낸다. 압록강 국경선 부근까지 밀고 올라가는 작전이다. 그야말로 국경선인 압록강을 지척에 두고 있는 상황이 전개된다.

'크리스마스를 고향에서(Home for Christmas)'

이제 전쟁을 빨리 끝내고 크리스마스는 고향으로 돌아가 맞이한다는 전략이다. 맥아더 연합사령관의 명령에 부합하기 위하여 알몬드 군단 장군도 크리스마스 이전에는 국경지대인 압록강변까지 인민군을 몰아붙여 한반도에서의 전쟁을 끝낸다는 목표다. 평양을 탈환하고 원산을 탈환하는 동안에 큰 무리 없이 성공하였다. 조금만 더 힘을 내서 북진을 하면, 압록강 국경선까지의 정복은 무난하리라 예상하고 있는 것이다. 알몬드 장군은 북으로의 진격을 계속 독려한다. 이른 시일 내에 장진호를 지나서 강계를 점령하고, 압록강 국경선까지 점령을 끝낸다는 복안이다. 알몬드 군단장은 북진을 서두른다. 하지만, 스미스 사단장은 알몬드 장군의 명령에 아랑곳하지 않는다. 북진을 서두르지 않는다. 천천히 적의 동태를 파악해 가며 진격해 나간다. 원산항에서 함흥을 지나 장진호를 향하는 곳은 그야말로 첩첩산중의 산악지대다. 아직 적들이 도처에 매복해 있다가 기습 공격을 해 올 수도 있기 때문이다. 장진호를 향하는 도중에도 인민군과 대치되어 격전을 벌인다. 아직도 인민군이 간간이 저항해 오고 있다. 즉시 격퇴를 하지만 경계를 늦출 수가 없다.

유엔군과 남한군이 북으로 진격이 시작되자 김일성은 중국에 도움을 요청하였다. 수십만 명의 중공군들은 유엔군이 평양을 탈환하고 압록강 변에 도착하기 전에 이미 국경을 넘어선다. 미국에 선전 포고도 하지 않았다. 공군 병력이 없는 중공군은 밤에 진격을 한다. 낮에는 유엔군의 공중 정찰에 노출되지 않기 위함이다. 압록강을 건넌 중공군 일부 병력은 장진호 일대에 땅을 파서 참호를 깊게 파 놓았다. 깊게 판 참호는 추위에도 끄떡없는 거대한 땅굴을 곳곳에 만들어 참호와 연결해 놨다. 병력을 참호에 배치하지 않고 땅굴 속에 숨어 있게 한다. 땅굴 속에 들어가 있으면 추위도 견딜 수 있다. 공중 폭격에도 끄떡없다. 비행기에서 공중 정찰을 해도 적에게 전혀 발각될 염려도 없다. 유엔군이 장진호 부근으로 올라오기만을 기다리며 매복을 하고 있다. 중공군은 유엔군들이 원산항에 상륙하여 장진호 부근으로 공격해 오고 있다는 것을 이미 알고 있었다. 중공군은 유엔군을 장진호 깊숙이 끌어들여, 완전 포위를 한 후에 기습 공격을 감행하여 반격을 한다는 작전이다. 그 작전을 모르는 유엔군들은 중공군이 잠깐 나타났다가 후퇴를 한 것으로 착각을 하고 있다. 중공군이 참전해 봐야 별일 없을 거라는 판단을 한다. 일단 중공군이 대규모로 보이지 않기 때문에 대수롭지 않게 여긴다.

스미스 장군이 이끄는 유엔군은 장진호를 향하는 길에 황초령 고개에 설치된 다리를 통과해야 한다. 적을 방어하려면 적들이 다리를 통과하지 못하도록 다리를 폭파시키는 것이 우선이다. 그러나 중공군은 적이 장진호 깊숙이 들어올 때까지 적을 공격하지 않고 끈질기게 기다리고 있다. 남한군과 유엔군은 중공군이 장진호 부근에 매복하는 병력이 계속 늘어나고 있다는 사실을 아직 모르고 계속 전진한다.

스미스 장군이 지휘하는 유엔군이 장진호 계곡을 향하여 서서
히 진격한다. 수동리를 지나서 진흥리에 진격한다.

탕탕탕탕탕….

인민군이 유엔군을 향해 공격을 개시한다.

따따따따따….

유엔군은 즉각 적군을 향해 따발총을 난사하여 적군을 단숨
에 물리친다. 적군의 저항은 거세지 않다. 유엔군이 붙잡은 포로
들은 심문을 해 보니 인민군이 아닌 중공군임이 판명된다. 중공
군임이 판명되어도 대수롭지 않게 여긴다. 그러나 중공군의 사
단 병력 규모가 장진호 일대 전역을 계속 매복하고 있다는 사실
은 전혀 눈치채지 못한다. 유엔군은 계속 북진을 강행한다. 유엔
군을 지휘하고 있는 스미스는 그래도 미심쩍어 적 진지의 동태를
파악하기 위하여 헬기를 타고 적정을 계속 감시한다. 산악 지역
에 유일하게 연결되어 있는 황초령 고개를 지나 고토리까지 정찰
비행을 한다. 인민군과 중공군의 세력이 보이지 않는다. 황초령
고개의 다리가 눈에 들어온다. 지리상으로 장진호를 지나서 강계
를 가려면 무조건 황초령 고개에 놓여 있는 다리를 통과해야만
하는 지역이다. 다른 길로 우회하는 길도 보이지 않는다. 이 다
리를 통과하지 못하면 고토리와 하갈우리 지역으로 갈 수가 없
는 지형이다. 인민군은 남한군과 유엔군이 장진호를 향하여 진격
해 오고 있다는 것을 파악했을 텐데, 황초령 고개의 다리가 온전
하다. 스미스는 황초령 고개의 다리를 바라보며 고개를 갸웃거린
다. 아무래도 황초령 고개의 다리가 계속 마음에 걸린다. 전장에
서 적들이 쳐들어오고 있다. 적을 방어하기 위해서는 주요 진입

로에 설치된 다리를 폭파하는 게 우선이다. 그래야만 적의 공격을 지연시킬 수 있다. 그렇지만, 다리를 폭파하지 않고 그대로 방치하고 있는 것이 눈에 밟힌다. 인민군들이 보이지 않은 곳에 매복하고 있나? 인민군들이 이 지역을 완전히 포기해 버리고 달아나 버렸나? 스미스는 정찰 비행을 마친다. 황초령 고개에 놓여 있는 다리가 의심은 가지만, 진격 명령을 내린다. 유엔군들이 드디어 황초령 고개 다리를 건넌다. 고토리를 향하여 진격을 하면서도, 가능한 한 천천히 부대원들에게 북진을 명령한다. 알몬드 장군으로부터의 북진 명령은 계속 독촉된다. 크리스마스 이전에는 압록강 국경선까지 완전히 점령하고 고향으로 돌아가자고 외치고 있다. 명령을 하달받은 스미스는 알몬드 장군의 명령을 즉각 수행할 수 없다. 인민군 부대와 장진호를 향하면서 격전이 벌어진다. 인민군의 탱크는 유엔군의 공격으로 박살이 나서 길가에 방치되어 있다. 장진호를 향하여 진격해 나갈수록 인민군의 저항이 강하지 않다. 더욱더 빠른 진격을 하면서도 오히려 의심을 가진다. 언제, 어디서 적군이 기습 공격을 해 올지 모르기 때문이다. 지형도 험준한 산악 지역이다. 최대한 천천히 진격해 나간다.

유엔군은 황초령 고개에 도착한다. 고원 지대의 협곡은 다리로 연결되어 있다. 황초령 협곡은 거대한 수로관 4개가 협곡 아래로 길게 드리워져 있다. 장진호 계곡에서 끌어들인 물을 수로관을 통해 황초령 고개 쪽에서 낙하를 시켜, 물이 낙하하는 힘을 이용하여 수력 발전을 일으키는 구조이다. 거대한 발전 시설물이 설치되어 있다. 북한군은 유엔군이 장진호 쪽으로 들어오는 것을 감지하였을 텐데, 황초령 고개에 있는 다리를 폭파하지 않았다. 스미스는 적이 의도적으로 다리를 폭파시키지 않았음을 염려하지만 지휘부는 장진호를 지나서 압록강변까지 속히 진격하기를 독촉하는 분위기다. 그 분위기에 맞추어 장진호 방향으로 뒤따라오는 부대도 계속 다리를 통과한다. 험준한 장진호 계곡을 정복하면 압록강 국경지대까지는 그리 멀지 않은 거리이다.

스미스 장군의 진두지휘하에 유엔군이 황초령 고개 다리를 통과하여 고토리와 하갈우리까지 진격한다. 스미스는 북진을 하면서도 함흥에 사령부를 주둔시키고 수동리, 진흥리, 고토리, 하갈우리까지 가 지역마다 선두 부대와 후속 부대가 긴밀하게 연결되도록 한다. 최대한 부대를 한곳에 집중시키지 않고 분산 배치하면서 진격을 한다. 후속 부대를 통해서 보급이 원활하도록 작전을 구사한다. 스미스 장군이 이끄는 선발대가 하갈우리에 도착한다. 넓은 지대가 나타난다. 사령부를 주둔시킨다. 함흥에서 하갈우리까지 진격해 오는 동안 산악 지역을 계속 통과해왔다. 중간지역 곳곳에 부대를 주둔시켜 놓았지만, 긴급한 보급과 작전을 원활히 수행하려면 비행기를 통한 공중 지원이 원활하게 잘 될 수 있게 해야 한다. 비행기를 통한 물자 수송도 꼭 필요하다고 본다. 만일의 사태 시에 함흥에서 하갈우리까지 육로만으로는 작전 수행은 많은 제약을 받을 수 있다는 판단을 한다. 강계를 점령하고, 압록강 국경 부근까지 진격을 의한 작전을 수행하려면 갈 길이 아직 멀다. 중간 기지에 비행장을 만들어 교두보를 마련한다는 전략이다. 스미스 장군은 원활한 작전을 위해 하갈우리 지역에 임시 비행장 활주로 공사를 명령한다. 즉시 미군 공병부대와 중장비가 도착한다. 하갈우리에 활주로 공사가 진행된다. 하갈우리는 해발

1,500미터의 고지라서 초겨울인데도 땅이 꽁꽁 얼어 버렸다. 꽁꽁 언 땅을 파가며 활주로를 만들기 위한 공사에 박차를 가한다. 공병부대는 밤낮을 가리지 않고 비행장 건설을 서두른다.

하갈우리에 중공군 포로 몇 명이 붙잡혀 온다. 스미스 장군은 중공군 포로들이 나타난 것을 대수롭지 않게 여기고 계속 북진 명령을 내린다. 헨프리도 미군 해병대에 배속되어 하갈우리 사령부에 도착한다. 하갈우리에서 덕동 고개를 지난다. 덕동 고개에 중대 병력을 참호에 배치시킨다. 하갈우리와 유담리 사이의 중간 기지 역할을 담당한다. 주력 선발대는 유담리까지 계속 진격을 한다. 잭슨 신부는 미 육군에 배속되어 하갈우리를 지나 장진호 동쪽 방향 후동리를 향해 진격한다. 장진호를 가운데 두고 양쪽 방향으로 각각 진격한다.

유엔군은 승승장구하고 있다. 함흥도 탈환하고 장진호 계곡을 향하여 진격을 하고 있다. 함경도 길주와 혜산, 청진도 점령하였다는 낭보가 계속 날아든다. 이제는 남북통일의 꿈이 곧 실현되는 분위기다.

헨프리가 속해 있는 부대는 하갈우리를 지나서 11월 25일 유담리에 도착한다. 눈이 펄펄 내리고 북풍이 거세게 휘몰아치고 있다. 북한 주민들이 열렬히 환영한다. 대부분의 주민들은 해방 후 공산 치하에서 시달렸던 만큼, 유엔군이 진격해 오자 환영하는 분위기다. 이성준이 유담리에 도착하여 헨프리 군종병을 만나 악수를 한다. 이성준과 헨프리가 주민들을 모이게 한다. 주민들은 쭈뼛거리다가 한곳으로 모여든다. 미군을 보는 것도 처음이다.

"자, 주민 여러분! 빨리빨리 이쪽으로 모이시오!"

주민들은 한국말을 더듬거리며 말하는 헨프리를 신기한 듯이 바라본다. 미군 지휘관은 주민들을 모아 놓고 연설을 한다. 이성준은 지휘관 옆에 서서 통역을 한다.

"여러분! 우리들은 여러분이 협조만 잘하면 절대로 해치지 않을 것입니다. 이제 압록강이 얼마 남지 않았습니다. 압록강까지 진격하면 곧 통일이 됩니다. 전쟁도 끝나게 될 것입니다. 주민 여러분들은 이제 남한군과 미군의 통제를 잘 따라야만 합니다."

미군 장교의 연설을 이성준은 옆에 서서 알아듣기 쉽게 통역을 한다. 이성준이 통역을 하자 북한 주민들은 고개를 끄덕이며 무슨 말인지 알아듣는다. 이성준에게는 북한 주민들을 감시하면서 통솔하는 임무가 주어진다. 미군이 장진호 부근 마을을 점령했지만, 북한 주민들을 계속 감시하라는 임무에 소홀히 하지 않는다. 일단 북한 주민들과 의사소통이 필요하다. 북한 주민들을 의심하지 않을 수 없다. 총을 들고 주민들을 위협하고 있지만, 공산당 치하에 있었던 주민들이 미군과 남한군을 배반하여 인민군이나 중공군의 첩자 노릇을 할지 모르는 상황이다. 북한 주민들을 완전히 믿을 수 없다. 적군의 간첩이 되어 탄약 저장고나 부대 인근까지 접근하여 불을 지르거나 폭탄을 던져 피해를 주는지, 은밀하게 부대 가까이 다가와 우물에 독약을 던지고 달아나지는 않을지. 그 물을 마시는 사람들을 모두 죽일 수도 있는 전쟁의 한복판이다. 북한 주민들을 계속 교육시킨다. 어르고, 달래는 일에 집중한다. 항상, 감시와 경계를 하면서도 북한 주민들에게 일단 호의를 베푼다. 전쟁 통에 먹을 것이 귀한 주민들에게 먼저 군용 전투 식량을 나누어 준다. 주민들에게 먼저 선심을 쓴다.

"맛있어요?"

헨프리가 주민들에게 말을 건다. 주민들이 엄지를 치켜세운다.

"오! 맛있어요!"

헨프리는 서툰 말투로 주민들과 전투 식량을 함께 먹으며 친밀감을 다진다. 이성준도 헨프리와 함께 웃으면서 주민들과 어울린다. 주민들은 생전 처음 맛본 미군 전투 식량에 웃음을 짓는다. 주민들은 전투 식량을 받은 보답으로 집에 있는 감자, 옥수수, 수수떡을 내어놓는다. 땅속에 저장해 놓은 김치를 남한군과 미군들에게 나누어 준다. 전쟁 중에 남한군에게 김치 맛을 볼 수 있도록 한다.

"오! 김치 정말 맛있어요!"

헨프리는 오랜만에 맛보는 김치에 환호한다. 얼마 만에 먹어 본한국 김치인가? 남한군도 오랜만에 김치를 먹으며 사기를 북돋운다. 헨프리와 이성준은 북한 주민들과 서로 음식을 교환하면서 친밀감을 유지해 나가는 데 앞장선다.

남한군과 유엔군이 압록강 국경선에 점점 다가오자 소련군의 비행기가 압록강 주변에 갑자기 나타난다. 남한군과 유엔군에게 일격을 가한다. 중공군이 한반도 전쟁에 본격 참여를 하자, 중공군이 한국전을 참전하면서 요청했던 공군을 파견한 것이다. 소련도 미군이 한반도 전체를 점령하는 것을 용납하지 못하겠다는 것이다. 압록강 국경을 넘어서지 말라는 경고다. 소련기와 미군기가 압록강 부근에서 공중전을 하게 된다. 소련기의 조종사를 살펴보니, 소련군이 아닌 중공군이나 인민군 복장을 하고 있다. 소련군은 한반도 전쟁에서 가능하면 모습을 감추려는 전략이다. 소련은 직접 전쟁에 참여하지 않고, 중공군이나 인민군이 소련의 전투기를 지원받아 전투를 하고 있다. 기만 작전인 셈이다. 소련 전투기에 조종사가 소련 군인이 아닌 것처럼 위장을 하여 미군 전투기와 공중전을 벌인다. 그동안 미군의 일방적이였던 압록강 지역의 제공권은 쉽지 않게 되어 버렸다. 그야말로 세력이 비등해진 전쟁 양상을 띠게 되지만, 소련 전투기는 압록강 국경 부근에만 나타났다가 되돌아가는 작전을 한다. 전쟁에 적극적으로 참여하지 않는다. 압록강 부근 국경선만 지키겠다는 엄포 비행이다. 압록강 부근에서 더 이상 남하하지 않은 비행이다. 지상에서는 중공군이, 공중에서는 소련 전투기가 나타난 것이다. 일방적인 미군의 공격 일변도였던 북진이 혼란에 빠진다. 맥아더는 압록강을 건너서 만주까지 피신을 한 인민군을 박살 낸다는 평계로 만주까지 공중 폭격을 가하고 싶지만, 소련 공군의 등장으로 포기한다.

유엔군이 장진호 좌측 유담리에 진지를 구축하자. 매서운 찬바람이 몰아치고 있다. 영하 30도를 훌쩍 넘은 날씨다. 진지를 구축하는데도 추위에 몸을 움츠린다. 유담리에 진지를 구축하고, 주력 부대는 강계를 향하여 계속 북진을 서두른다.

중공군들은 유엔군이 장진호 부근까지 들어올 때까지 참호 속에서 끈질기게 기다리고 있었다. 시시각각으로 유엔군의 동태를 계속 살피고 있다. 유엔군이 장진호 계곡까지 깊숙이 들어왔음을 파악한다. 매서운 추위 속에서 진지를 구축하는 유엔군을 향해 밤이 되기를 기다린다. 밤이 깊어지자 공격 명령을 내린다.

삘리리리, 삘리리리…. 뿌뿌뿌…. 땅땅땅땅땅….

어두운 밤에 꽹과리 소리와 나팔 소리가 쉬지 않고 연속해서 울려 댄다.

탕탕탕탕탕….

중공군들의 기습 공격이 시작된다. 중공군들은 소총과 수류탄을 몸에 지녔다. 포격 지원 부대도 없다. 벌떼처럼 중공군들은 인해전술로 유엔군을 향해 공격해 온다. 중공군의 화력은 개인 소총과 수류탄과 박격포다. 후방에서 지원하는 포격 부대나 탱크도 없는 중공군이다. 중국군의 공격 방법은 지금까지 경험하지 못한 방법을 구사하고 있다.

따따따따따…. 탕탕탕탕탕…. 펑펑펑….

유엔군들은 컴컴한 밤중에 검은 그림자를 향해 총을 쏜다. 조명탄이 공중으로 솟구친다. 주변이 환해진다. 총알이 빗발치듯 중공군을 향해 날아간다. 총탄을 맞은 중공군들이 계속 쓰러진다. 쓰러지고 또 계속 쓰러져도 중공군의 공격은 멈출 줄 모른다. 수십, 수백 명이 총탄을 맞고 쓰러져도 계속 밀려든다. 끝도 없이 몰려온다. 무지막지한 공격이다. 중공군의 공격 방법은 지금까지 경험하지 못한 전투 방법을 구사하고 있다. 화력이 우세한 유엔군이 오히려 당황을 한다. 갑작스러운 중공군의 공격을 유엔군들은 사력을 다해 막아 낸다. 밤새 총격전으로 유엔군은 큰 피해 없이 중공군을 물리친다. 중공군의 시체가 그야말로 천지에 널려 있다. 어두운 밤을 이용하여 인해전술로 기습 공격을 해 온 것이다. 헨프리가 소속되어 있던 부대가 기습 공격을 당한 것이다. 날이 밝아 온다. 밤사이에 기습 공격을 해 왔던 중공군의 시체가 곳곳에 보인다. 참호 옆에도 중공군의 시체가 곳곳에 쌓여 있다. 중공군의 시체는 꽁꽁 얼어 버렸다. 중공군의 시체를 치울 엄두를 내지 못한다. 중공군은 낮에는 공격을 해 오진 않는다. 기습을 당한 유엔군은 후방에 있는 공군에게 무전을 통해 중공군이 숨어 있을 곳을 알려 준다. 공중 폭격 지원을 계속 요청한다. 비행기가 상공을 선회한다. 중공군은 보이지 않지만, 산등성이 고지에 폭탄을 계속 투하한다. 그러나, 낮에는 참호 인근 깊은 동굴에 숨어 있는 중공군은 큰 피해를 당하지 않는다. 일부 병력은 주민들이 살고 있는 마을 속으로 숨어든다. 미군 비행기가 민간인 마을은 폭격하지 않는다는 것을 이용하며 몸을 숨기는 것이다. 마을 사람들은 중공군의 침입으로 마을에서 쫓겨난다. 마을에서 쫓겨난 북한 주민들은 유엔군이 있는 곳으로 피난을 간다. 미군에게 중공군이 마을 안에 숨어 있다는 것을 알려 준다.

중공군의 기습 공격으로 미군 지휘관은 주민들의 정보를 이제야 심각하게 받아들인다. 주민들이 유엔군이 있는 부대로 가까이 다가온다. 주민들의 제보가 계속된다. 손을 가리키며 중공군이 마을 안에 주둔해 있다고 알린다. 유엔군은 주민들이 사는 곳은 폭격을 안 할 것이라는 기대로 민가에도 몸을 숨기고 있는 것이다. 중공군의 숫자가 어마어마하다는 정보도 알게 된다. 미군들은 즉시 공군에게 지원요청을 한다. 주민들이 알려 준 마을을

향하여 공중 폭격을 한다. 마을은 불길에 휩싸인다. 중공군에게
집을 빼앗기고, 갈 곳이 없는 유담리 지역 산간 마을 주민들은 피
난길에 오른다. 유엔군이 주둔한 근처로 피난을 내려온다.

땅땅땅땅땅…. 삐리리리, 삐리리리, 삐리리리…. 탕탕탕탕탕….
밤이 되자, 꽹과리, 피리 소리와 함께 중공군이 다시 밀려온다.
영하 30도를 오르내리는 혹독한 추위를 견디어야 한다. 참호를
정비할 틈도 없었다. 몰려오는 중공군을 향해 방아쇠를 잡아당
긴다. 박격포 공격을 퍼붓는다.

따따따따따…. 탕탕탕탕탕…. 펑펑펑….
유엔군은 인정사정없다. 앞만 보고 총구를 당긴다. 멀리서 달
려오는 중공군에게 수류탄을 투척한다. 달려오던 중공군이 피를
흘리며 고꾸라진다. 중공군은 계속 쓰러져도 뒤에서 계속해서 밀
려들어 온다. 무모한 중공군의 공격이다. 정신을 차릴 수가 없을
만큼 혼란에 빠진다. 중공군이 가까이 다가와 수류탄을 투척하
고 달아난다. 참호 안에서 수류탄이 폭발한다.

펑.
"악!"
유엔군들의 몸이 하늘로 솟구친다. 피를 흘리며 쓰러진다. 유
엔군들의 피해도 계속 늘어난다. 밀려드는 부상병들을 치료하느
라 임시막사는 아수라장이다. 총탄이 사방으로 날아든다. 고개
를 들 수가 없다.

"아!"
총상을 입은 병사들의 고통 소리가 집어삼킬 듯하다. 몇 안 되

는 군의관이 부상병을 치료하느라 분주하게 움직인다. 헨프리가 총상을 입고 벌벌 떨고 있는 부상병을 안아 준다.

"목사님!"

두려움에 떨고 있는 병사는 헨프리의 품에 안긴다.

"형제님! 제가 치료해 주겠습니다. 하나님께 간절히 기도합시다!"

헨프리는 두려움에 벌벌 떨고 있는 병사를 위로한다. 헨프리가 군종병이면서 원래 직업이 의사인지라 부상병에게 달려가 치료를 해 준다. 헨프리가 팔을 걷어붙이고 밤새 부상병 치료에 매달린다. 죽음의 공포에서 두려움에 떨던 병사들이 안정을 찾고 일어선다. 중공군의 공격은 밤만 되면 계속된다. 중공군의 공격은 황초령 고개 이북 지역 포진하고 있는 유엔군의 모든 부대를 향해 공격해 오고 있다.

스미스 장군은 중공군의 기습 공격 전황을 수시로 보고 받는다. 중공군이 의도적으로 황초령 고개에 있는 다리를 끊어 놓고, 유엔군을 고립시켜 놓은 게 분명하다. 장진호 부근 깊숙이 유엔군이 들어올 때까지 기다렸던 것이다. 전황을 파악해 보면, 중공군은 수만 명을 동원한 인해전술이다. 가히 상상 이상의 병력을 동원하여 각 부대를 향해 기습 공격을 감행하고 있는 것이다. 장진호 부근 선두에 있는 유담리와 후동리 부대만 중공군들이 공격해 오고 있는 게 아니다. 황초령 고개 이북 지역 하갈우리, 고토리 전역에서 기습 공격을 해 오고 있는 것이다. 스미스는 전황 보고를 받고 심각한 고민에 빠진다. 중공군의 화력은 개인 소총과 수류탄과 박격포로 공격을 한다. 중공군의 인해전술은 지금까지 겪어 보지 못한 전쟁이다. 어떻게 사람을 총탄보다 못한 취급을 한단 말인가? 아무리 중공군의 숫자가 많다고 쳐도 이건 상상을 초월한 전략이다. 사람이 이기나, 총탄이 이기나를 시험이라도 하듯 허무맹랑한 전술에 빠진 것이다. 적을 섬멸하기 위해 목숨을 버리면서까지 죽자고 달려들고 있는 형국이다. 도대체 얼마나 많은 중공군을 죽여야 하는 것인가? 유엔군의 피해도 만만치 않게 보고되고 있다. 이러다가는 결국에는 유엔군이 점멸하리라는 위기가 다가올 수도 있다. 유엔군은 중공군을 섬멸하기는커녕, 살아남기 바쁘다. 더 이상의 북진은 적의 포위망으로 점점 들어가는 꼴이다. 스미스 장군은 후퇴를 고민한다. 유담리와 후동리까지 진격한 유엔군에게 사령부가 주둔하고 있는 하갈우리로 일단 후퇴하라는 명령이 떨어진다.

"후퇴하라!"

계속되는 중공군의 공격으로 병사들의 사기는 떨어졌다. 아군의 피해도 점점 늘어났다. 시체가 쌓여 있다. 서둘러 무덤을 만든다. 후퇴하더라도 죽은 병사들 무덤을 만들어 주고 후퇴하여야 한다. 수십 개의 임시 무덤이 만들어졌다. 무덤 위에는 십자가가 세워졌다. 나팔 소리가 구슬프게 임시 무덤 위를 흐른다. 헨프리가 긴급하게 장례 예배를 치른다. 주변에 있던 병사들도 무덤을 향해 묵념을 한다. 헨프리가 무덤을 향하여 기도를 하고 돌아선다.

후퇴 작전에는 살아남은 부대원들이 총동원된다. 군악병, 취사병, 의무병, 군종병까지 전선에 있는 모두가 총을 들었다. 긴박한 상황에서 살아남으려면 어쩔 수 없는 작전 명령이다. 중공군을 죽이지 않으면 내가 먼저 중공군의 총탄에 맞아 죽는 상황이다. 중공군의 공격을 피해서 사령부가 주둔해 있는 하갈우리까지 무사히 후퇴를 하여야 한다. 전차가 먼저 선두에 선다. 유엔군들이 전차를 따라나선다. 부상병을 실은 차량도 움직이기 시작한다. 미군이 주축인 유엔군은 유담리에서 하갈우리로 향한다. 하갈우리로 향하는 후퇴는 중공군들과의 교전을 하느라 속도를 내지 못한다. 폭설로 길은 눈으로 쌓여 있다. 눈길을 헤치고 후퇴하느라 속도가 느리다. 수백 대의 차량과 무기를 운반하느라 후퇴하는 길은 수시로 막힌다. 주로 밤에 본격적으로 공격을 해 오는 중공군을 격퇴해야 한다. 북풍이 휘몰아친다. 그야말로 바람만 마주쳐도 살이 얼얼해지는 칼바람이다. 입김이 수염에 달라붙어 금방 얼어 버린 추위다. 날이 밝아 오자 하늘에는 비행기가 나타나 물품을 낙하산에 매달아 떨어뜨린다. 워낙 교통 환경이 어렵고 추운 날씨가 계속되는 관계로 도로가 막혀 버렸다. 전쟁에 필요한 보급품을 항공기로 전달받는다. 보급품은 탄약과 식량과 의복 등 각종 물품이 포함되어 있다. 이성준은 주민들에게 보급품을 가져오도록 지시를 내린다. 눈보라가 거세게 몰아치고 있다. 군인들과 함께 보급품이 있는 곳을 향하여 움직인다. 보급품을 확보하기 위한 쟁탈전이 치열하다. 주민들은 비행기에서 떨어뜨린 보급품을 챙겨 지게에 지고 돌아온다. 보급품은 중공군들도 노리는 물품이다. 군인들과 보급품을 찾으러 가는 주민들을 향해 중공군이 총을 쏘아 댄다. 주민들이 지게에 물품을 짊어지고 나온다. 중공군의 총에 맞고 쓰러지는 주민도 속출한다. 주민들에게도 식량과 물품을 나누어 준다. 북한 주민들도 목숨을 걸고 유엔군 편에 서서 전쟁에 참여하고 있다.

"계속 걸어야 한다!"

"걸음을 멈추면 얼어 죽는다!"

헨프리는 소리를 지른다. 지휘관들도 계속 걸음을 재촉한다. 지쳐서 쓰러져 가는 전우들을 일으켜 세운다. 손발에 동상이 걸리는 걸 막기 위해서다. 영하 40도에 가까운 눈보라에 쓰러지면 몸은 금방 얼어 버린다. 방한 장비도 무용지물이 되어 버린다. 혹독한 추위와도 싸우고 있는 중이다. 날이 밝아 온다. 눈발이 날리면서 날씨는 점점 더 험악해진다. 체감 온도는 영하 40도를 넘나드는 강추위가 계속 몰아닥친다. 서둘러 하갈우리를 향하여 후퇴를 계속한다. 오로지 살아남기 위해서 휴식도 취할 수 없다. 참호 속에서 잠시 쉬는 동안에도 잠이 들면 안 된다. 잠이 들면 몸이 점점 얼어 버리기 때문이다. 중공군이 공격해 오지 않기만을 간절히 기도한다. 매 순간 죽음과 직면하고 있다. 유담리를 벗어나 덕동 고개로 올라서는 길에 중공군의 공격이 소강상태를 보인다. 헨프리가 소속된 부대가 유담리에서 겨우 덕동 고개에 올라선다. 하갈우리까지는 얼마 남지 않았다. 헨프리 부대는 쉬지 않고 계속 후퇴를 하고 있다. 덕동 고개 고지에는 유엔군 중대 병력이 주둔하고 있었지만, 밤사이에 중공군이 덕동 고개를 점령해 버렸다. 유담리에서 후퇴하는 유엔군을 중공군이 기다리고 있었다. 날이 밝자 헨프리 부대원들이 하갈우리로 후퇴를 서두른다. 중공군의 공격이 소강상태에 접어든다. 눈발이 계속 날리고 바람은 거세게 휘몰아치고 있다. 덕동 고개에 올라선다. 덕동 고개 참호 속에서 눈을 뒤집어쓴 채 부동자세를 하고 있는 물체가 보인다. 가까이

다가간다. 사람이 눈을 뒤집어쓴 채 움직이지 않고 참호 속에서 앉아 있다. 부대원들과 헨프리가 총을 겨누며 가까이 다가간다. 사람의 인기척에도 놀라지 않는다. 미군이 다가와도 중공군은 총을 겨누지 않는다. 눈발이 휘몰아치는 강추위가 원인이다. 중공군이 밤사이에 참호 속에서 몸이 꽁꽁 얼어 버린 것이다. 아직 살아 있는지, 눈만 껌벅거린다. 산송장인 셈이다. 살아 있지만 살기를 포기한 중공군이다. 몸을 움직이려 해도 몸이 얼어 버려서 움직이지 않는 것이다. 살아 있는 중공군도 동상이 걸렸다. 움직일 때마다 발등이 얼어서 신발 대신 맨발에 얼음을 주렁주렁 달고 다니고 있다. 방한 장비를 전혀 갖추지 못한 모습이다. 그나마 미군들과 한국군은 혹한의 추위 속에서 방한 장비를 어느 정도 갖추어서 다행이다. 중공군처럼 맨발인 군인은 없다. 헨프리가 다가가 몸을 일으켜 주려고 하자, 눈과 얼음으로 뒤덮은 몸이 바스락거리며 옆으로 '쪽' 쓰러져 버린다. 참호 곳곳에는 중공군의 시체가 꽁꽁 얼어 있다. 그야말로 참혹한 광경이다. 이제서야 중공군의 공격이 소강상태에 빠진 이유를 파악한다. 싸워 보지도 못하고 폭설과 추위 때문에 중공군은 참호 속에서 전멸한 것이다. 죽은 중공군 위에는 눈이 소복이 쌓여 있다. 눈으로 무덤을 만들어 준 셈이다. 헨프리는 동료들과 함께 죽어 있는 중공군을 뒤로한 채 덕동 고개를 빠르게 지나간다. 유담리에서 후퇴하던 병사들은 천신만고 끝에 하갈우리 사령부에 일부 병력만 도착한다. 수많은 유엔군이 중공군의 공격을 버텨 내지 못하고 죽었다.

땅땅땅땅땅…. 삐리리리, 삐리리리, 삐리리리….

어두운 밤에 장진호 우측 후동리에 꽹과리 소리와 나팔 소리가 쉬지 않고 연속해서 울려 댄다.

탕탕탕탕탕….

중공군들의 기습 공격이 시작된다. 갑작스런 중공군의 공격을 유엔군들은 사력을 다해 막아 낸다. 밤사이 총격전으로 유엔군은 큰 피해 없이 중국군을 물리친다. 어두운 밤을 이용하여 인해 전술로 기습 공격을 해 온 것이다. 잭슨 신부가 속해 있는 미 육군으로 주축을 이룬 유엔군은 후동리에서 중공군의 공격을 계속 받는다. 한국인 카투사 병도 미 육군에 많이 소속되어 있다.

따따따따따…. 탕탕탕탕탕…. 펑펑펑….

사력을 다해 중공군을 격퇴한다. 잭슨 신부도 병사들이 있는 곳을 일일이 찾아다닌다. 포격이 잠시 소강상태가 된다. 잭슨 신부는 참호 속을 엉금엉금 기어 다닌다. 참호 속에서 벌벌 떨고 있는 병사에게 직접 다가간다. 병사는 신부의 품속으로 달려든다.

"신부님!"

"오! 형제님, 안심하십시오!"

잭슨 신부는 두 팔로 따뜻하게 안아 준다.

"아!"

부상으로 소리를 지르고 있는 병사에게도 급히 달려간다. 팔에 총을 맞은 병사다. 붕대를 꺼내어 팔뚝을 감아 준다. 우선 지혈이 필요하다. 잭슨은 부상병을 어깨에 걸치고 한 발자국씩 움직여 후송을 시킨다. 잭슨 신부는 눈이 덮여 있는 참호 곳곳을 돌아다니며 병사들을 격려한다. 필요한 물품도 짊어지고 돌아다니며 전달한다. 잭슨 신부도 계속되는 중공군의 공격이 두렵다. 하지만, 두려움과 피곤에 지친 병사들을 격려해야 한다. 중공군의 총탄이 두렵지만, 병사들을 일일이 찾아다니며 격려한다. 두려움에 떨고 있는 병사들을 일일이 찾아가 포옹해 준다. 밤마다 공격해 오는 중공군의 인해전술로 아군들은 점점 숫자가 줄어들어 버렸다. 중공군도 수천 명이 죽었다. 곳곳에 중공군의 시체가 누워 있다. 그야말로 시체 전시장 같다. 살을 파고드는 강추위와 두려움에 전투 능력은 점점 떨어지고 있다.

땅땅땅땅땅…. 삐리리리, 삐리리리, 삐리리리….
"악!"

밤이 되자 중공군의 공격은 다시 시작된다. 많은 유엔군 병사들이 피를 흘리며 죽어 나간다. 중공군의 계속되는 기습 공격을 견뎌 내지 못한다. 후동리까지 진격한 부대에게도 하갈우리로 후퇴하라는 명령이 하달된다. 하갈우리로 후퇴가 시작된다. 잭슨 신부가 배치되어 있는 미육군 부대는 하갈우리 사령부와의 통신이 원활하지 못하다. 최전선에 있는 부대와 중간에 배치되어 있는 전차부대도 계속되는 중공군의 공격으로 잭슨 신부가 속해 있는 부대를 기다리지 못한다. 후동리 선두에 있는 잭슨 신부 부대와 전차부대 간의 긴밀한 공조가 이루어지지 못한다. 중공군의 공격을 견디지 못한 전차부대가 하갈우리를 향하여 먼저 철수를 해 버린다. 그러자 잭슨 신부가 있는 부대와의 긴밀한 공조 체제가 무너져 버린다. 선두에 섰던 부대는 그야말로 하갈우리 사령부로부터 고립되어 버린다. 중간에 배치되어 있던 전차부대 자리에 중공군이 자리를 차지해 버린다. 잭슨 신부가 있는 곳은 완전히 중공군에게 포위되어 버린다. 하갈우리로 향한 후퇴의 길이 차단되어 버린다.

삐리리리, 삐리리리, 삐리리리….

중공군은 나팔을 불며 공격을 계속해 온다. 이제는 남, 북 양쪽에서 공격을 한다.

따따따따따…. 탕탕탕탕탕…. 펑펑펑….

유엔군이 포탄을 퍼부어도, 중공군의 기세는 꺾일 줄을 모른다.

펑, 펑!

곳곳에서 수류탄이 터지며 유엔군이 소리를 지르며 계속 쓰러진다. 잭슨 신부는 부상을 당한 병사들에게 다가간다. 피를 흘리며 죽어 가는 병사를 위해 치료를 한다. 잭슨 신부가 피범벅이 된 병사를 안아 준다. 응급 처치를 해 주려고 해도 아무것도 할 수 없음이 더욱 무섭고 안타깝기만 하다. 시간이 점점 흐른다. 너무 추운 날씨에 피를 흘리던 다리에 피가 멎는다. 날씨가 추워서 순식간에 피가 얼어 버리는 것이다. 몸도 점점 얼어 동상에 걸린다. 아픔과 고통 속에서 몸부림치던 동료가 소리를 멈춘다. 치료도 제대로 못 받고 숨이 멎은 것이다. 계속되는 중공군의 공격에 부대원들은 점점 사기를 잃는다. 하갈우리로 후퇴하는 길은 완전히 차단되어 버렸다. 후동리에 있는 미 육군은 하갈우리로 지원 요청을 한다. 하갈우리로 지원요청을 해도 후동리까지의 지원은 어려움에 처한다. 중공군이 이미 전차부대가 있던 중간 지역을 장악을 하여 버렸다. 후동리에서 후퇴를 하지 못한 유엔군들이 모두 전멸해 버린다. 시간이 지날수록 후동리 부근 전 지역은 중공군이 장악을 한다. 전투도 소강상태에 접어든다. 계속되는 공격에 후동리까지 진격했던 미육군과 그 부대에 배속된 한국군 모두 손을 들고 항복한다. 잭슨 신부도 중공군에게 포로가 된다. 포로가 된 잭슨 신부와 살아남은 많은 유엔군들이 손을 들고 중공군의 지시에 따라 눈길을 걸어간다. 눈이 펄펄 내린다. 후동리에서 포로가 된 유엔군들이 중공군의 감시를 받으며 끌려간다.

6권에서 계속